세계 프로 복싱 실화소설 ②

세계를 정복하라

도서
출판 선영사
www.sunyoung.co.kr

세계를 **정복**하라 ②

1판 1쇄 인쇄 2004년 1월 20일
1판 1쇄 발행 2004년 1월 30일

지은이 김현근
펴낸곳 도서출판 선영사
서울시 마포구 성산동 254-10 2층
TEL (02)338-8231, (02)338-8232 FAX (02)338-8233
E-MALE sunyoungsa@hanmail.net
WEB SITE http://sunyoung.co.kr
편집주간 장상태
펴낸이 김영길
제작·편집 김범석
표지·재킷 선영 디자인(SUNYOUNG DESIGN)·김영수
등록 1983년 6월 29일 제 카1-51호

ⓒ Korea Sun-Young Publishing Co., 2004

ISBN 89-7558-120-9 03810

지은이의 말

학교의 환경미화를 위해서 중3 학급 전원이 강가에서 자갈을 나르던 중 신문배달원을 만났을 때, 며칠 전부터 예고기사가 실렸던 리스튼과 패터슨 간의 시합기사를 잠깐 본 적이 있다.

사진과 함께 실렸던 '리스튼 1회 KO승'이라는 1면 중간기사를 지금도 생생히 기억한다.

사람은 누구나 살아가는 동안 수많은 고난과 어려움을 겪게 된다.

이러한 시련에 꺾이고 좌절하는 것보다는 이를 슬기롭게 이기고 극복해 나가야 한다.

이러한 의미에서, 가장 오래된 스포츠 중의 하나인 복싱은 그 역사만큼이나 다양하고 중대한 영향을 끼쳐 왔다.

복싱에서 세계정상을 정복했거나 입지전적인 업적을 이룬 인물들도 대단히 많다.

특히 복싱사의 르네상스라고 일컬어지는 60~70년대에는 모하메드 알리, 조 프레이저와 같은 불세출의 선수들이 많았다.

어떠한 분야에서나 정상을 정복하기는 대단히 힘들지만, 누구나 할 수 있고 흥미가 있는 복싱에서는 더욱 어렵다.

　필자는 그동안 이렇게나 중요하고 어려운 업적을 이룬 복싱계의 영웅들이 단순한 싸움꾼이나 무식한 폭력배 정도로 비하되거나, 그들의 업적이 알려지지 않고 있는 경우가 대부분이라는 사실에 평소 안타깝고 아쉬운 마음을 가지고 있었다.

　이 책을 통해 그분들의 의지력·가치관·기술·업적 등을 살펴봄으로써 건전한 정신을 확립하는 계기가 되고 건강한 신체를 기르는 데 도움이 됨은 물론, 복잡하고 어려운 현대사회를 살아가는 데 힘이 되기를 바라는 마음이다.

　꿈과 시야는 세계를 향하게 하고, 소년에게는 희망을, 청년에게는 자신감을, 장노년에게는 보람을 주고자 한다.

　특히 독자가 흥미롭게 읽을 수 있도록 실화소설로 꾸몄으므로 누구나 쉽게 전문적인 기술 부분까지 이해할 수 있으리라고 생각한다.

　각종 관련 자료는 필자 자신의 경험과 연구를 바탕으로 하여 교재를 포함한 각종 서적, 규정을 포함한 각종 자료집, 「링」지를 포함한 국내·외의 신문 잡지와 간행물, 비디오, 인터넷,

WBA를 포함한 각 단체의 자료 및 관계자, 관련 저명인사의 지도 및 자문 등에서 종합한 것이다.

외래어로 표기된 부분은 복싱에 관련된 전문용어로서, 이해를 돕고 생생한 현장감을 살릴 수 있는 범위에서 최소한의 사용에 한정했다.

지은이 소개란에 있는 등기신청서 '기입' '접수'에 대한 부조리의 개선 부분은 이 나라의 주인은 국민이라는 소신에서 나온 결실이다.

국민을 위하고 국민이 편리하도록 뒷받침할 수 있어야만 규정이나 제도는 필요하며 그 가치가 있다고 생각한다.

모든 분들의 이해와 협조가 있으시기를 진심으로 바란다.

2003년 12월
지은이 김 현 근

세계 프로 복싱 실화소설 ②

세계를 정복하라

제**6**장
세대 교체

전장(戰場)을 향해서

리스튼의 목표는 빠른 시간 안에 클레이를 KO시키는 것이었다.

패터슨과의 1차전 이후 그는 자신이 링 위에 올라가서 가운을 벗은 다음에는 상대방을 KO시키는 것이 당연한 공식인 것으로 믿고 있었다.

리스튼이 클레이를 조금이라도 심각하게 생각했다면 이러한 생각은 하지 못했을 것이다.

그는 복서가 상대 선수에게 가하는 저주를 가장하는 제스처마저도 생략했다.

"나는 클레이를 미워하지 않는다."

"나는 그를 사랑한다. 그는 나에게 소중하다."

"그는 나의 수백만 달러짜리 어린애다."

리스튼의 유일한 저주는 그의 왼주먹을 자랑하는 허풍이었다.

"나의 왼주먹으로 그의 목을 아래로 눌러 버리면 원래 상태로 뽑아 놓는 데만 1주일은 걸릴 것이다."

사실상 지금까지 리스튼으로서는 단순히 상대를 이기는 정도가 아니라, 상처를 입히고 다치게 하며 빠른 KO로 부끄럽게 만들어 왔다.

그는 잽만으로도 상대를 날려 버릴 수가 있어서 스텝을 중요시하지 않았다. 조 루이스도 그랬고, 로키 마르시아노도 그랬다.

그는 가공할 펀치를 구사하는 헤비급 챔피언의 모델이었다.

그가 명치에 펀치를 명중시킬 때는 글러브가 손목까지 들어가는 것 같았다.

너무나 힘이 세어서 잡거나 클린치도 할 수가 없었으며, 그를 해칠 수 있는 것은 아무것도 없는 듯했다.

클레이는 우선 초반 5라운드를 어떻게 보낼 것인가를 고민했다.

'못생긴 큰 곰을 지치게 하고 사지를 늘어뜨리고 항복할 때까지 훅과 어퍼컷·스트레이트로 치명타를 날린다.'

'리스튼에게는 곰 냄새가 난다.

곰은 두들겨서 지방동물원에 주어 버리든지, 훌륭한 집을 지었을 때 곰가죽 카펫으로 깔겠다.

사람들은 농담하는 것으로 알겠지만 확실한 사실이다.'

'리스튼을 이겼을 때는 즐거운 세레모니를 해야지. 그 말 취소해를 연발하면서.'

'리스튼을 이겼을 때 무엇을 할 것인지를 그려볼 때마다 화려한 고오저스 조지에게 감사하는 마음을 보내야지.' 등등.

클레이가 리스튼을 얼마나 두려워했는지 그 사실을 아는 사람은 거의 없었다.

타이틀전 조인식 직전, 그는 맨해턴에 있는 「스포츠 일러스트레이티드」를 방문한 적이 있었다.

창 밖으로 6번가를 따라 깜박이는 가로등을 내려다보면서 그는 오랫동안 조용히 서 있었다.

한 기자가

"클레이 씨, 정말로 리스튼을 이길 수 있다고 생각합니까?" 하고 물었다.

그는 천천히 대답했다.

"나는 크리스토퍼 콜럼버스입니다. 내가 이긴다고 믿습니다. 나는 지구가 둥글다고 믿는데 다른 사람들은 평평하다고 믿습니다. 혹시 나는 수평선에서 추락할 수도 있겠지만, 그래도 지구가 둥글다는 것을 믿습니다."

그러나 클레이는 두려웠다. 그냥 그대로 있을 수가 없었다.

공격의 강도도 높이고 신체의 밸런스도 향상시키기 위해 갖가지 궁리를 하던 중 유도의 흑띠를 따두었던 것이 생각났다.

스파링 파트너를 잡고서는 복싱 대신 유도의 업어치기를 벌써 백 번은 했다.

업어치기로 들어가면서 잽이 노리는 허점을 찾고, 업으면서 고개를 숙이고 몸의 중심이 한점에 모이게 하여 스트레이트의 강도를 높여 나갔다.

로마 올림픽으로 출발하기 전 그로부터 받았던 모욕감이 채 가시지도 않았지만, 슈가 레이 로빈슨을 마이애미로 모시고는 특별지도를 받았다.

그와 함께 리스튼과 비슷한 스타일인 잭 라모타와 크레브랜드 윌리엄스, 에디 미천, 패터슨 및 다른 상대들과의 대전 필름을 밤낮으로 연구했다.

무섭게 준비를 하던 그는 방문한 기자들에게 "승산이 있다"고 자신있게 말했다.

"8라운드에 KO시키겠다고 하는 근거는 무엇입니까?"라고 물었던 「플레이 보이」의 기자에게 그는 다소 길게 설명했다.

"아무리 우수한 복서라도 그의 능력을 최대로 발휘할 수 있는 라운드는 한정되어 있습니다.

그 이후에는 순조롭게 휴식을 겸하는 라운드가 따라야 합니다. 1,2,3라운드는 리스튼의 가격으로부터 방어하면서 최대의 능력을 발휘해서 싸울 것입니다.

4라운드부터 그는 지치기 시작할 것이고 이후 더욱 악화될 것입니다. 그래서 나는 4,5,6라운드는 휴식을 겸하는 라운드로 진행할 것입니다.

이 작전에는 두 가지의 목적이 있습니다. 첫째는 리스튼에게 맞설 수 있다는 것을 증명하기 위해서이고, 둘째는 그가 더욱 지치고 절망에 빠지도록 만들기 위해서입니다.

가격당하고 절망에 빠지면 그는 헛손질을 하고 주먹을 단순히 휘두르기만 할 것입니다. 그가 힘이 빠지면 7라운드부터 9라운드까지 다시 최고의 컨디션으로 싸우겠습니다.

그 정도까지 된다면 9라운드를 넘기리라고는 생각하지 않습니다.

그래서 8라운드에서 KO시키겠다고 한 것입니다. 불의의 가격을 당하지 않도록 주의하면 7라운드부터 우세를 잡으리라고 봅니다. 황소같은 그가 장님이 될 때까지 갈기고 흔들 것이며, 그가 거의 미칠 때까지 펀치를 빗나가게 만들 것입니다.

8라운드쯤 그가 펀치를 던진 후 라이트에 노출될 때는 나는 즉각 가격하여 그를 쓰러뜨릴 것입니다. 똑똑히 보아주십시오. 8라운드를! 거기에서 나는 세계를 뒤집어 놓을 것입니다."

클레이는 8라운드를 예언하는 시를 썼다.
"여기저기 써놓았어요."
던디가 노트를 보여주면서 말했다. 클레이의 〈나 자신의 노래〉는 자신에 대한 격려이자 암시였다.

리스튼을 맞으러 클레이는 나갈 것이다
그러면 리스튼은 뒷걸음치겠지
리스튼이 더더욱 뒷걸음칠 때면
그는 링 사이드 좌석으로 떨어지리니
클레이는 레프트를 휘둘러야지
라이트도 휘둘러야지
젊은 클레이를 보아라
그의 시합을 주시하여라

리스튼이 후퇴를 계속한다면
후퇴할 공간이 없어지리니
그것은 단지 시간의 문제일 뿐

클레이가 한방 먹이고는
연속하여 라이트를 휘두르고
아름답기조차 한 갖가지의 휘두름을 계속하노라면

그 펀치는 곰을 들어서 던지리라
리스튼이 아직도 기어 올라오면은
링마저 깨끗이 청소해 버릴 것이며

리스튼이 링 바닥에 떨어질 때까지
카운트를 못하여
레프리가 눈살을 찌푸릴 때는
리스튼은 시야에서 사라지고
관중들은 환호성을 지르리라

레이더 기지에서 그를 추적했을 때는
그는 대서양 어느 상공을 날아가고 있으려니
누가 생각이나 했겠느냐
그래, 관중들은 꿈도 못 꾸었을 거야
인공위성이 아닌 인간위성의 비행을 목격할 것이라고를

이제 사람들은 언제 누구에게 돈을 걸어야 할지
알게 될 것이고
리스튼의 몰락도 보게 되리라
나는 세계에서 가장 위대한 복서이다

 클레이의 시가 유치한 수준이라고 말하는 사람들이 있기는 했
지만, 중요한 것은 클레이가 시에 대한 영감과 표현력이 있으며
그의 능력과 직관력과 재주를 알고 있다는 사실이었다.

시합 하루 전 도박사들의 예상은 7대1로 계속 리스튼이 압도적으로 우세했다.

가장 정확한 전문가라고 자타가 공인하는 복싱 기자단은 46명 중 43명이 리스튼이 이길 것으로 예상했다.

「뉴욕 포스트」의 담당 기자는

'루이스빌에서 온 떠버리는 파괴자인 챔피언 리스튼의 햄머같은 주먹으로 그의 입 안을 꽉 채우게 될 것이다.'라고 썼다.

86. 180kg 이상인 프로 복싱 헤비급은 '미만'이나 '이하'의 체중을 요구하는 다른 체급과는 달리 선수의 체중 체크를 강제할 이유나 필요성이 사실상 없다.

체중이 적으면 불리해지기 마련이므로 아래 체급의 선수가 그 한계가 없는 헤비급으로 올려서 출전할 가능성이 없기 때문이다.

헤비급을 제외한 다른 체급의 계체장은 정상체중에서 상당한 체중을 감량해야 하기 때문에 머리카락 한올이나 침 한방울도 줄이려는 말 그대로 '피를 말리는 전쟁'이다.

따라서 완전 나체로 체중 체크를 함은 물론이고 삭발하는 경우도 많다. 정상체중에서 상당히 감량한 체급으로 출전하는 이유는 체력을 떨어뜨리지 않는 한, 최대로 감량한 체급으로 출전하면 승리할 수 있는 확률이 그만큼 높아지기 때문이다.

체중 체크는 급격한 체중의 감량으로 시합 중 실신하는 경우 등을 예방하기 위해서 시합 24시간 전에 실시한다.

정해진 체중을 초과한 선수는 2시간 내에 다시 계체를 하고 그때도 체중이 초과되면 실격된다. 실격된 선수는 싸워 보지도 못하고 위약금을 물거나 기타 소정의 제재조치를 받게 된다.

챔피언인 경우에는 타이틀이 박탈된다.

헤비급의 체중 체크장은 체중으로 인한 실격이 없기 때문에 별다른 긴장감이 없다.

체중이 적게 나가든 많이 나가든 선수 자신의 컨디션 등과 관계된 문제일 뿐이다.

그런 의미에서보다는 딴전을 부리면서 가운을 벗을 때 힘을 주어 잘 발달된 대흉근을 울룩불룩하게 만들거나, 팔을 안팎으로 폈다 접었다 하면서 이두근·삼두근을 꿈틀거리게 하는 등 근육을 자랑함으로써 상대방의 기를 꺾어 놓겠다는 '예비 시합장'이 된다.

또한 상대방을 기분나쁘게 노려보는 '작전'까지 가미되고 보면 기자나 카메라맨에게는 훌륭한 기삿거리가 되고, 선수의 준비상태를 점검하는 시험장이 되기도 한다.

리스튼과 클레이의 체중 체크는 당시의 규정대로 시합 당일 아침에 컨벤션 센터의 사무실에서 있었다.

클레이는 붉은 수로 '곰사냥'이라는 글씨를 등에 새긴 푸른색 자켓을 입었고, 던디, 번디니, 로빈슨 및 후원회의 패버샘 등과 함께 도착했다.

아직 다른 사람들은 보이지 않았는데도 그는 벌써 워밍업을 시작했다.

지팡이로 마루를 탕탕 치면서 번디니와 함께 컨벤션 센터 곳곳을 외치고 돌아다녔다.

"나는 싸울 준비가 되어 있다."

"내가 여기 있다고 리스튼에게 말하라."

"그는 챔피언이 아니다."

"내가 위대하다는 것은 8라운드가 증명한다."

"못생긴 곰을 담을 수 있는 백을 가져오라."

컨벤션 센터가 떠나갈 듯한 소동을 피운 후에 일행과 함께 선수대기실로 들어갔다.

번디니만 뺀 일행들이 그를 진정시키려고 했다.

"이건 타이틀 쟁탈전이야. 여기 모인 사람들이 다 보고 소문을 내게 돼."

클레이가 벌였던 소란은 비밀이 될 수가 없었다.

마이애미 복싱위원회의 한 간부가 클레이의 행동에 대한 협의를 하기 위해서 선수대기실로 찾아왔다.

"지나치게 소란을 피우는 것은 규정 위반이오."

"알고 있습니다."

"소란을 피우는 이유가 무엇이오?"

"문제는 우리가 너무 일찍 왔다는 것입니다. 우리끼리 전 과정을 두 번씩이나 거쳤는 데도 아직 시간이 남아 있습니다."

"그렇지만 소란은 중지해야 합니다. 소란을 피울 경우 벌금을 물리지 않을 수 없습니다."

그 간부가 돌아가고 난 뒤 클레이는 번디니와 함께 다시 홀에 나와서는 계속 소리를 지르고 있었다.

잠시 후 리스튼이 나타나자,

"어이! 챔피언. 언제든지 너를 패 주겠다."

"오늘 저녁에 어떤 놈이 링에서 죽게 되어 있다. 겁나지?"

"너는 챔피언이 아니야. 너를 산 채로 먹어 버리겠다."

그는 소리를 지르면서 리스튼에게 돌진하려고 했다. 번디니가 그의 가운 띠를 잡았고, 다른 일행이 그를 끌어당겼다.

로빈슨이 그를 벽쪽으로 밀어붙이려고 했으나 되빠져나와서는 "나는 위대한 선수다"라고 계속 외쳤다.

"8라운드에서 내가 위대하다는 것을 증명하겠다"고 외치면서 손가락 여덟 개를 펴 보이자 리스튼은 약간 웃으면서 손가락 두 개를 펴 보였다.

몇 년 뒤에는 이러한 행동들이 사람들의 시선을 끌려는 단순한 행동인 것으로 이해되었다.

레녹스 루이스와 마이크 타이슨은 뒤엉켜서 서로 치고받기도 했다.

그러나 당시에는 비슷한 사례를 본 적도 없었고 들은 적도 없었다.

클레이만이 알고서 실천한 행동이었다.

"클레이는 자기최면에 완전히 빠진 상태였고 그 스스로 이런 상태로 만들었다"라고 옆에 있었던 한 기자가 말했다.

양선수의 체중을 체크할 시간이 되자 클레이가 먼저 저울대에 올라갔다. 클레이 93kg, 리스튼 99kg이었다.

리스튼이 저울대에서 내려오자마자

"야, 이 자식아. 네가 챔피언이야?"

하고 클레이가 고함을 질렀다.

"너는 이제 죽었어. 이 얼간아."

리스튼은 아버지 같은 너그러운 미소로 그를 쳐다보았다.

"너는 너무너무 못생겼어. 너는 곰이야."

"나는 너를 무참하게 패 주겠어."

클레이의 음성은 날카로웠고 눈까지 튀어나왔다.

마치 정신병자처럼 한곳에만 머물지 않고 계체장 안팎을 원을 그리면서 뛰어다니기도 했다.

어느 순간이 되자 갑자기 주위에 있던 모든 사람들이 클레이를 미워하기 시작했다. "조용히 해!"라는 고함소리와 함께 사람들이 웅성거렸다.

"완전히 통제를 벗어나서 다시는 제자리로 돌아오지 못하고 사라져 버리는 동물 정도로 보았죠."
라고 「뉴스 리파브릭」지의 기자가 회고했다.

그가 계속 소리지르고 계속되는 경고를 무시하자 다시 복싱위원회의 간부가 들어와서 고함을 질렀다.

"행사장에서 보인 그의 행위에 2,500달러의 벌금을 부과한다. 그 금액은 그의 파이트 머니에서 공제될 것이다."

클레이의 이러한 행동이 얼마나 효과적으로 리스튼의 기력을 잃게 할 것인지는 아무도 몰랐다.

이는 또한 상대 선수가 전혀 예측을 하지 못하게도 만들었다.

몇 년 뒤 어니 세이브스가 매디슨 스퀘어 가든에서 그를 거의 KO시켜 로프 쪽으로 뒷걸음치게 만들었는데도 속이는 줄로만 알고 따라서 뒷걸음쳤다.

마닐라에서 그들간의 3차전 때 조 프레이저는 쓰러지려고 뒤로 비틀거리는 그를 그냥 서서 보기만 했으며, 조지 포먼 역시

킨샤사에서 그가 언제 상처받았고 언제 속이는지를 몰랐다.

마이애미 복싱위원회 소속 의사 알렉산드 로빈은 양선수의 맥박과 혈압을 체크했다.

리스튼은 정상치보다 약간씩 높았으나 걱정할 정도가 아니었다.

미친 것처럼 뛰고 소리질렀던 클레이는 측정하는 것 자체가 곤란했다.

몇번씩이나 청진기를 늘어뜨려서 체크하려고 했으나 그때마다 놀라고 당황해서 측정할 수가 없었다.

겨우 확인한 수치는 그의 나이에 비례한 정상맥박이 분당 72회인데 비해 120회이며, 혈압은 정상이 80/120인데 비해서 100/200으로 나타났다.

「월드 텔레그램」의 칼럼니스트이자 누구나 자신을 중요한 외과의사라고 인정할 것이라는 자부심을 가지고 있는 지미 캐논이 로빈의 옆으로 슬그머니 다가와서는

"저 친구 죽지 않겠어요?" 하고 물었다.

"정말 그런 것 같은데요. 시합 때까지 이런 상태이면 모든 것은 끝이에요."

양선수는 모든 절차가 끝나자 각자의 대기실로 돌아갔다.

클레이도 이미 조용해져 있었다.

"어떻게 생각해?"

던디가 의자에 앉으면서 물었다.

"사람들이 그가 굉장히 크다고 했는데, 그는 키도 작고 몸도 작아 보였습니다. 한방이면 날아갈 것 같았습니다."

컨디션이 좋고 자신감이 있을 때는 상대방이 작아 보이게 마련이다.

복싱위원회에서는 파체코에게 계속 클레이의 혈압을 체크하고 만약 너무 높을 때는 즉각 보고하라고 지시했다.

그는 '곰사냥'라고 씌어진 푸른 자켓을 다시 입고서 일행과 함께 집으로 향했다.

"놀랄 일이다."

두 시간 후 혈압을 체크하면서 파체코가 말했다.

맥박 분당 72회, 혈압 80/120 말 그대로 완벽했다.

파체코는 웃으면서

"그 많은 사람들 앞에서 왜 미치광이짓을 했소?"라고 물었다.

"리스튼이 나를 미치광이로 알도록 만들려고 그랬습니다. 그는 누구도 무서워하지 않지만 미친 사람은 겁냅니다. 지금쯤 정말 긴장하고 있을 겁니다."

마이애미 도박사들은 클레이가 겁먹은 도전자라는 것을 스스로 드러냈다고 생각했다.

리스튼의 일행인 새미 데이비스, 조 루이스, 애시 레즈닉 등은 자리를 차지하고서 라스베이거스의 도박사 렘 뱅크 등에게 '리스튼에게 거액을 걸도록' 권유전화를 하고 있었다.

뱅크는

"그들은 클레이가 정상이 아니기 때문에 리스튼이 이길 것이라고 했어요. 그러나 리스튼이 이 시합을 심각하게 생각하지 않았던 것을 나는 잘 알고 있었습니다. 말은 안했지만 손해 볼 각오를 하고서 나는 클레이에게 걸었습니다"고 했다.

그날 저녁에는

'클레이가 겁을 먹고서는 도망을 가서 마이애미 공항에서 표를 사고 있는 모습이 보였다'고 보도하는 라디오도 있었다.

클레이가 낮잠을 자는 사이에 파체코는 지방 복싱위원회에 전화를 걸어서 그의 상태가 정상으로 회복되었음을 보고했다.

그런 다음에는 그날 밤 개최될 시합에 대해 많은 생각들을 하고 있었다.

리스튼이 독기가 서리고 약탈과 분노의 화신이며 가까이하기 두렵고 무서운 존재라는 사실을 그는 이미 알고 있었다.

또한 몇 년 동안이나 '5번가 체육관' 주변에서 보아왔던 대로 클레이 역시 건방지면서 강하다는 것도 알았다.

그렇지만 클레이 캠프의 다른 사람들과 마찬가지로 그날 밤의 타이틀전에서 단순한 패배만으로 끝나는 것이 아니라 심각한 상처를 입을까 봐서 걱정이 되었다.

그는 무시무시한 챔피언인 리스튼이 그동안 클레이로부터 받아왔던 각종 모욕으로부터 분노가 쌓여서 단순한 KO가 아닌 짓이겨 놓거나 병신을 만들 정도로 심하게 다룰까 봐서 불안했다.

그러한 위험성에 대비해서 예상되는 대비책들을 짚어 보았다.

어느 병원이 가장 가까이 있으며, 어느 길이 가장 빠르며, 응급실은 어디에 위치하며, 당직의사는 누구인지 등을 고려해서, 그가 몇 년 전 인턴으로 근무했던 마운드 시나이 병원을 마음 속으로 정해 놓았다.

마이애미의 혈투

클레이는 TV 시청 등으로 휴식을 취하다가 정장으로 갈아입고는 시합예정 시간보다 일찍 시합장으로 향했다.

그의 동생 루디가 오픈게임에 출전했기 때문이다.

일행에는 던디, 파체코, 번디니, 마사지사인 루이스 사리아 등과 다른 몇 사람도 있었다.

클레이는 링으로부터 상당히 떨어진 복도에 서서 루디의 시합을 지켜보고 있었다.

상대는 다부진 체격을 소유한 헤비급의 새로운 유망주 칩 존슨이었다.

루디는 1라운드부터 공격과 수비에서 상당한 실수를 했으며 겨우 버티는 형국이었다.

클레이는 그를 격려하기 위해서 고함도 지르고 제스처를 쓰기도 했으나, 그는 고전 끝에 겨우 판정승을 거두었다.

만약 강한 상대를 만났더라면 KO패도 당했을 것이라고 생각하니 자신의 힘마저 빠져나가는 것 같았다.

클레이는 루디에게 "앞으로 더 이상 시합하지 마."라고 말했다.

관중들은 꼬리를 물고 계속 천천히 입장하고 있었다.

어제 마이애미로 되돌아온 말콤X는 항상 똑같은 검은 정장, 검은 넥타이, 흰 와이셔츠 차림으로 지정된 좌석에 자리잡고 있었다.

평소 친분이 있던 뉴욕 「월드 텔레그램」의 기자를 만나자 서로 몇 마디 인사를 나눈 후 오늘 시합에 대한 이야기가 이어졌다.

"지나친 공포감으로 클레이가 링 위에서 움직이지 못하는 사태가 발생할까 봐서 두렵습니다."

"무슬림이 되는 것은 두려움에서 벗어나는 것을 의미합니다."

"나는 기자생활을 하는 동안 사람의 성격을 예민하게 관찰해 왔는데, 오늘 저녁의 클레이에게는 틀림없이 문제가 있습니다."

선수대기실에서 클레이는 천천히 출전채비를 갖추고 있었다. 그는 손을 던디에게 맡기고는 붕대를 감아 주도록 기다렸다.

붕대를 감는 것은 단순해 보이지만 상당한 주의와 절차가 필요하다. 손가락 관절 등을 보호하기 위해서는 단단하면서도 손가락을 움직이는 데 지장이 없어야 하고 주먹에 부담을 주지 않아야 한다.

붕대는 폭이 5cm, 길이가 5m를 초과해서는 안 된다. 이를 고정시키기 위해서 폭 2.5cm의 접착성 테이프를 사용할 수 있다. 이때 주먹의 너클파트에 사용해서는 안 된다.

붕대를 감을 때는 로마시대에 금속성 캐스터스를 주먹에 두르고 시합을 했던 역사가 있는 이유 등으로 반드시 검사원이 입회해야 한다.

양손에 붕대를 다 감자 클레이는 일어나서 잽을 뻗으며 가벼운 스텝을 밟고 있었다. 그러면서 마음 속으로는 시합에 대해 준비했던 시나리오를 그려 나갔다.

'2, 3라운드까지 잽을 뻗고 움직이면서 리스튼을 지치게 만들고 그 다음은 슬슬 데리고 놀면서 완전히 지치도록 기다렸다가 8, 9라운드에서 결판을 내겠다'는 작전이었다.

클레이에게는 복싱이 지금까지 살아온 인생의 전부였다.

리스튼의 벽을 넘지 못한다면 앞으로의 인생길이 잘 보이지 않았다. 이번 시합은 단순한 시합이 아니라 자신의 운명을 건 전쟁이었다. 던디는

"그가 아침에 그런 쇼를 벌였던 것은 이번 시합이 중요한 순간이라는 것을 알고 있었기 때문이다. 지금까지 꿈꾸어 왔던 모든 것이 달려 있는데 너무 강한 상대가 가로막고 있었다." 라고 말했다.

훗날 파체코도

"그가 얼마나 많은 신경을 썼는지는 누구라도 쉽게 알 수 있다. 나는 조 프레이저와의 세 차례 시합이나 자이레에서 조지 포먼과의 시합 등에 참가했었는데, 그토록 신경 쓰는 것을 보지 못했다"고 말했다.

클레이는 이겨야 한다는 부담감에 신경이 쓰였을 뿐만 아니라 끊임없이 들려오는 루머에도 흔들리고 있었다.

"주의하시오, 백인 폭력조직이 당신을 노리고 있소."

캡틴 샘이 귓속말로 전했다.

다른 무슬림들도 "주의하시오, 던디는 마피아요, 그도 파체코도 당신 주위에 있는 모든 백인들도 믿지 마시오"라고 경고했다.

가장 심각한 루머는 라운드 중간 휴식시간에 얼굴을 닦거나 입을 헹구는 물에 마피아가 독약을 타려고 한다는 것이었다.

사실상 우스운 이야기였지만 클레이는 심각하게 걱정했다.

물을 병에 담은 후 테이프로 봉해 두었으며, 대기실 출입문은 잠근 후 아무도 들여놓지 않았다.

물에서 잠시라도 눈을 떼었을 때는 물을 부어 버리고 새로운 물로 다시 채우도록 요구했다.

백인이라고는 파체코와 던디밖에 없었는데도 그는 무슬림들에게만 물을 채우도록 시켰다.

대기실에서 한 시간 남짓 머무르는 동안 서너 번이나 새로 물을 채우는 일이 벌어졌다.

마침내 파체코가 정색을 하면서 물었다.

"누가 독약을 탄다는 거요? 나와 던디 중에서 탄다는 말이오? 나는 당신의 의사요. 내가 독약을 탄다면 벼락을 맞아야만 하오. 던디만 해도 무슬림들이 '프랭키 카르보와 연계된 리스튼 주변의 사람들과 비슷한 이탈리아인'이라고 하는 말을 듣는 것이 얼마나 억울하겠소?"

잠시 뜸을 들이고서는 다시 말을 이어 갔다.

"당신은 다른 이유가 아닌 당신 안에서 피해망상증을 만든 것 같소. 무슬림들은 복싱에 대해서는 아무것도 모르면서 참견이나 하는 그냥 시카고로부터 온 사람들일 뿐이오.

그들은 당신이 많은 기부를 하기 전에는 스포츠가 좋다고 생각하지도 않을 것이오."

항상 점잖고 부드럽기만 하던 파체코가 화가 난 듯이 말하자 클레이는 크게 당황해했다.

그러나 그 당황 속에는 초조감으로부터 해방시키는 묘약이라도 있은 듯 오히려 마음의 안정을 되찾는 눈치였다.

시합 시간이 가까워오자 클레이와 루디는 어느쪽이 동쪽인지 가늠을 하고서는 말콤과 함께 무릎을 꿇고 알라신께 기도를 드렸다.

몇 달 뒤부터는 그는 시작 종이 울리기 전 코너에서 모하메드 알리로서 머리를 굽히고 얼굴까지 글러브를 올리며 기도를 하게 된다.

리스튼의 대기실은 조용하면서도 자신감에 찬 분위기였다.
"리스튼의 피부에 클레이가 닿기만 해도 대단하다고 생각하겠다"고 던드 버드 호텔 광고문이 새겨진 티셔츠를 입고 있는 레즈닉이 말했다.

리스튼은 긴 타월로 상체를 미이라처럼 감은 후 남는 부분은 어깨에다가 걸쳤다.

그런 다음 가운을 입고 모자를 끌어당겨서 쓰고 있었다.

8시 정각에 선수가 링 위로 입장했다.

먼저 도전자 클레이가, 다음은 챔피언 리스튼이 입장했다.

관중들은 15,800석의 관중석과 링 주변의 지정석까지 거의 다 채워서 그런대로 성황을 이루고 있었다.

클레이는 그의 코너에서 잽을 뻗고 있었고, 리스튼은 스트레칭을 하고 있었다.

탄탄한 체구의 레프리 바니 펠릭스는 그의 굵은 팔을 로프에 늘어뜨린 채 중립코너에 서 있었다.

던디는 리스튼의 코너와는 등을 돌린 모습으로 클레이를 보면서 "그는 당신에게 겁을 주려고 노려볼 것이다. 당신이 크다는 것을 보여주어라"라고 지시했다.

링 아나운서 프랭크 웨이먼이 천정으로부터 내려진 마이크를 잡고서는

"신사 숙녀 여러분, 마이애미에 오신 것을 환영합니다.

오늘의 자리를 빛내 주시기 위해 오신 몇 분의 전·현 챔피언을 소개해 드리겠습니다."라고 인사를 했다.

전 웰터급 챔피언 루이스 로드리게즈, 라이트헤비급 챔피언이며 댄서의 달인인 윌리 패스트라노, 슈가 레이 로빈슨 등의 순서로 소개되었다.

"다음은 선수를 소개해 드리겠습니다. 먼저 청코너의 도전자를 소개하겠습니다. 전 올림픽 라이트헤비급 챔피언이며 현 세계 랭킹 1위인 도전자 캐시우스 클− 레− 이−"

목소리를 길게 빼면서 소개를 하자 관중들의 환호와 야유가 섞인 함성이 일어났다.

마우스피스를 지그시 깨물면서 그는 사뿐사뿐 스텝을 밟고 있었다.

"다음은 홍코너의 챔피언을 소개해 드리겠습니다. 콜로라도 덴버 출신이며 현 세계 헤비급 챔피언 소니 리− 스− 튼−"

조롱과 야유의 소리만 들렸다.

레프리가 룰에 대한 지시를 하기 위해서 두 선수를 링 중앙으로 불러모았다.

레프리의 룰에 대한 지시는 재판장이 선고하는 판결문과 같이 링 위에서는 거부할 수 없는 하나의 법칙이다.

리스튼은 클레이를 노려보았다. 그것은 트레이닝을 느슨하게 한 것과는 상관이 없었고, 오직 클레이를 해치겠다는 의미이자 경고였다.

클레이는 사실은 무척 공포스러웠지만 아무것도 겁내지 않기로 마음먹은 대로 같이 노려보자 리스튼이 눈길을 아래로 떨구었다.

그게 미묘했다. 클레이가 빠르고 크며 만만치 않다는 것을 그도 인정했다는 뜻이 되었다.

"버팅 조심하고 로우블로 치지 말고 브레이크 시 떨어져라. 알겠어?"라는 레프리의 말에 "네"라고 대답하는 대신, 그날 저녁에는 처음으로 리스튼에게 한마디 던졌다.

"이 자식아, 바로 처치해 버리겠어."

챔피언 리스튼이 홍코너로 돌아가서 기다릴 때 윌리 레디시가 나지막이 지시했다.

"KO만 노리지 말고 여유를 가져라. 틀림없이 KO로 잡을 수 있다."

그러나 그는 '클레이를 꺾기 위해서는 기다려서는 안 된다. 빨리 처치해 버려야 한다'는 엉뚱한 생각을 하고 있었다.

'6, 7라운드를 넘기면 자신감이 없어진단 말이야.'

사실상 후반에는 근래 어깨·다리 등에 부담감을 느꼈고 간혹 몸이 무거워지는 기분이 들기도 했다.

"삐—익"

경기시작 10초 전을 알리는 버저가 울리자 레프리가 "세컨드 아웃!"을 외치며 양팔을 벌려서 지시했다.

링 위에는 선수와 레프리 외에는 사람은 물론, 물병·수건 등 어떠한 것도 조금이라도 걸쳐 놓을 수도 없게 되어 있다.

"땡!"

1라운드가 시작되었다.

클레이는 리스튼이 걸어나온 거리보다도 정확하게 2배만큼 멀리 또 빨리 그의 앞으로 달려나갔다.

리스튼을 응시하면서 시계 반대방향으로 스텝을 밟기 시작했다. 잽 잽 잽을 내밀었으나 거리가 짧았다.

클레이가 다시 잽을 내밀었을 때 리스튼은 라이트 스트레이트로 카운터를 노렸다.

상대의 레프트 잽에는 오른쪽으로 살짝 피하는 동시에 라이트 카운터로 반격하는 것이 정석이다.

잽을 내미는 상대의 왼쪽 얼굴이 사정권에 들어와서 노출되고 상대는 자신의 레프트 잽에 막혀서 후속타인 라이트 공격을 하기 곤란하기 때문이다.

리스튼은 비록 성공하지는 못했지만 잽을 함부로 내밀지 못하게 만들고 위축시키겠다는 목적을 가지고 있음이 분명했다.

클레이의 잽이 주춤거리자 리스튼이 잽 잽으로 공격했고, 그는 왼쪽 왼쪽으로 피했다.

리스튼은 스텝없이 그냥 돌진하면서 클레이를 코너로 몰아붙이려고 했다.

오른쪽 왼쪽으로 피하던 클레이가 왼쪽에서 오른쪽으로 상체의 중심을 이동하는 순간 리스튼의 왼손 보디블로가 클레이의 갈비뼈 하단에 꽂혔다.

리스튼의 글러브가 상당부분이 파묻힌 듯한 강타였다.

지금까지 대부분의 상대들이 그 레프트 보디블로 한방에 끝나 버려서 라이트는 필요조차 없어서 그랬는지는 몰라도 그는 라이트까지 연결시키지 못했다.

라이트가 연결되었더라면 힘이 빠지기 전인 초반이어서 아주 위험할 뻔했다.

클레이는 지금까지 그러한 예가 없었고 누구도 하지 못한 무감각한 표정으로 리스튼을 주시했다.

"리스튼은 클레이의 충격흡수력과 반사신경에 놀라는 것 같았어요."

그의 친구 매키니가 말했다.

리스튼의 잽에 이은 라이트 훅이 이어지자 클레이는 그 자리에서 발을 붙인 채 주먹을 똑바로 쳐다본 채로 상체만 뒤로 젖힌 몇 cm 차이의 백스웨이(back sway)로 피해 버렸다.

엄청난 순발력과 자신감이 없으면 도저히 할 수 없는 동작이고 기술이었다.

리스튼의 잽은 단순한 잽이 아니라 헤비급사상 가장 강력한 잽으로 알려졌었다. 잽만으로도 수많은 상대를 쓰러뜨려 왔다.

그는 큰 체구에 비해서 빠른 발을 가졌으며 반사신경도 뛰어났다.

클레이가 백스텝을 밟았을 때 리스튼이 따라가면서 내밀었던 잽 잽 잽은 모두 허공만 갈랐다.

라운드 후반 리스튼의 눈가에 터진 잽으로부터 본격적인 클레이의 공격이 시작되었다.

잽 잽잽 잽잽 이후, 원 투 스트레이트와 왼손 훅까지 연결되었다.

클레이는 정확하게 리스튼을 보고 있었을 뿐 원한을 품었거나 겁을 먹은 눈빛이 아니었다.

방어를 위한 위장공격도 아니었고, 상대의 반격을 두려워하여 체중을 싣지도 못하는 공격을 위한 공격도 아니었다.

체중을 완전히 실어서 몸을 리스튼 쪽으로 약간 굽힌 자신감에 찬 공격이었다. 바로 이 장면은 이후 신문·책·잡지 등에서 계속 게재되었다.

리스튼은 당황하기 시작했다.

자신의 잽이 모두 빗나가자 힘이 빠지면서 호흡이 가빠지기 시작했는데, 연타공격까지 받게 되자 불길한 생각이 왈칵 들었다.

'만약 저 자식한테 당한다면……'

종료 직전에 다시 클레이의 잽 잽 잽잽 잽잽이 터지고, 리스튼이 굽혔던 허리를 바로 세우려는 순간 1라운드 종료를 알리는 종이 울렸다.

두 선수는 계속 싸우려는 듯 떨어지지 않자 레프리가 둘 사이에 끼어들어 떼어놓았다.

클레이가 의자에 앉자마자 재빨리 마사지사 루이스 사리아가 어깨·다리를 중심으로 근육을 풀어주기 시작했다.

던디는

"리스튼의 스피드가 생각보다도 느리다. 그대로만 계속해."라고 지시했다.

클레이는 마음이 놓이는지 씩 웃으면서 물었다.

"누가 이겼어요?"

"당신이 이겼어."

다시 씩 웃었다. 그 웃음 속에는 감사하다는 뜻과 함께 '자신 있다'는 뜻도 들어 있었다.

리스튼에 대한 공포심은 완전히 사라진 듯했다.

놀랍게도 리스튼은 자신의 코너에서 서 있었다.

서 있다는 것은 불필요한 에너지가 낭비되므로 흥분되어 있을 때나 상대방에게 허세를 부릴 때를 제외하고는 바람직한 방법이 될 수 없다.

휴식시간 1분은 그 효과가 최대가 되도록 활용해야 한다.

아무래도 의자에 편히 앉아서 휴식을 취하고 마사지 등으로 몸을 부드럽게 하는 것이 이상적이다.

레디시가

"따라가지 말고 당신의 페이스를 유지하라. 곧 잡을 수 있다"고 독려했지만 계속 리스튼은 수긍하는 태도가 아니었다.

"땡!"

종소리와 함께 2라운드가 시작되었다.

먼저 리스튼이 잽 잽을 뻗었고, 클레이가 백스웨이로 피해 버리자 다시 라이트를 휘둘렀으나 크게 빗나갔다.

레프트 잽 없는 라이트는 성공할 확률이 있으나 레프트 잽이 미스할 때의 라이트는 성공할 확률이 이보다 훨씬 낮다.

라이트 공격 시에는 상대방이 라이트의 움직임을 미리 파악하지 못하는 경우가 있지만, 레프트가 빗나가는 순간에는 자세가 불안정해지고 오히려 역공당할 수 있다는 불안감이 생기기 때문이다.

리스튼은 클레이를 코너로 몰고가서 한방에 끝내 버리려고 했다.

시계방향으로 돌면서 클레이가 잽을 뻗는 순간 리스튼이 레프트로 맞받았다.

이어 리스튼이 라이트 보디블로를 노렸으나 클레이는 팔꿈치로 블로킹해 버렸다.

로프에서 살짝 빠져나온 클레이가 잽으로 공격하자 그는 레프트 보디를 노렸으나 엉뚱하게도 로프를 크게 쳤다.

"철—렁" 로프 안에는 고무줄이 들어 있기 때문에 그 탄력의 높이가 큰 파도보다도 높아 보였다.

로프의 반동이 마치 자신을 비웃기라도 한다는 생각까지 든 리스튼은 다시 당황하기 시작했다.

'이제 어떻게 해야지?'

'저 미꾸라지같이 빠지는 놈을 어떻게 해야 움직임을 둔하게 만드나?'

공격과 방어의 동작 대신 다소 엉뚱한 생각이 일어나는 것은 시합을 망치게 만든다.

시합이 안 풀리고 고전할 때는 경기와 직접 상관없는 일이 자꾸 생각나게 되는 법이다.

리스튼은 안면에 대한 공격없이 접근하여 보디블로를 노렸으나 위력이 약했다.

리스튼의 보디 공격이 가볍게 성공되었을 때 클레이는 짧은 원투를 성공했는데, 갑자기 리스튼의 왼쪽 눈 밑이 부풀어 올랐다.

서로 엉키자 레프리 펠릭스가 두 선수를 떼어놓았다.

클레이가 스텝을 밟으면서 전진하려고 하자 리스튼은 기다렸다는 듯이 원투를 휘둘렀으나 빗나갔다.

이어서 클레이가 원투로 가격하는 순간 왼쪽 눈 밑의 부어 있던 부분에서 붉은 피가 흐르기 시작했다.

손바닥 쪽의 오픈블로로 가격하면 접촉 부위가 넓게 비껴지므로 피부가 찢어지기 쉽다.

오픈블로는 파울의 대상이며 심하면 실격까지 당할 수 있다.

너클파트로 정확하게 가격당한다면 충격은 크지만 찢어져서 피가 흐르는 경우는 사실상 없다.

헤비급사상 가장 치열한 난타전이었던 알리·프레이저 간의 3차전 때 무수한 가격으로 프레이저의 눈 주위가 부풀어지고 앞이 안 보여서 14라운드 종료 기권패할 때까지도 피가 흐르지 않았던 사실을 보면 쉽게 알 수 있다.

펠릭스 레프리는 아무런 조치없이 계속 시합을 진행했다.

리스튼이 레프트 잽을 히트한 후 라이트를 노렸으나 빗나갔고, 안쪽으로 피하면서 날린 클레이의 레프트 훅이 크게 히트되었다.

다시 링 중앙에서 맞서려는 순간 2라운드 종료 종이 울렸다.

1, 2라운드가 클레이의 확실한 우세로 끝나자 관중들은 웅성거리기 시작했다.

거의 틀림이 없다고 알려진 도박사들의 예상이 7대1이었기 때문에 관중들은 도저히 믿을 수가 없는 눈치였다.

그것도 행운의 러키 펀치가 아닌 스피드와 기술에서 리스튼을 압도했고 힘에서도 밀리지 않았다.

그렇다면 챔피언이 바뀌는 건가? 하나의 작은 혁명인가?

복싱 기자석은 차라리 공포가 휩쓰는 분위기가 되어 갔다.

46명 중 43명이 이길 것으로 예상했던 리스튼이었지만 러키 펀치가 아니면 뒤집기 곤란하다는 생각이 들기 시작했다.

가자들은 클레이가 이기면 자신들이 독자들에게 KO패한다는 사실 때문에 초조해지기도 했지만, 과연 뒤집혀지는 시합이 될 것인지 알고 싶은 마음에서 기대감이 섞인 긴장감도 느끼고 있었다.

리스튼의 코너에서는 폴리노가 솜에 지혈제를 묻혀서 상처를 누르고 있었다. 리스튼의 숨소리가 약간 가쁘게 들렸다.

3라운드가 시작되었다.

스텝을 밟는 것이 기본이자 '트레이드 마크'인 클레이가 발뒤꿈치를 매트에 붙인 채 걸어서 앞으로 나왔다.

이는 KO승 아니면 KO패 하겠다는 진검승부의 의사표시이면서 자신있다는 의사표시이기도 했다.

리스튼이 잽잽으로 가볍게 안면에 히트시킨 후 라이트로 안면을 노렸으나 클레이는 글러브로 블로킹했다.

초반에 스텝도 밟지 않고 공격도 하지 않던 클레이는 30초쯤 지나자 번개같은 잽을 뻗기 시작했다.

잽 잽잽 원투에 이어 오른손 스트레이트가 깨끗하게 리스튼의 머리에 히트되었다.

다시 원투로 이어지자, 리스튼의 무릎이 순간적으로 꺾였다가 원상태로 돌아왔고 코에서는 코피가 흐르기 시작했다.

"이 자식, 이리 와."

다물고 있던 클레이의 입이 재가동되기 시작했다.

아무도 예상하지 못했던 순간에 리스튼이 라이트를 쭉 뻗었으나 클레이의 피격예상 지점은 이미 그곳에 없었다.

다시 레프트 훅을 휘둘렀으나 글러브로 블로킹되었다.

클레이의 라이트가 눈 밑의 상처 부위에 히트되자 상처가 더 깊게 찢어지면서 피가 튀었고, 다시 잽 잽으로 연결되자 얼굴과 뺨으로 피가 번지기 시작했다.

리스튼은 거리를 잰 후 정확하게 공격하는 대신 방어할 목적을 겸하여 많은 힘을 들여서 아무렇게나 펀치를 남발하고 있었다.

종료를 알리는 종소리와 함께 3라운드가 끝났다.

리스튼은 그의 코너로 돌아갈 때 발바닥이 매트에 붙지 않고 약간 떠서 걷는 것처럼 흐느적거려 보였다.

폴리노는 그의 땀을 닦아준 다음 서너 번 심호흡을 리드해 주었다.

그런 다음 나지막하게 지시했다.

"미스 펀치를 줄여."

종소리와 함께 4라운드가 시작되었다.

본래 클레이는 쉬는 것으로 계획한 라운드였으나 리스튼을 움직이면서 펀치를 빗나가도록 만들 요량으로 천천히 그러면서도 느긋하게 링을 돌았다.

리스튼에게 강한 공격을 가하지는 않았지만 그가 계속 움직이면서 지쳐가도록 귀찮을 정도의 공격은 계속했다.

이를 눈치챈 리스튼은 순식간에 접근해서 라이트 훅을 안면에 히트시켰고, 클레이가 흔들리면서 백스텝을 밟자 따라가면서 연타를 휘둘렀으나 거리가 짧아서 충격은 못 주었다.

계속 코너로 밀어붙이려고 했으나 클레이는 로프를 타고 흐르는 사이드스텝으로 그때마다 공격권을 벗어났다.

30초 정도의 시간이 남았을 때 클레이가 갑자기 눈을 못 뜨고 쩔쩔매는 충격적인 일이 일어났다.

리스튼이 공격해 올 때는, 백스텝과 클린칭만이 유일한 방어 수단이 되었으며 사실상 장님이 되어버린 셈이었다.

리스튼은 자신감을 갖고 원투를 휘둘렀으나 짧았고, 보디를 노렸으나 블록킹되었으며, 훅을 휘둘렀으나 클린칭으로 막혀 버렸다.

그가 한방에 KO시킬 자신이 있었다면 계속하여 휘두를 것이 아니라 찬스를 기다렸다가 단 한번의 결정적인 공격을 했어야 했다.

눈을 못 뜨는 클레이에게 결정타를 날리지 못한 것은 이미 결정타가 없었고 결정타를 만들 수 있는 능력도 없었다는 것을 말한다.

4라운드 종료 종이 울렸을 때 던디는 재빨리 나가서 클레이의 손을 끌고 왔다.

"앞이 안 보여요. 빨리 글러브를 풀어 줘요."라고 클레이가 소리쳤다.

찌르는 듯한 통증을 느끼자 눈을 비비기라도 하려고 그는 안달이었다.

"이런 경우는 처음인데 어떻게 하나?"

잠시 머뭇거리던 던디는 재빨리 대처해 나가기 시작했다.

우선 스펀지를 물로 깨끗이 씻은 후 클레이의 눈언저리 부분에 대고 세게 압박했다.

속눈썹이 빠져서 눈알을 찌르고 있는 경우 그것이 반대편으로 밀려온다는 것을 알고 있었다.

다시 스펀지를 깨끗이 씻은 다음에는 눈까풀 안쪽의 구석구석을 깨끗이 닦아 내었다. 그 스펀지로 자신의 눈도 닦았다.

코너 주변에 자리잡고 있는 많은 무슬림들이 던디와 파체코가 리스튼을 후원하는 이탈리아 출신 갱단과 공모하여 클레이의 물에 독약을 탈 것이라고 의심하고 있었기 때문이었다.

던디가 이를 몇 차례 반복하자 무슬림들의 의심과 함께 클레이의 눈에서도 통증이 사라지는 듯했다.

"괜찮아?"

"덜한 것 같은데요."

"잘 됐어. 당신이 이기고 있는 시합이야, 당신이 챔피언이야."

던디는 클레이를 격려해서 출전시킬 수밖에 없었다.

이 경우 출전을 지연하거나 포기하면 정당한 가격의 후유증으로 인정할 수밖에 없으므로 바로 카운트를 세어서 KO로 처리해 버리게 된다.

아무리 최선의 경우를 기대하더라도 레프리가 "타임"을 부른 후 복싱위원회 소속 의사로 하여금 진단 조치하게 하는 정도이지만 별로 실속이 없다.

시합의 속개가 불가능할 경우에는 불가능하게 된 클레이가 KO로 질 수밖에 없는 입장이다.

휴식시간 1분이 거의 끝나갈 즈음에 레프리가 클레이의 코너로 왔다.

"5라운드!"라는 말과 함께 손가락 다섯 개를 펼쳐 보였다.

그는 이 사태를 몰랐던가 아니면 심각하게 보지 않았음을 의미했다.

클레이가 눈을 못 떴던 순간의 사태를 놓고서 각종 유언비어가 난무했다.

가장 그럴 듯한 소문은 3라운드 종료 후 쉬는 시간에 물을 섞으면 순식간에 굳어지는 구운 석고를 리스튼이 글러브에 바르고 나왔다는 것이었다.

그러나 바르고 난 뒤 2, 3분 후에 효력이 잠깐 나타났다가 없어지는 구운 석고는 시간상으로나 성분상으로 있을 수가 없다.

어떠한 유언비어가 있든 간에 사실은 다음 두 가지 중 하나로 추정되었다.

첫째는 시합 중에 우연히 속눈썹이 빠져서 눈까풀 안쪽으로 들어간 경우이고, 둘째는 리스튼의 글러브 엄지손가락 부분이 클레이의 눈을 찔렀고 이때 땀이나 이물질이 함께 들어간 경우이다.

리스튼의 코너에서는 이러한 소동을 모르고 있었다. 알았더라도 신경을 쓸 일이 아니었다.

클레이가 시합을 계속할 수 없다면 기권승[KO승]할 수 있는 입장이었으므로 신경 쓸 이유가 없었다.

5라운드가 시작되었다.

눈에는 아직 통증이 있고 물체가 흐릿하게 보이는 상태여서 리스튼과의 거리를 떼어놓으려고 했으나 거리조절이 잘 되지 않았다. 팔꿈치로는 갈비뼈를 보호하고 글러브로는 얼굴을 커버 (cover)하다가 보니, 명치나 옆얼굴 부위가 자주 노출되었다.

노출된 부위를 중심으로 리스튼의 특기인 레프트 라이트 보디 블로에 이은 레프트 훅이 두 번 터지자 클레이가 비틀거렸고, 다시 레프트가 명치에 꽂혔다.

명치에 가격을 당하자 클레이는 단지 졸린다는 생각이 들었다.

무릎에 힘이 빠진다는 생각은 어렴풋이 느꼈고 잠깐만 눈을 붙였으면 하는 생각뿐이었다.

리스튼의 힘이 빠지기 전인 초반 라운드에서 이러한 공격을 당했더라면 KO패 당했을 수도 있었다.

"빨리 빠져나와."

치어리더 출신이기도 한 번디니가 익숙하게 고함을 질렀다.

링 안에 들어갈 수 있는 2명을 포함하여 코너에서 세컨드를 담당하는 4명은 원칙적으로 소리를 지를 수 없게 되어 있다.

과격한 소리를 지르거나 이상한 행동을 하면 레프리가 세컨드를 퇴장시킬 수도 있고, 소속 선수에게 감점 등 적합한 제재조치를 가할 수도 있다. 그러나 특별히 방해가 되지 않는 한 이는 제지하지 않는다.

지나치게 조용하고 엄숙한 분위기는 관중들의 열기마저 얼어붙게 할 우려도 있기 때문이다.

번디니의 함성에 번쩍 정신을 차린 클레이는 리스튼을 밀쳐버리는 듯한 동작을 하고서는 링 중앙으로 빠져나왔다.

다소 모험이 따랐지만 작전을 바꾸기로 마음먹고 리스튼의 공격을 차단하기 위해서 행동반경이 큰 좌우 훅을 휘둘렀다.

라운드 중반 이후부터는 눈에 통증이 가셨고 시력도 정상을 회복했으나 이미 이번 라운드에서 리드하기는 불가능했으므로 무모한 반격은 삼갔다.

리스튼은 계속 KO를 노렸지만 클레이는 더 이상 그런 찬스를 허용하지 않았다.

그는 스텝을 밟고 외곽으로 돌았으며, 접근되었을 때는 더욱 밀착시켜서 공격이 불가능하도록 만들고 자신의 체력을 아끼고 있었다.

리스튼은 링 위에서나 폭력단의 행동대장이었을 때나 상대방이 움츠러드는 것으로 한 수를 먹고 들어갔다.

주눅이 든 상대는 리스튼의 공격을 받기도 전에 오금을 저렸으며 이미 반쯤은 KO된 상태가 되었었다.

그런데 클레이만은 처음부터 달랐고, 소경인 것과 마찬가지 상태에서 3분 가까이 공격했는데도 KO되기는커녕 첫 라운드 같은 원기왕성함을 보이자, 갑자기 리스튼은 힘이 빠지면서 항복해 버리고 싶은 생각이 엄습해 왔다.

35계까지 계속 공격해도 상대가 꿈쩍도 하지 않으면 마지막 36계로는 도망쳐 버리는 것과 같은 이치였다.

리스튼이 자신의 공격이 먹혀들지 않음을 알아차리고 도망이라도 쳐 버리고 싶은 마음이 강하게 들 때쯤에 5라운드의 종료 종이 울렸다.

리스튼이 의자에 앉자 그의 속마음이 이미 철저하게 무너져 내린 사실은 모르는 채, 레디시가 신나게 그의 몸을 마사지하기 시작했다.

잘하면 역전승도 가능하겠다는 기대감 때문이었다.

"그래 바로 그거야. 이대로만 하면 KO승이야."

레디시는 입가에 침까지 튀기면서 열심히 지시하고 있었다.

던디는 클레이에게 냉정하면서 짧게 지시했다.

"붙여 주지 마. 외곽으로 돌다가 공격해."

리스튼의 괴력이 언제 되살아날까 봐서 두려운 마음이 생기기 시작했다.

6라운드 시작 종이 울렸다.

클레이는 4라운드와 같이 나비처럼 나는 듯한 발 대신에 캔버스에 완전히 붙인 발로 KO작전으로 나왔다.

잽 잽 원투 스트레이트에 이어 레프트 훅까지 연타로 연결되었다. 그동안 리스튼의 반격은 한번도 없었다.

다시 잽 잽의 공격을 받자 눈 밑의 상처로부터는 많은 피가 흘러내리기 시작했고, 물레방아처럼 휘두른 펀치는 클레이의 어깨에 걸쳐지고 말았다.

이어진 보디블로가 크게 빗나갔을 때 클레이의 원투가 날카롭게 꽂혔다.

다시 접근되는 순간 보디와 안면으로 연결되는 클레이의 레프트 더블(double) 훅에 리스튼은 무릎이 '털썩' 꺾이는 듯했다.

리스튼은 얼굴이 부어올랐고, 클레이의 공격을 막을 수 있는 방법은 없는 듯이 보였다.

이때쯤은 클레이의 응원단은 물론이고 리스튼의 응원단까지도 승패가 끝났다고 해도 반대할 사람이 없을 정도가 되었다.

6라운드의 종료 종이 울리자 리스튼은 반쯤은 초점을 잃은 눈으로 자신의 코너에 돌아왔다.

"끝났어."

의자에 앉으면서 나지막하게 지껄였다.

폴리노와 레디시는 못 들은 척했다. 아니 도저히 들을 수 없는 말이었다.

대신, 약속이나 한 듯이 한꺼번에 리스튼을 격려하기 시작했다.

"저 새끼 많이 지쳤어. 한방이면 가겠어."

"보디 다음에는 안면으로 연결해."

꺼져가는 불씨를 살리기 위해서 필사적으로 매달렸다.

"이겨, 이긴다니까. 한방이면 보낼 수 있어."

맞기는 맞는 말이다.

100kg대 헤비급 챔피언의 한방에 나가떨어지지 않을 장사가 어디에 있을까. 그러나 그 한방을 맞출 수 있는 능력이 문제였고, 한방이 아니라 수백 방을 이미 얻어맞아 버린 게 문제였다.

"어깨가 아파요"라는 말에 즉각 폴리노는 온갖 정성을 다해서 집중적으로 마사지했다.

버저 소리와 함께 레프리가 "세컨드 아웃!"을 외쳤다.

레디시가 입에 마우스피스를 물려 주려하자 리스튼이 뱉어 버렸다.

헤비급 타이틀을 포기하리라고는 생각조차 못한 일이어서 마우스피스에 무슨 흠이 있는 줄로 알고는 "왜 그래?" 하고 물었다.

"못해요. 끝났어요" 하고는 고개를 떨구었다.

지금까지 단 한번의 다운조차 당한 일이 없었던 그가 경기를 중도에서 포기하다니 폴리노는 기가 막혔다.

레디시도 숨을 한번 크게 들이마셨다가는 리스튼의 얼굴을 쳐다보면서 신음에 가까운 소리를 내었다.

"그래."

그런 다음 레프리를 향해 손바닥을 보이면서 천천히 손을 내젓기 시작했다.

레디시의 신호를 알아차린 레프리가 양팔을 머리 위로 올려서는 X자를 만드는 것처럼 크게 두세 번 손을 흔들었다.

게임이 끝났음을 알리는 제스처였다.

'세컨드 아웃'을 알리는 버저소리가 들렸을 때 클레이는 7라운드의 작전을 머리 속에 그리고 있었다.

'7라운드에서 세상을 뒤집어 놓겠다'고 다짐하면서 자신의 글러브를 서로 '탁탁' 맞부딪쳐 보았다.

그러면서 리스튼을 쳐다보았더니 마우스피스를 뱉어 버리는 것이 아닌가.

"나는 도저히 믿을 수가 없었습니다. 그러나 모든 사실들이 말하고 있었습니다. 그가 싸우러 나오지 않을 것이 명백했습니다."라고 뒷날 한 인터뷰에서 밝혔다.

레프리가 머리 위로 X자를 그으면서 시합이 끝났음을 알리는 순간 클레이는 링 위에서 펄쩍펄쩍 뛰었다.

그러고는 손을 어깨 위로 치켜들고 주변에 있는 기자들을 가리키면서 고함을 질렀다.

"나는 왕이다. 세계의 왕이다. 취소하시오. 당신들의 말을 취소하시오."

이때 레프리가 다가와서 관중들이 볼 수 있도록 클레이의 손을 들어올리고는 그 자리에서 같이 한바퀴 돌면서 승리자임을 확인시켰다.

판정의 발표와 동시에 레프리는 승리자의 손을 들어올려 주어야만 한다. 간혹 링 아래로 내려갔다가 다시 올라와서 손을 들어주는 경우는 판정에 영향이 있는 것은 아니지만 매끄러운 진행이 못 된다.

"당신들의 말을 취소하시오"라는 조롱을 받은 링 사이드의 기자들은 창피한 생각이 들었다.

전국과 세계의 독자나 시청자들로부터도 놀림을 받게 될 것이라는 생각이 들자 얼굴이 화끈거렸다.

따라서 클레이의 말에 구차하게 변명을 늘어놓을 정도의 강심장을 가진 기자는 없었다.

클레이의 말이 기분 좋은 것은 아니지만 자신들의 논리보다도 더 신선하고 설득력이 있다고 믿지 않을 수가 없었다.

'클레이는 세계에서 가장 위대하다고 외치지만, 조 루이스, 로키 마르시아노가 도망다니면서 이긴 것을 본 일이 있느냐? 모든 챔피언들과는 다르게 도망다니면서 획득한 챔피언이다' 라고 혹평을 한 기자도 있기는 했다.

아침의 체중 체크 시 쇼는 만들어 낸 것이지만, 승리 직후의 환희에 넘친 함성과 제스처는 그렇게나 자연스럽고 감동적일 수가 없었다.

클레이는 잠시도 서 있지 않았다. 번디니와 함께 링 안을 빙빙 돌면서 계속 소리지르고 손짓을 해 대었다.

TV·라디오 등에서 마이크를 들이대자 클레이는 외쳤다.

"전지전능하신 알라신께서 나와 함께 하십니다."

"모든 사람들이 똑똑히 보았을 것입니다. 나는 세계에서 가장 위대합니다."

"나는 세계를 뒤집었습니다."

컨벤션 센터에 모였던 관중은 물론 미국 내 각 극장에서 폐쇄회로로 관람한 관객과 세계 각국에서 TV·라디오를 시청한 모든 사람들은 새로운 챔피언의 등극을 수긍하고 축하했다.

클레이는 6라운드까지 득점에서도 앞서고 있었다.

3명의 부심으로부터 1, 3, 4, 6라운드에서 10점 만점을 받았고 리스튼은 5라운드에서 10점을 받아서, 59대56으로 리드했다.

2라운드는 10대10으로 무승부였다.

KO로 중간에 끝나는 시합의 점수는 발표하지 않는다.

발표할 필요가 없기 때문이다.

리스튼은 왼쪽 어깨부터 허리춤까지 대형 밴드를 감았으며 눈 밑의 상처에도 밴드를 붙였다.

자신의 대기실에서 서둘러 옷을 갈아입고서는 폴리노와 함께 대기한 승용차로 걸어가면서 울고 있었다.

허무하고 가슴이 '뻥' 뚫린 것 같았으며, 마음이 완전히 빠져나가 버린 몸뚱이만 남아 있는 기분이었다.

그는 성 프란시스코 병원에 입원했다.

매니저 니론이 그의 어깨에 손을 얹고서는 "다시 한번 일어서자"고 격려하고 있었다.

클레이를 말 많은 큰 인형쯤으로 우습게만 알았던 리스튼은 "1라운드부터 어깨에 이상이 왔다"고 말했지만 클레이가 눈을 제대로 못 떴던 4라운드 후반과 5라운드에서 몰아붙였던 사실은 설명하지 못했다.

복싱위원회 소속 의사 알렉산더 로빈도 "리스튼이 왼쪽 어깨에 힘줄이 끊어지는 상처를 입었다"고 발표했지만 대부분의 언론에서는 어깨의 상처만이 이유의 전부인가에 대해서 회의감을 품고 있었다.

계약서에 리스튼이 패했을 경우에는 리턴매치를 하도록 규정되어 있었다.

그러나 스스로 포기했다면 리턴매치의 흥행성이 적어지므로 어깨의 상처를 과장하는 것으로 생각되었다.

리스튼은 과장이 섞인 어깨의 상처는 참을 수 있지만 KO로 졌다는 모욕감은 참을 수가 없었다.

'그 자식은 싸우기 전에 생각했던 놈이 아니었어. 나를 완전히 가지고 놀았어.'

창피한 마음에 이불을 머리 끝까지 뒤집어썼다.

기자들의 요청에·따라서 클레이는 임시 회견장으로 옮겨서 인터뷰를 시작했다.

"리스튼의 공격을 어떻게 생각합니까? 이길 수 있다는 자신감은 언제부터 들기 시작했습니까? 오늘의 주무기는 무엇이었습니까?"

"그는 나를 칠 수 없었고 따라올 수도 없었습니다. 나는 진다는 생각은 애초부터 없었고, 내 마음대로 칠 수 있었고 실컷 혼내 주었습니다."

"예상은 불리했는데 본인은 어떻게 생각했습니까?"

"나는 기자들의 예상을 믿지 않았습니다. 여러분들을 정의감이 있는 위대한 기자라고 믿고 싶었는데 여러분들은 그렇지 못했습니다.

원인이야 무엇이든지 간에 여러분들은 시청자나 독자들을 속였습니다. 남을 속이는 사람은 위대한 사람이 될 수가 없습니다. 그렇다면 누가 위대합니까?"

아무도 대답하지 못한 가운데 어색한 침묵이 잠시 계속되었다.

"누가 위대합니까?"

재차 묻자,

몇몇 기자들이 "당신이요"라고 중얼거리는 소리가 들렸다.

계속 기자들은 클레이의 개인적인 일까지 다양하고도 구체적으로 질문했다.

그는 농담이나 장난기가 섞인 평소의 태도와는 달리 진지하고도 솔직한 태도로 과장되거나 꾸밈없이 답변했다.

"프로 복서가 된 목적은 무엇입니까?"

「시카고 트리뷴」지의 기자가 물었다.

"돈을 벌기 위해서입니다. 나는 나의 계획을 달성할 수 있을 만큼 충분한 돈을 벌고 싶습니다. 그 이후에는 복싱을 그만두고 루이스빌 고향으로 돌아갈 작정입니다."

"본래 싸움하기를 좋아한 성격입니까?"

일본의 NHK기자가 질문했다.

"나는 지금까지 내가 시비를 걸어서 싸운 적이 한번도 없습니다. 사실 링 위에서 싸우기도 겁납니다. 다치는 것은 더 겁나고요. 또한 남을 다치게 할 마음은 더욱 없습니다."

"리스튼에 대한 인간적인 감정은 어떠합니까?"

로이터 통신 기자가 물었다.

"선배 챔피언으로서 존경합니다. 누구나 시합에서 이길 수도 있고 질 수도 있다고 생각합니다. 그는 챔피언이 되기 전까지 수많은 역경을 이겨 왔으므로 또다시 훌륭한 업적을 이룰 수 있으리라고 생각합니다."

라는 대답을 하자 많은 박수갈채와 환호가 쏟아졌다.

마침내 껄끄럽고 오해의 소지도 있는 블랙 무슬림에 관련된 질문들이 쏟아지기 시작했다.

"블랙 무슬림이라고 알고 있는데 사실입니까?"

"거리에서 피켓을 들고 선전활동을 했다는 것은 무슨 말입니까?"

"헌금을 강요하고 신도확대에 강제성이 많다는 것이 맞습니까?"

"클레이 당신도 모금활동에 참가합니까?"

클레이는 기자들에게 거부감을 주지 않도록 자신의 감정을 억제하면서 신중하게 대답하기 시작했다.

"나는 어렸을 때부터 어머니를 따라서 교회에 나갔으며 12살 때는 세례를 받기도 했습니다. 그러나 무엇을 하고 있고, 어디로 가고 있는지 잘 몰랐습니다."

"알라신을 믿고 나서부터는 마음 속에 평화를 찾았습니다. 내가 무엇을 해야 하고 어떤 길을 가야 하는지 훤하게 보였습니다."

"블랙 무슬림도 내게는 알라신일 뿐입니다. 알라신을 믿는 한 나는 평화로우며 평화롭게 신앙활동에만 전념할 뿐입니다. 알라신을 위하는 일은 피켓을 드는 일도 거리청소를 하는 일도 즐겁게 할 수 있습니다."

"전세계 인구의 4분의 1은 이슬람교 신자인 무슬림입니다. 나는 그중의 한명일 뿐이고 그들과 함께 평화롭게 살고 싶은 마음 뿐입니다."

"세상사람들은 우리를 '증오의 집단'이라거나 '공산주의자'라고까지 부르기도 합니다. 세상을 전복하려고 한다지만 이것은 사실이 아닙니다. 우리는 칼이나 나이프를 상대방에게 겨누는 킬러가 아니고, 평화와 진리를 위해서 하루에 다섯 번씩 기도하는 종교인입니다. 여성들은 남을 보지 않고 남이 보지도 못하도록 차도르를 입고 있으며 간통도 저지르지 않습니다."

"나는 죄를 짓고서 감옥에 간 전과도 없고 백인이 사는 동네로 이사를 갈 생각이나 백인 여자와 결혼할 생각도 없습니다. 흑인에 대한 자부심은 있을지라도 무조건 흑인을 옹호하지도 않습니다. 흑인 백인 모두 공평하게 사랑하며 잘못을 저지르지 않고 성실하게 살아가는 착한 젊은이입니다."

회견장은 박수와 환호, 그리고 찬사가 쏟아졌다.

루이스빌 후원회의 패버샘은 전혀 예상하지 못한 뜻밖의 승리 파티를 준비해야만 될 입장이 되었다.

여기저기 장소를 물색해 본 후 늦은 시간이기는 했지만 약간의 음식·샴페인·과일 등을 준비하도록 조치했다.

약속된 시간이 되었을 때 기자, 시합 관계자, 후원회 등에서 상당히 많은 사람들이 참석했다.

파티가 끝난 다음 클레이는 말콤X와 함께 그가 머무르고 있는 햄턴 하우스 모텔로 갔다.

상당한 시간을 그와 함께 보낸 후 집으로 향했다.

차 안에서 그는 다짐했다.

'나는 세계를 정복했다. 이제부터는 세계에서 가장 위대하다는 것을 보여주겠다.'

갈 등

블랙 무슬림의 시카고 본부 이맘인 엘리자 모하메드는 알라신을 찬양하며 블랙 무슬림을 홍보하는 클레이가 그렇게 귀엽고 예쁠 수가 없었다. 이맘은 알라신과 인간을 중개하며 독자적인 알라신의 성격을 가진 교단 최고의 존재이다.

백인들로부터 질시의 대상이 되어 왔던 그들의 위상을 한단계 높였고, 앞으로도 높여줄 것이 확실했기 때문이었다.

즉각 축전과 함께 축하전화를 걸었다.

'알라신의 가호로 세계 챔피언 타이틀을 획득한 것에 축하 드립니다. 우리 모든 무슬림들은 이 영광을 알라신의 이름과 함께 하고자 합니다. 하루빨리 상봉하기를 바랍니다.X

지금까지 엘리자는 복싱은 백인이 흑인을 착취하는 운동이라고 생각하고 있었다.

시합이 끝난 지 이틀 후 말콤X는 클레이와 함께 뉴욕으로 향했다. 클레이의 초청에 보답한다는 명분이었지만 엘리자와의 갈등 속에서 그를 자기 편으로 붙잡아 두려는 말콤의 속셈이었다.

클레이는 할렘가에 있는 데레사 호텔에 머물렀다.

챔피언에 등극한 직후였고 보면 그의 마음은 자유로웠고 모든 것에 여유가 있었다. 리스튼과의 리턴매치도 당분간은 생각을 보류하기로 했다.

말콤은 자기가 살고 있는 퀸스가 주변에 집을 사도록 권유했고 엘리자와 다른 새로운 독립그룹을 결성할 계획임도 설명했다.

알라신을 믿는 것만 알고 있는 클레이로서는 그와 엘리자와의 갈등은 이해할 수가 없었고 흥미도 없었다.

오직 무슬림 본부와 그 본부를 움직이고 있는 간부들로서만 존경하고 있었을 뿐이었다.

1963년초부터 말콤X는 엘리자에게 환멸을 느끼기 시작했다. 엘리자의 도덕적 자세와 규범에 관한 해석에서 모순을 발견했으며, 8명의 사생아가 있는데다가 최소한 여비서 두 명에게 임신시킨 사실도 알았다.

엘리자는 "예언자 모하메드의 처가 먼저 죽었듯이 나의 처도 먼저 죽었다. 성스러운 씨를 뿌릴 수 있는 처녀를 찾아서 부여받은 종족확산의 성스러운 임무를 수행해야 한다"고 유혹했다.

값비싼 보석 등의 선물이 따랐음은 물론이었다.

본부의 부동산 축적, 보석, 사치스러운 차 등 재정적인 부정도 심각한 수준이었으며, 백인을 악마로 규정하는 과격성에 대해서도 말콤은 의문을 가지기 시작했다.

FBI에서도 엘리자의 배다른 아이들 문제와 각종 정보를 통해 파악되는 말썽들을 1960년대 이전부터 주목하고 있었다.

말콤X는 설교 등에서 본부의 권위는 적은 시간에 약하게 말하고, 무슬림의 형제애는 많은 시간에 강하게 말하기 시작했다.

처음에는 모호하게 정치적인 활동에 개입하는 전통적인 노선을 포기하도록 요구하면서 감히 엘리자에게 도전해 갔다.

그러나 무슬림이 선지자에게 충성하는 조직의 특성상 쉽게 공격할 수가 없었고, 비방 활동도 먹혀들 만한 소지가 별로 안 보였다.

1963년 11월 중순 말콤X는 지역 모스크의 대규모 집회에서 흑인 근로자에 대한 고용을 거부하는 퀸스에 있는 점포 소유주들의 보이콧을 찬성한다고 공언했다.

이는 백인 사회의 세속적인 활동에 대해서는 관여를 금지한다는 본부의 방침에 정면으로 위배되는 행위였다.

본부의 지도부에서는 그를 그들의 통제를 벗어난 존재로 간주했다.

엘리자가 주재한 본부의 참모회의에서는 전원 찬성으로 그의 활동을 대부분 금지시켰다.

몇 주 뒤 케네디 대통령이 암살되는 사건이 발생했다. 미국은 물론 전세계가 비탄과 슬픔에 빠졌다.

엘리자는 참모들이 틀리게 논평을 할 경우에는 무슬림에 손해를 가져올 수도 있다고 판단했다.

따라서 전국의 참모들과 책임자들에게 대통령의 암살에 대해서 직접적인 언급을 피하도록 요구하는 서신을 보냈다. 특히 말콤X에게는 전화로도 경고했다.

며칠 뒤 말콤X는 할렘의 맨해턴 센터에서 개최된 뉴욕 흑인

상공회의소에서 주최한 월례모임에 강사로 초청되었다.

그는 백인들을 노아와 롯에 비유해서 흑인들에게 저지른 그들의 죄에 대한 벌로 재앙만이 따르게 될 것이라는 연설을 했다.

그의 연설이 끝나자 청중 속에서 한 여인이 일어나서 케네디 대통령의 암살도 이에 해당되느냐는 질문을 했다.

말콤X는 "대통령의 암살은 자업자득이다"라고 말하는 실수를 저질렀다.

할렘의 청중들은 환호했다.

더 나아가서 그는 농장 부근에서 살고 있는 흑인 어린이들이 부르는 노래도 덧붙였다.

"자업자득은 나를 슬프게 만들지 못합니다. 그것은 나를 기쁘게 만듭니다."

이 기사는 다음날 아침 「뉴욕 타임스」에 게재되었다.

즉각 엘리자는 말콤X를 시카고로 소환했다.

"오늘 아침 신문 보았소?"

"예."

"대단히 나쁜 내용이오. 전 국민이 대통령을 사랑했고 비통에 젖어 있어요. 시기가 아주 좋지 않아요. 그러한 일은 일방적으로 본부를 대단히 곤란하게 만들고 있소.

당신은 앞으로 90일간 침묵해야만 하오. 물론 일체의 외부강연도 하지 말아야 하오. 모든 무슬림들이 그러한 황당한 일과는 상관이 없게 만들도록 말이오."

엘리자는 단호했다.

"예, 그렇게 하겠습니다."

엘리자는 말콤을 그들의 회의에 참석하지 못하게 함은 물론, 외부초청 강연도 못하게 하여 더욱더 고립시켜 버릴 결심이었다.

엘리자는 본부 신문인 「모하메드 스피커」에 케네디 추모사진을 게재하도록 지시했다.
우리의 대통령을 잃은 데 대해 전 국민들은 애통해하고 있다는 해설기사도 따랐다. 그의 참모들에게는
"말콤이 뉴욕의 제7모스크에서 설교하지 못하도록 하라. 설교를 하려고 하면 물리적으로라도 막으라"고 지시했다. 그는
"나는 그로부터 모든 것을 박탈할 것이다."라고 보스턴의 참모 루이스X에게 말했다.

그 직후부터 말콤X는 나이프나 곤봉 등으로 공격당할 것 같은 공포감을 느끼기 시작했다.
우선 제7모스크의 무슬림들이 말콤을 멀리하기 시작했다. 자기들끼리 수군거리다가도 그가 나타나면 이야기를 중단하고 하나 둘씩 사라져 버렸다. 그들의 얼굴에는 미움이 아닌 두려움이 가득찬 듯했다.
그는 엘리자의 보호를 벗어났을 뿐만 아니라 무슬림들로부터도 배척당하고 있었다.
"머리 안에서 피가 흘러내리는 듯한 느낌이 든다"는 그의 말에 주치의 레오나 튜너는
"엄청난 스트레스를 받고 있으니 휴식이 필요하다"고 말했다.

말콤은 엘리자에 대한 충성심과 그를 비난하고 싶은 욕구 사

이에서 갈등을 느끼고 있었다.

그렇지만 그는 엘리자의 두 핵심 참모인 루이스X와 론니X에게 사과하고 "더욱 충성하겠다"고 맹세했다.

동시에 엘리자에게 사과편지도 보냈다.

사과문을 읽은 그는

"말콤의 글에는 어딘지 비난의 응어리가 보인다"고 말했다.

그는 "언젠가는 뉘우치겠지. 완전히 달라질 때까지 기다려 보자"고 하면서 말콤에 대한 금지조치를 무기한 연장했다.

세계 챔피언에 오른 클레이와 말콤X가 며칠째 뉴욕 거리의 관광은 물론 UN본부까지 가서 각국의 대사들과 만났고, 말콤이 무슬림의 개혁에 대한 필요성까지 강조했다는 보고를 받고서는 엘리자는 증오심으로 불탔다.

"말콤 이놈을 당장 요절내어 놓아야지. 그냥 두었다가는 무슬림을 팔아먹고 말 놈이야."

극비리에 핵심 참모회의를 소집하고서는 이에 대한 대책을 논의했다.

엘리자와 루이스X·론니X 등 3명만 참석한 회의에서는 우선 클레이와 말콤이 관계를 끊도록 설득하고, 불응 시에는 폭력으로 대처하는 방안이 거론되었지만 문제점이 많아서 포기했다.

다음은 평화적이면서도 클레이가 따라오지 않을 수 없는 방법을 모색한 결과 그의 자존심을 건드리기로 결정했다.

그것은 3월 6일 무슬림의 자체 라디오 방송으로 엘리자가 직접 발표한 캐시우스 클레이의 개명요구였다.

"캐시우스 클레이는 노예이름이다. 세계 챔피언이 노예 이름을 쓰는 것은 흑인에 대한 모독이며 알라신에 대한 도전이다. 용감한 투사들은 콜로세움에서 사투를 벌였던 당시부터 명예롭고 영광스러운 자신의 이름을 가져왔다.

모하메드는 이슬람교를 창시하신 예언자로서 축복과 영광스러움을 의미하고, 알리는 예언자 모하메드와 일체임을 나타낸다.

따라서 우리의 세계 챔피언이 '모하메드 알리'로 개명할 것을 요구한다. 이는 알라신과 우리의 영원한 예언자 모하메드의 계시이다."

데레사 호텔에서 같이 라디오 방송을 들었을 때 말콤X는 펄펄 뛰었다.

"이는 당신을 웃음거리로 만들고 우리 두 사람을 이간질시키려는 음모이다. 캐시우스 클레이는 당신 증조부에게 땅을 무상으로 주고 이름까지 그냥 준 훌륭한 백인이라는 것을 당신도 알고 있지 않느냐? 노예이름이라는 것은 얼토당토않은 말이다. 나는 엘리자와 그 추종자들의 술수를 모두 알고 있다."

이에 클레이는 냉정하고 단호하게 말했다.

"무슬림의 지도자인 엘리자에게 무례하게 굴지 말아라. 나는 무슬림을 믿을 뿐 특정 개인을 믿지도 않고 그런 문제는 관심도 없다. 더 이상 그런 말을 하지 말아라."

말콤X와의 개인적인 친분은 이것으로 사실상 끝나 버렸다.

시카고 본부로부터 확인차 방문했던 특사에게 클레이는 모하메드 알리로 개명하겠다고 약속했다.

그의 이러한 약속은 적어도 가족, 체육관 관계자 등 가까운 사람들에게는 많은 충격을 가져다 주었다.

특히 클레이 부친은 무척 서운해했다.

"뭐? 이름이 어떻다고? 나는 이 이름으로 돈 벌어서 두 아들을 이만하게 키웠어. 그놈은 바꾸든지 말든지 마음대로 하라고 해. 나는 조부로부터 물려받은 이 이름을 죽을 때까지 가지고 갈 거야."

사실은 그는 신앙심이 깊은 기독교인은 아니었지만 무슬림에 대한 서운한 감정은 숨기지 않았다.

"탐욕스러운 그들이 돈 뺏으려고 자식을 속이고 있다"고 노골적인 분노를 나타내었다.

이후 이들은 부자간의 관계마저 소원해지고 말았다.

클레이 부친은 조상들의 은공을 모르고 자신의 권위를 무시한다고 생각하지 않을 수 없었다.

알리는 루이스빌에 왔을 때 본가에 머무르지 않고 시내 호텔에 투숙하곤 했다.

본가에 왔을 때도 집 앞에 차를 대기시켜 놓고서는 짧은 대화만 나누었으며 그것도 멀리 떨어져 앉은 상태였다.

"무슬림측에서 아들과 우리들이 가까이 앉지 못하도록 요구한 것 같았어요. 부친에게는 물론 저에게까지도 떨어져 앉았어요. 다 키워 놓자 가까이 앉아 보지도 못하는 우리들의 마음을 다른 사람들은 잘 이해하지 못하겠지요."

모친 오데사는 목이 메어 떨리는 음성으로 이야기를 했다.

던디는 별다른 반응을 보이지 않았다.

사실상 파이터 머니의 10%라는 엄청난 수입이 보장된 챔피언의 트레이너이면 만족했고, 그의 종교나 이름은 상관없는 문제였다.

"종교나 이름이 어떠하든 나에게는 똑같은 선수일 뿐입니다.

그것은 옷과 같은 것이어서 입을 수도 있고 벗을 수도 있습니다. 훈련만 충실히 하면 다른 것은 적은 문제죠."

라고 하면서 어깨를 으쓱해 보였다.

한편 백인 사회의 여론은 상당한 거부감과 함께 비판적이었다.

블랙 무슬림이 백인 사회에 저항하는 폭력집단으로 알려져 왔고, '흑인우월주의 운운……'하는 모습들이 고깝게 비쳐졌기 때문이었다.

'인종분리주의가 미국 사회에 어떠한 영향을 끼치는지는 누구나 알고 있다. 이를 옹호하는 무슬림인 클레이는 백인 사회를 훼손하게 하는 무기로 사용될 우려도 있다. 그는 '혀'의 연마보다는 복싱 기술의 연마에 매진해야 할 것이다.'라고 「뉴욕 타임스」가 보도했다.

'클레이가 복싱 발전에 중대한 해를 끼치고 품위를 손상했다'는 이유로 WBA(세계복싱협회)에서는 즉각 챔피언 자격을 정지시켰다. 이는 백인 사회의 여론을 의식한 일종의 제스처였다.

당시 복싱 흥행을 좌우하던 뉴욕·캘리포니아·펜실베이니아 등은 물론 거의 모든 가맹회원국에서도 이는 관여할 문제가 아니라고 주장하자 대변인이 잘못 발표한 것으로 결론짓고 없었던 해프닝으로 처리되었다.

WBA는 1962년 민간조직인 미국복싱협회가 개편된 기구이다.

미국복싱협회는 정부기구인 뉴욕주립평의회와 함께 1920년 결성되었다.

WBC(세계복싱평의회)는 1963년 WBA에 대항하기 위해서 설립되었다.

한국은 WBA · WBC 양쪽에 가입하고 있다.

양대 기구가 세계적인 기구가 된 후, 차이는 있지만 1국 1투표권이 근간이 되므로 투표권이 많은 중남미권에서 양기구를 주도하게 되었다.

이에 불만을 품은 미국 프로모터들이 주동이 되어 1983년 창설한 기구가 IBF(국제복싱연맹)이다.

5월에 접어들었을 때 모하메드 알리는 약 한 달간의 일정으로 이집트·나이지리아·가나의 순방길에 올랐다.

일행에는 무슬림 본부에서 추천한 엘리자의 여섯 아들 중 넷째이자 뒤에 그의 매니저가 되는 허버트 모하메드와 오스만 크라임 및 그의 친구이자 사진사인 하워드 빙햄이 동행했다.

이슬람 '형제'국가의 순방이 표면적인 목적이었으나, 말콤X와의 관계를 차단시키고 교세과시용 홍보배우로 활용하려는 무슬림 본부의 저의도 숨어 있었다.

이슬람교의 총본산인 사우디아라비아의 메카 입장에서 보았을 때는 블랙 무슬림은 이단일 수밖에 없는 종교집단이었다.

그렇지만 교세나 국제적인 위상 등에서 이미 블랙 무슬림은 무시할 수 없는 위치에 올라서 있었기 때문에 상호간에는 공식·비공식적인 협조관계가 유지되고 있었다.

따라서 방문국가의 선정이나 일정조정 등도 양측이 공동으로 협조하고 있었다.

아프리카의 중북부 지방은 중동만큼이나 이슬람교의 교세가 강하다. 어디를 가도 모스크가 있고, 어디를 가도 코란을 봉독하는 목소리가 그치지를 않는다.

알리 일행이 이집트의 카이로 공항에 도착했을 때 그를 보려고 사람들이 구름 떼같이 몰려들었다.

"알리, 알리."

어느틈에 알았는지 클레이라는 이름 대신에 모두들 "알리"라고 외치고 있었다.

낫세르 대통령의 초대를 받고서는 거대한 화강석으로 꾸며진 대통령관저로 갔다.

"어서 오시오, 우리의 형제."

대통령이 반갑다고 너무 세게 포옹을 했을 때 오히려 알리 자신이 어리둥절해졌다.

"인류의 문명이 이곳 나일강 유역에서 발생했듯이 형제의 챔피언 등극은 또다시 아프리카가 세계의 중심이 될 것임을 암시해 주는 거요."

대통령의 말에는 진심과 애정이 짙게 묻어 있었다.

알리가 쫓아 버리겠다고 할 때까지 잘생긴 그의 코 위에 앉아 있는 파리를 쫓지 않던 대인다운 모습에 감탄했다.

그는 미국의 정책에 다소 도전적이었지만 거역할 수 없는 메시아적인 거물이었다. 그의 권력은 침범할 수가 없었고 무시무시하여 한번만 노려봐도 사람이 죽는다는 전설 속의 뱀인 바시리스크적인 통치를 하고 있었다.

낫세르 대통령과 함께 그의 전용선으로 나일강 일대를 순항했다.

다음날 알리는 이집트 전통의상을 입고 낙타를 타고서 피라미드 관광을 갔다.

사시눈을 하고서 피라미드 꼭대기를 쳐다보면서 그는 외쳤다.

"푸른 눈의 백인 악마들이 이러한 것을 만들었습니까? 그들이 이러한 것을 만들 수 있습니까?"

나이지리아의 아부자에서는 몰려든 관중을 향해 알리가 외쳤다.

"누가 왕입니까?"

"당신이 왕입니다."

"우리가 남입니까?"

"우리는 형제입니다."

조 루이스나 로키 마르시아노는 몰라도 자신의 이름은 알아주는 것이 못내 감격스러웠다.

자동차가 겨우 들어가는 오지에서도 그를 알았으며, 그를 알아 보았고, 그에게 호감을 보여 주었다.

이미 그는 세계에서 가장 유명한 사람 중의 한명이 되어 있었으며, 헤비급 챔피언 이상의 위치와 중량감을 가진 국제적인 인물이 되어 있었다.

가나의 아크라에서는 앵크루마 대통령을 면담했다.

대통령은 세계를 정복한 형제라고 추어올리면서 한참 동안이나 포옹을 해주었다.

이집트를 여행하고 있을 때 알리는 모하메드에게 개인적인 사생활 문제를 털어놓았다.

예쁘게 보이는 웨이트레스와 사귀어 왔는데 아프리카에 오기 직전 헤어졌고, 그후 자주 허전한 마음을 느낀다고 했다.

빙그레 웃으면서 듣기만 하던 모하메드는 며칠 뒤 한 여자의 다양한 모습의 사진을 보여주었다.

그는 무슬림 본부 스튜디오의 책임도 겸하고 있었는데, 아프리카 방문 준비를 하면서 실수로 가방 속에 섞여 든 것이라고 했다.

알리는 "귀국하는 대로 소개시켜 달라"고 말했다.

손지, 그녀는 예쁘다기보다는 화려했다.

나이트클럽이나 바에서 파트타임 호스테스로 일하고 있던 그녀는 이미 10대 때 아들을 출산한 경험도 있었다.

두 살 때 그녀의 아버지는 피살되었으며, 여덟 살 때는 어머니마저 돌아가서 홀아비인 계부 밑에서 자랐다.

나이트클럽에서 일하게 되면서 학교를 중퇴한 그녀는 소규모의 미인대회에 출전도 했었다.

대회 출전용 사진을 찍으러 왔던 그녀를 모하메드는 「모하메드 스피커」 전화 홍보원으로 고용했다.

아프리카에서 돌아온 뒤 허버트의 주선으로 그녀와 자연스럽게 만남의 자리가 마련되었다.

며칠 뒤 그는 손지에게 데이트를 신청했고, 데이트를 하는 자리에서 바로 결혼해 줄 것을 요구했다.

"나는 그가 진정으로 하는 말인지 아닌지를 몰랐어요. 그에 대해서 아무것도 아는 것이 없었지만 의논할 엄마도 안 계셔서 모든 것을 저 혼자 결정해야 했어요. 하늘 아래 저는 혼자였어요."라고 그녀가 회고했다.

이어서

"몇 차례인가 같이 시간을 보낸 후에 그가 나를 필요로 한다는 것을 느꼈어요. 그는 강했지만 숙맥이었어요. 그는 친구같은 여자를 필요로 했는데, 누가 나보다 나을 것인지 쉽게 생각이 안 가더군요. 나는 그에게 좋은 아내가 될 수 있겠다는 자신감이 생겼어요. 가장 좋은 친구이면서 가장 좋은 아내가 되기로 결심했어요. 그것은 돈과는 전연 상관없는 문제였어요."

라고 덧붙였다.

그 이후 두 사람은 항상 함께 있었다.

그것은 체력이 떨어질까 봐서 그의 캠프에 있는 사람들을 불안하게 만들었지만 호사가들을 포함한 다른 사람들을 즐겁게 만들었다.

몇 년 뒤 알리는 그의 가장 큰 약점과 무슬림 교리에 가장 어긋난 점은 한 여자에 만족하지 못하는 욕심이라고 밝혔다.

결혼을 했든 안했든 간에 많은 여자들과 관계를 맺어왔던 그를 두고 파체코는 '골반 대사'라고 불렀다.

챔피언 타이틀을 따기 전까지, 그는 여자 문제에 극단적으로 담을 쌓아 놓은 상태였고 '호모'로 오해받기까지 했다.

무슬림이 되고 난 뒤에도 역시 섹스 문제에 담을 쌓아야만 하는 자신을 발견한 것은 극히 아이러니컬한 문제였다.

모든 유혹에 절제해 왔지만 반드시 그렇지만은 않은 것도 사실이었다.

"상대가 너무 가까이 있으니 키스조차 하지 않을 수 없는 경우가 있었고, 키스를 하다 보니 거기서 중지할 수가 없었습니다. 이십대 초반이라는 인생의 최절정기에 있던 젊은이었으니까요."

라고 밝히기도 했다.

그의 자서전에서는 창녀에게 동정을 잃었고, 초기 아마추어 선수였을 때 시합 전날 관계를 가진 후 그 시합에 진 경우도 있었다고 말했다.

그의 주변에는 백인을 포함한 많은 여성들이 들끓었다.

하루저녁에 한두 명씩은 그의 방문을 노크하기도 했고 "전화하라"고 하면서 전화번호를 주기도 했다.

화장을 안한 얼굴에 스카프를 쓰고는 무슬림 자매인 척하는 여자도 있었다.

"확실히 알 수 있었던 것은 무슬림 자매라면 그런 짓은 하지 않을 것이라는 사실이었습니다."

알리는 웃으면서 말했다.

손지는 섹스에서 그의 위대한 스승이었다.

"그녀는 다양한 기교를 갖추고 인도의 섹스교범대로 시범을 보일 수 있는 예술가라는 소문까지 있었죠."

라고 파체코가 말했다.

그들은 만난 지 두 달도 안 된 1964년 8월에 결혼했다. 그녀는 그의 성을 따랐고 훌륭한 아내가 되리라고 다짐했다.

손지가 무슬림에 어울리지 않는 행동을 했더라도 그녀의 섹스 능력에 홀린 알리가 그 당시에는 신경을 쓸 수가 없었을 것이다.

그러나 손지는

"내가 섹스에 대해 그에게 가르쳐 준 것은 아무것도 없어요. 처음 만났을 때부터 무엇을 해야 하는지 그는 이미 알고 있었어요"라고 이야기했다.

알리는 손지를 진정으로 사랑했고, 다른 무슬림들의 판단으로도 두 사람의 결혼은 행복한 것으로 보였다.

그러나 두 사람 사이의 틈은 사소한 문제에서부터 시작되었다. 손지는 무슬림에 대해 이러저러한 간섭을 했고, 당시 알리 주변을 에워싸고 있는 무슬림 멤버들에게 부적절하게 보이는 화장이나 복장을 했다.

그녀가 꽉 끼이는 '진'바지를 입고 나올 때는 그는 참지 못하고 큰 소리로 품위 있는 옷으로 바꾸어 입도록 강요했다.

연말이 가까운 어느 날에는 손지를 구타하는 일까지 벌어졌다. 손지를 구타한 사실에 대해 그는 두고두고 후회했다.

"그런 일은 한번뿐이었지만 그녀가 받은 상처보다는 내가 받은 상처가 컸습니다."

라는 말을 30년이 지난 뒤에도 되풀이했다.

두 사람 사이의 갈등과 불협화음은 엘리자 모하메드의 오해에 따른 사주와 함께 계속 깊어져 갔다.

제**7**장
평 정

야! 말콤X

"어이! 모하메드 형제."

지팡이를 짚은 말콤이 달려오면서 외쳤다.

"모하메드 형제."

다시 불렀으나 별다른 반응을 보이지 않자 포옹을 하거나 악수를 하는 등 2차적인 행동을 하지 못하고 어색하게 그 자리에서 멈칫거렸다.

가나의 수도 아크라에 있는 앰버서더 호텔 앞에서 우연히 마주치자 반가운 마음에서 달려오던 말콤은 머쓱해졌다.

"당신은 영광스러운 엘리자를 떠났소. 그것은 잘못된 일이오. 말콤 형제."

알리는 쌀쌀하게 말했다.

말콤이 더 이상 친구로서의 반가움을 표시하지 못하고 있는 사이에 알리는 서둘러 그 자리를 떠나갔다.

말콤은 메카를 순례한 후 아프리카를 여행하는 중이었고 순례자의 흰 가운을 입고 지팡이를 짚고 있었다.

그는 여행 중에 많은 백인 무슬림들을 만났는데, 푸른 눈의 악마라는 표현이 그들에게 많은 상처를 주고 있음을 알게 되었다.

그는 이번 여행을 통해서 정신적으로 더욱 온화해지고 포용력을 갖추게 되었으며 인생관을 송두리째 바꾸는 계기도 되었다.

한 기자가 "더 이상 백인을 미워하지 않겠다는 것이 사실입니까?" 라고 묻자

"그렇다"고 하면서 이번 여행에서 많은 것을 보고 느꼈다고 말했다.

알리가 떠나가자 말콤은 외로움을 느꼈다.

그가 6살 때 가비 교단의 부흥사였던 아버지가 백인 분리주의자들에 의하여 협박당하다가 의문의 전차 사고로 숨지고, 그가 14살 때 학교를 중퇴할 무렵 어머니는 8번째 아이를 낳은 직후 미쳐 버렸던 일과, 담임선생님의 '흑인으로서의 현실을 직시하라'는 말씀을 듣고서는 변호사가 되려던 꿈을 포기했고, 무슬림 본부로부터 축출당하여 생명의 위협을 느끼고 있는 일 등과 함께 친구 알리를 잃은 허전한 마음이 왈칵 밀려들었다.

아프리카를 떠나기 직전 그는 다정한 문구로 알리에게 편지를 보냈다.

'세계의 수십억에 이르는 형제들이 맹목적으로 당신을 좋아하니 그들에게 대한 막중한 책임감을 잊지 않도록 하고 일부에서 나의 명성을 훼손하지 않도록 협조하여 주시기 바란다'는 내용이었다.

표현은 모호했지만 '훼손'자들은 무슬림 본부를 지칭하고 있는 것이 분명했다.

알리를 파이터로서 독립심을 가진 인물로서 존경하고 있던 흑인 분리주의자들까지도 무슬림에 대한 그의 선택과 성숙 여부에는 의심의 눈초리를 보내고 있었다.

잘 알려진 한 여류 시인은

"알리는 분석할 시간도 여유도 없었을 거예요. 그는 항상 무슬림의 실력자들 속에 둘러싸여 있었고, 실력자가 엘리자라는 것을 알고 있었으니까요. 결국 그는 힘을 가진 실력자를 선택한 셈이지요"라고 말했다.

「타임」의 한 기자는 "알리에게 실망한 것은 말콤과 결별했다는 것이 아니라 불평하는 신도를 공격하는 무슬림 본부의 주장을 너무 쉽게 받아들이는 데 있었다"고 평가했다.

가나에서 말콤과 마주쳤을 때 그가 성숙해진 느낌을 받았느냐는 질문을 받은 허버트는

"흰 가운을 걸치고 지팡이만 짚었다고 해서 예언자가 됩니까? 그는 갔습니다. 영원히 사라졌습니다. 더 이상 누구도 그의 목소리를 듣지 못할 것입니다"라고 강조했다.

백인 사회는 물론 비무슬림인 흑인 사회에서조차 별관심이 없는 엘리자와 말콤 간의 갈등이었지만, 그 조직을 약화시키기 위해서 정보원을 침투시키기까지 하는 FBI로서도 이를 해결할 수 있는 방안이 없었다.

말콤은 킹 목사의 민권 운동과 협력하면서 흑인 무슬림연합체와 미국·아프리카 무슬림동맹의 결성을 구상하고 있었다.

미국·아프리카 무슬림동맹의 결성은 국가 단위의 문제이므로 엘리자로서는 왈가왈부할 필요가 없었다.

그러나 흑인 무슬림연합체는 문제가 달랐다. 전부가 엘리자 휘하에 있는 무슬림들을 결합해서 새로운 기구를 결성한다는 계획이고 보면 성공 여부는 별도로 하고서라도 그로서는 도저히 참을 수 없는 문제였다.

말콤X는 엘리자의 유사 이슬람집단에 대한 공격을 계속하고 그 치부를 들어냄으로써 새로운 연합체의 결성 명분을 쌓고 지지기반을 넓혀 가려고 했다.

그는 급진주의자가 되어가고 있었고 거리의 전도사에서 전국적인 인물로 부상하고 있었다.

1964년 후반기부터 말콤X는 살해 위협을 심각하게 느끼게 되었다.

무슬림은 그에 대한 전쟁을 선언했고 전국 각지의 모스크 강단이나 「모하메드 스피커」지면에는 그에 대한 비난이 쏟아졌다.

말콤은 그가 할 수 있는 모든 예방조치를 취했다.

인터뷰를 하기 위해서 TV나 라디오 방송국에 갈 때는 권총을 휴대한 경호원을 대동하여 건물 요소요소에 경계 배치했다.

비행기를 타기 전에는 아내에게 전화를 걸어서 "내가 들어오기 전까지는 아무도 집 안에 들이지 말고 문 옆에 그 '물건'을 비치해 두라"고 말했다.

11월말 워싱턴 모스크를 담당하는 FBI요원은 정보 보고서에서 '말콤이 무슬림에 대해 해로운 연설을 하는 현장에서 공격하라'는 지시가 담당 모스크에 하달되었다고 보고했다.

1주일 후 루이스X는 「모하메드 스피커」에서 '무슬림을 와해시키려는 말콤은 보복을 피하지 못할 것'이라고 썼다.

다시 1965년 1월 초「모하메드 스피커」에서는 '1965년은 영광된 엘리자를 공격하는 가장 무모한 적이 비참한 침묵으로 몰래 도망치는 해'가 될 것이라고 예고했다.

2월 1일 새벽 말콤의 집에 소이탄이 터졌다.

네 딸을 포함한 식구 전부가 부서지고 불타고 있는 집에서 별다른 상처없이 빠져나왔다.

말콤은 권총을 손에 쥔 채 맨발에 파자마 차림으로 거리에 서 있었다. 그는 대단히 화가 나 있었지만 놀라지는 않았다.

몇 달 전부터 무슬림 본부에서 그를 살해하기 위하여 암살단을 구성했다는 소문을 듣고 있었기 때문이었다.

자동차를 폭파시키려고 한다는 소문도 있었고, 몽둥이로 공격한다는 소문은 물론, KKK단이나 다른 범죄조직과도 연계한다는 소문도 있었다.

2월 18일 그는 FBI를 방문하고 그를 살해하려는 음모가 있다고 신고했다. 놀랍게도 FBI에서는 이미 그간의 모든 동정을 소상히 파악·보관하고 있었다.

2월 21일 말콤은 맨해턴 구역에 위치한 오더븐 홀에서 연설을 시작하려고 했다.

그가 연설하기 전에 분위기를 유도하는 보조 연설자가 없어서 화도 나고 신경이 날카로워진 상태로 강단 앞으로 나와서 양팔을 벌려 이슬람교식으로 인사를 하려는 순간이었다.

"내 포켓 안에서 손을 치우시오!"라는 날카로운 여인의 고함소리가 들리자 모두 그쪽으로 시선을 돌렸을 때, 강단 앞으로 세 명의 사나이가 달려나와서 그를 정조준하여 권총을 발사했다.

"잡아라!"고 외친 말이 그가 이 세상에 남긴 마지막 말이 되었다. 십여 발 이상의 총알을 맞은 데다가 확인사살까지 당한 그는 현장에서 즉사했다.

그의 나이 39세 때였으며, 그의 일대기는 영화로도 제작되어 한국에도 소개되었다.

두 명은 도망쳤고, 현장에서 붙잡힌 범인은 헤이어 탤매지X였다. 그는 무슬림을 분열시키는 말콤의 행동에 개인적으로 격분했을 뿐 무슬림 본부와는 어떠한 관계도 없다고 완강하게 부인했다.

"나는 그에 대해 아무말도 하고 싶지 않다. 그가 살해되었다는 사실에 우리 모두는 충격을 받았다. 우리는 총도 없고 폭력적인 사람이 아니며 엘리자도 어떠한 책임이 없다"고 알리는 밝혔다.

엘리자는 2월 26일 시카고에서 열린 한 집회에서

"말콤이 무슬림의 신도인 한 나의 친구요, 모든 사람들의 친구였다"고 말했다.

또한

"말콤은 폭력을 설교했고, 폭력이 그를 죽게 만들었다. 갖가지 나쁜 여론들이 우리를 시험하려 하고 있다. 앞으로 더 심한 시련이 닥쳐오겠지만 진정한 믿음을 가진 무슬림 형제들은 이를 이겨낼 것이다.

백인들이 모든 비행기와 총탄을 가지고 있지만 나는 그들을 두려워하지 않는다. 하물며 비행기와 총탄이 없는 흑인들을 두려워할 이유가 없다."라고 설교했다.

리스튼과 알리 간의 1차전이 끝난 후 미국은 물론 세계 각국에서는 폭력단 개입설, 음모설, 승부 조작설 등으로 들끓었다.

이를 규명하라는 여론에 떠밀려서 미국 상원의 반 합병·독점 분과위원회에서는 1964년 3월 청문회를 개최했다.

리스튼은 다루기 힘들고 훈련을 열심히 하지 않는 게으름뱅이이며 지시를 잘 따르지 않는 신경질적인 타입이라고 매니저 잭 니론은 증언했다.

"또한 감기만 들어도 곧 죽을 것같이 행동하고 종일 침대에 누워 있었다"고 말했다.

시합을 앞두고도 술과 창녀들을 가까이하여 레디시 트레이너가 화를 내었던 사실도 밝혔다.

니론의 동생 봅 니론도

"리스튼을 가격하는 것이 불가능할 것이라고 생각해 본 적이 없다. 맹세하건대 할머니와 링 위에 올려놓아도 리스튼을 때리는 것보다 많은 찬스가 있을 것이라고 생각하지 않는다"고 주장했다.

3일간 계속된 청문회 끝에 내린 결론은 복싱사를 뒤바꿀 만한 내용이 포함되어 있었다.

'챔피언이 도전자에게 타이틀을 빼앗겼을 때 리턴매치를 금한다' 는 규정이 제정된 것이다.

서로의 몸값과 대전료를 높이기 위해서 리턴매치를 보장해 놓은 다음 승부를 조작할 위험성이 있다는 점 때문이었다.

타이틀전에서 패한 전 챔피언의 랭킹은 3위 이하로 하락시키는 규정도 명기했다.

이 규정의 제정 이전에 계약한 리스튼과 클레이 간의 리턴매치는 인정하기로 했다.

"와자장창!"

"쨍그렁!"

2주간 어깨 치료를 한 후 집으로 돌아온 지 두 달도 더 되었는데 리스튼의 난동은 수시로 일어났다.

들고 있던 술병이나 주위에 있던 의자나 전화기 등은 걸핏하면 박살이 났다.

"내가 왜 이렇게 되었어? 힘이 들어가면 반템포(tempo) 느리고, 템포를 빨리 하려고 보면 힘이 안 들어가고, 내가 왜 이렇게 되었어?"

고래고래 소리를 지르고 가끔은 흐느끼기도 하는 그를 제랄다인은 말없이 쳐다보고만 있었다.

"여보, 우리 여행이나 다녀옵시다."

"여행은 무슨 여행? 모든 게 다 싫어"

"당신 마음 알아요. 지금 당신에게는 안정이 필요해요."

"싫어."

"두 곳만 가보기로 해요."

"어디?"

"당신 어렸을 때 살았던 고향 알칸사스주와 제프슨 교도소요."

"거기는 왜? 당신 미쳤어?"

"당신은 그곳에서부터 이만한 성공과 부를 이루었어요. 당신은 할 수 있어요. 나는 당신이 할 수 있다는 것을 믿어요."

"싫어, 당신이나 갔다 와."

며칠이나 걸려서 겨우 설득한 끝에 리스튼 부부는 봄볕이 가득한 미주리 강변에 위치한 제프슨 교도소에 도착했다.

교도소장실로 안내된 리스튼 부부는 재소자들의 특식에 보태 쓰라고 5,000달러를 내놓았다.

"아닙니다. 오신 것만 해도 재소자들에게 큰 힘을 주신 것입니다. 타이틀 탈환에 성공하시어 계속 재소자들이 용기와 희망을 가지도록 만들어 주십시오."

교도소장은 한사코 받지 않으려고 했으나 던져놓다시피 하고서는 돌아섰다.

리스튼이 살았던 알칸사스주 들판의 집은 폐허로 변해 있었다. 사람이 살던 집이 비게 되면 금방 허물어지는 이치대로 완전히 허물어져 쓰레기더미 상태로 있었다.

뚝 떨어져서 한두 집 있던 이웃집들도 비어 있어서 마치 유령이라도 나올 듯한 분위기였다.

돌아오는 차 안에서 리스튼 부부는 서로 말이 없었다.

유일하게 제랄다인이 한마디만을 말했다.

"여보, 당신은 더 이상 잃을 게 없어요, 당신은 맨 밑바닥에서 맨주먹으로 이만큼 이룬 사람이에요."

리스튼의 왕방울 같은 눈에서 왕방울 같은 눈물이 떨어지고 있었다.

알리와 손지가 결혼하던 날 리스튼과의 2차전 일자가 확정되었다. 1964년 11월 16일 보스턴 가든에서 개최하기로 결정했다.

리스튼은 집에서 가까운 덴버시 가라데·유도 클럽에서 훈련을 했다.

그는 초기 선수시절 이래 처음으로 체계적인 훈련에 몰두한 듯이 보였다. 아침 일찍 차를 몰고 나가서는 산밑에서부터 350계단을 뛰어올라갔고, 새도 복싱으로 몸을 풀며 결의를 새롭게 다졌다.

뉴 잉글랜드로 캠프를 옮긴 이후에는 매일 아침 최소한 8km의 바닷가 사구를 오르내리면서 달렸고, 오후에는 체육관에서 정해진 코스의 운동과 스파링을 했다.

샌드백은 걸핏하면 터졌고, 스파링 파트너는 걸핏하면 주저앉았다.

3라운드씩 교대하는 스파링 파트너 세 명 중에서 두 명이 힘들어서 도저히 못하겠다고 그만두어서 겨우 1명만 새로 보충했다.

99kg의 체중이 항상 부담이 되어왔었는데 요즘은 8km씩 달려도 숨이 차지 않고 2회전넘기 줄넘기도 2~3라운드씩 했다.

통나무 쪼개기는 알칸사스주에서 어렸을 때부터 했던 일이라

50~60cm 되는 통나무쯤은 단 한번에 쪼개져 버렸다.

순발력을 기르기 위해서 무술사범과 시합을 하기도 했으며, 간혹 대서양이 내려다보이는 '화이트 절벽'에 올라 정신자세를 가다듬기도 했다.

종합평가는 오후 8~10시로 정하고 그날의 훈련성과 등을 분석 평가했다.

마사지는 아침에 받았고, 스파링은 월·수·금의 주 3회 실시했다. 물론 사정에 따라 약간씩 조정하기도 했다.

알리 타도에 초점을 맞추고서는 분노에 불타고 수도승 같은 마음가짐을 갖춘 리스튼이 되어갔다.

체중감량의 부담이 없는 헤비급에서는 식사량에는 신경을 쓸 필요가 없고 리스튼의 식성을 감안하여 아침식사에도 육류를 섭취하도록 준비했다.

식사는 재료 구입에서부터 조리까지 아내 제랄다인이 책임을 맡았다.

리스튼은 대응 작전을 구상했다.

'클레이는 다부지며 빠르고 정교하다. 그중에서도 특히 번개같은 잽이 문제이다. 잽만 나오지 못하도록 만들면 트럭으로 깔아 뭉개듯이 한주먹에 날려버릴 수가 있다.

그렇다! 클레이가 접근하지 못하도록 만들면 된다.

잽! 레프트 잽이다. 레프트 잽을 송곳같이 다듬자. 눈에는 눈 이에는 이가 대응책이듯이, 레프트 잽에는 레프트 잽으로 맞서자. 레프트 잽만 차단하면 2타는 무궁무진하다. 훅·어퍼컷·스트레이트·보디블로……등등. 종류도 무궁무진하고 위력도 무궁

무진하다.'

그러나 이는 "짧은 선수는 더 짧게, 큰 선수는 더 크게 만들라"는 골드만의 가르침과는 정반대되는 방법이었다.

그는 보디를 잘 치는 대신 알리는 보디를 잘 못 쳤다.

알리의 허점을 노리고 자신의 장점을 키우는 보디 공격의 연마에 더 치중했어야만 옳았다.

리스튼은 고전적인 복싱의 틀에 이미 굳어져서 새로운 기술·동작 등을 받아들일 수 있는 근육이나 신체적 능력이 아니었다.

기름이 충만된 탱크는 더 이상 기름을 주입할 수 없는 것과 같은 이치이다.

이런 상태에서의 하드 트레이닝은 신체적 능력을 향상시키지 못하고 오버워크(overwork)로 직결된다.

레디시는 총 4분 16초 만에 두 번씩이나 패터슨을 괴멸시켰던 공포의 투사인 새로운 리스튼, 아니 옛날의 리스튼을 보았다.

10월말 어느 오후, 리스튼은 스파링 파트너 리 윌리엄을 두어 발자국이나 '붕' 뛰어 날렸는데, 그의 눈 사이에 여덟 바늘을 꿰매야 하는 상처가 생겼다.

그 사건은 리스튼을 들뜨게 만들었다.

"잭 뎀프시는 트레이닝이 종료될 때쯤 스파링 파트너들을 모아놓고서는 모조리 KO시키는 것으로 끝냈거든. 그것이 사기를 높여서 승리를 계속할 수 있었단 말이야."

리스튼은 제왕이 된 것 같은 기분이었지만 스파링 파트너 도오세이 레이는

"몇 십 달러 벌자고 얼굴이 망가지는 일을 누가 하겠어요?"
라며 스파링을 거부했다.

알리는 훈련에 계속 정진했다.

종전보다 더 열성적으로 운동에 매달려서 아프리카 여행 중 5kg 가까이 증가된 체중을 정상체중으로 회복했다.

그는 마이애미 시합 때보다 더욱 강해지고 가슴이 넓어지고 신체가 성숙되어 있었다.

던디는 리스튼이 트레이닝에 열중하고 있다는 말을 들었지만 조금도 신경을 쓰지 않았다.

"리스튼은 편도용 선수다. 그는 전후좌우에서 공격하는 4차선 선수는 물론, 왕복차선의 선수도 감당할 수 없을 것이다."

리스튼은 1차전 때보다 젊어지지 못할 것이고 자신의 스타일을 바꾸지도 못할 것이라는 사실을 알고 있었다.

아직도 많은 사람들이 마이애미의 1차전이 궤도가 '탈선'된 비정상적인 시합이라고 믿고 있었으며 곧 정상으로 회복될 것이라고 생각하고 있었다.

시합 1주일 전, 전례없이 라스베이거스의 도박사들도 패배했던 리스튼이 9대5로 우세할 것으로 예상했다.

프로모터는 들뜬 기분이었다.

상처받은 리스튼과 목소리가 큰 것만큼이나 빠르고 떠오르는 알리 간의 시합에 호기심이 생긴 관중들이 대거 모여들 것으로 예상되었다.

폐쇄회로 TV와 라디오 중계권료로 이미 500만 달러 이상 확보되었고 보면 흑자가 틀림없을 것으로 보였다.

그러나 호사다마의 교훈은 예외가 아니었다.
시합 3일 전인 11월 13일의 금요일이었다.
저녁 무렵이 되자 알리는 갑자기 화장실로 달려가서 토하기 시작했다. 화장실에서 나오면서
"배가 아파 죽겠어. 뭐가 잘못된 것 같애. 빨리 병원에 가 보자"고 기어들어가는 목소리로 말했다.
"기자들이 모르게 빨리 가자."
라만 알리로 개명한 루디가 말했다.
대기시켜 놓은 앰뷸런스까지 캡틴 샘 등 몇 사람이 들것으로 옮겼다.
얼굴에 수건을 덮어서 몇 분 사이에 보스턴 시립병원에 도착했는데도 「보스턴 헤럴드」지의 사진기자 등이 이미 대기하고 있었다.
"막아."
루이스X가 지시하자 무슬림 경호조가 사진기자를 밀쳐내었다.
"아무도 문 안으로 들여보내지 마, 말을 안 들으면 힘으로 밀쳐 버려!"
진찰 결과 복부에 생긴 달걀만한 혹은 탈장이었고, 조금만 더 늦었더라면 "위험할 뻔했다"고 의사가 말했다.
즉각 수술에 들어갔다. 수술소식을 듣고 많은 사람들이 병원으로 달려왔다.
시내에서 친구를 만나고 있던 던디는 병원에 오자마자 지방

TV와 인터뷰를 하는 도중에 그만 눈물을 쏟고 말았다.

이 광경을 본 번디니는

"저 눈물은 흑인을 위하여 진정한 사랑에서 흘리는 백인의 눈물이다. 무슬림들이 이 모습을 보았으면 좋겠다"고 했다.

알리의 입원소식은 전 매스컴을 통하여 즉각 알려졌다.

시합의 연기는 불가피해졌고, 약물에 중독되었다거나 고의적으로 입원했다는 등의 유언비어도 난무했다.

리스튼은 그 소식을 듣고 착잡해졌다. 그는 현재의 몸 상태가 최고조에 달하도록 지금까지 훈련해 왔다.

또다시 똑같은 과정을 반복할 자신이 없었던 그는 나폴레옹코냑을 계속 마시면서 누구한테 하는지도 모르는 욕설을 계속하고 있었다.

"씨팔… 씨팔…"

시합장소에 대한 계약·준비 등의 중복, 일정 차질, 중복 홍보, 입장권 환불 등으로 최소한 수십만 달러를 날리게 된 프로모터 샘 실버맨도 술이 나폴레옹코냑이 아닌 조니워커인 게 달랐지만 반응은 리스튼과 대동소이했다.

"씨팔… 씨팔…"

리턴매치는 연기될 수밖에 없었고, 따라서 1965년 5월 25일 매사추세츠주의 인구 4만여 명의 소도시 루이스턴의 세인트 도미니크 경기장으로 결정되었다.

시합 당일 5,000명을 수용할 수 있는 세인트 도미니크 학생 하키장에는 3,000여 명의 관중이 운집해 있었다.

사상 처음으로 아프리카와 소련에도 우주중계되는 시합인 까닭에 많은 기계장비와 기술자들이 경기장 안팎에 장사진을 이루고 있었다.

TV와 신문 등을 염두에 둔 시합이고 보니 입장수입은 신경을 쓰지 않는 듯 프로모터측에서는 입장권을 무료로 나누어 주었다.

폭발물이 설치되고 독가스가 뿌려질 것이라는 정보에 따라 250여 명의 경찰이 경기장 안팎에 물샐틈없는 경계 경비를 서고 있는 가운데 FBI 요원, 고속도로 순찰대 등도 지원을 나왔다.

또한 말콤X의 지지자들이 공격할 것이라는 루머에 대비하여 건장한 무슬림의 경호조들도 경비업무를 돕고 있었다.

보안요원들은 모든 입장객들에게 백·소지품·손가방 등을 열어보도록 요구했다.

호텔에서 경기장으로 가는 알리의 차편에 「스포츠 일러스트레이티드」의 샤닉 기자가 동승했다.

"오늘 어떻게 싸우겠소?"

하고 묻자 그는 평소와는 달리 조용하고 신중한 태도로

"이상한 시합이 될 것입니다."라고 말했다.

"잽을 뻗으면서 스텝을 밟는 평소 나의 시합 스타일과는 달리 백스텝을 밟다가 리스튼이 들어오면 라이트 한방으로 끝내 버리겠습니다"고 말했다.

"그러면 빨리 끝나겠네요?"

"그렇죠. 금방 끝날 것입니다."

알리는 즉흥적으로 하는 말이 아니었다.

3주 전 기자들과 이야기를 나누던 도중 느닷없이 "시합 개시 종이 울리자마자 달려나가서는 빠른 오른손 펀치로 리스튼을 KO시키는 꿈을 꾸었다"고 말한 바 있다.

비록 그것은 아치 무어가 그에게 가르쳐준 심리적인 전략이긴 했지만 웬지 "리스튼은 아직 다운에서 회복되지 않았고, 내가 초반 KO승할 것이라는 예감이 듭니다"고 말했다.

챔피언 코너인 홍코너에 위치한 알리는 마이애미 시합 때보다 훨씬 자신감이 넘쳐 보였다.

검은 줄이 쳐진 흰 트렁크를 입고 있는 그의 체중은 1차전 때와 같은 93kg였다.

반면에 리스튼은 멍하고 꿈꾸는 듯한 표정이었다.

흰 줄이 쳐진 붉은색 트렁크를 입고 전후좌우로 몸을 계속 움직이고 있었으며, 체중은 1차전 때보다 적은 98kg이었다.

오늘 경기의 레프리는 전 헤비급 챔피언이었던 제시 조 월코트였다.

경기 개시 종이 울린 후 링 중앙에서 맞섰을 때 알리가 먼저 라이트 스트레이트를 뻗었다.

리스튼이 더킹과 오른손 글러브로 블로킹을 동시에 하면서 이를 피했다.

알리는 양손을 보디 부근으로 내리고 시계방향으로 스텝을 밟았으나 서로 20~30초 가까이 주먹이 나오지 않았다.

리스튼이 잽 잽을 뻗었을 때 백스웨이로 흘려 버렸고, 다시 잽잽을 뻗었을 때는 블로킹으로 막았다. 알리가 로프를 타고 돌아 나왔을 때 리스튼의 잽이 나왔다.

순간, 백스웨이로 피했다가 들어가는 탄력과 함께 리스튼의 왼쪽 관자놀이에 짧고도 정확한 스트레이트를 가격했다.

리스튼의 머리가 옆으로 꺾이면서 캔버스에 곧장 쓰러졌다. 알리가 따라가면서 레프트 훅을 휘둘렀을 때는 이미 리스튼은 다운되고 난 다음이어서 헛손질이 되고 말았다.

리스튼은 등을 링에 대고 역도선수가 바를 들어올리기 직전의 모습으로 양손을 머리 위까지 뻗치고서 반듯이 누운 상태로 정신을 차리려는 듯 눈을 서너 번 깜박거렸다.

리스튼이 너무 빨리 쓰러지자 일부 관중들은 총알이 날아와서 명중한 것으로 오해하는 소동도 있었다.

"라이트 스트레이트 자체만으로는 KO시키기에 충분하지 않을 수도 있었지만, 리스튼이 들어오는 속도에다가 잽이 빗나갈 때 균형이 흐트러지고 심리적으로 당황하는 네 가지의 요인이 종합된 결과였다"고 샤닉은 평했다.

선수가 다운되어 레프리가 카운트를 셀 때는 카운트 "원(one)"과 동시에 다운시킨 선수를 반드시 중립코너로 보내야 한다.

월코트는 알리를 존경하는 듯이 잠시 멍해져서 이를 강제하지 않고 보고만 있었다.

그사이 리스튼을 내려다보면서 알리는 오른손을 들어올리며 "일어나서 싸우자. 이건 아무도 믿지 않을 거야!"라고 고함을 질렀다.

이 모습은 나일 라이퍼라는 젊은 기자가 촬영했는데, 복싱사상 최고의 명장면으로 평가받고 있다.

레프리 월코트는 그제서야 알리를 중립코너로 보냈다.

타임키퍼의 스톱워치가 이미 12초를 지난 다음이었다.

알리는 링을 돌면서 "일어나서 싸우자!"고 외쳤고, 관중들은 "중립코너에 있어!"라고 소리쳤다.

리스튼을 내려다보면서 발로 찼는지도 모른다는 생각에 당황해진 레프리는 카운트도 세지 않았다.

리스튼이 일어나자 레프리는 자신의 셔츠에 그의 글러브를 끌어다가 닦아 준 다음

"박스(box)!"

라고 외치며 시합 재개를 지시했다.

알리는 방어자세도 갖추지 못한 리스튼을 즉각 가격하려고 했고, 그는 다시 다운되기를 기다리는 듯한 자세로 서 있던 그 순간!「링」지의 편집장인 프라이셔의 고함소리가 들려왔다.

"레프리! 레프리, 이 시합 끝난 거야."

"예?"

"이 시합 끝난 거야."

월코트가 즉각 알아차리고 손을 들어올려서 크게 두어 번 X자를 그으면서 손을 흔들었다.

알리는 다시 타이틀을 보유하게 되었고, 리스튼은 흐느적거리는 걸음걸이로 그의 코너로 돌아갔다.

아찔한 순간이었다.

복싱사상 가장 비중있는 시합 중의 하나인 이번 시합이, 레프리의 판단착오 하나로 최소한 무효 혹은 재시합이 될 뻔했다.

또한 다운되었던 리스튼이 다시 가격되었을 경우 심각한 부상을 입을 수도 있었다.

카운트 없는 다운에서 일어나 다시 맞섰을 때 알리가 가격했다면 일단 정당한 가격으로 볼 수 있으나, 카운트가 없었던 조치가 원천 무효이므로 결과 판정, 사후 조치 등에서 문제가 복잡해진다.

"알리가 발로 찰까 봐서 리스튼을 보호하려고 그를 쳐다보고 있었고, 카운트를 세든 세지 않든 그가 일어나는 데 도움이 될 것 같지 않았으며, 카운트를 세었다면 24초는 세었을 것이다." 라고 월코트는 말했다.

그의 말에는 세 가지의 중대한 미스가 있었다.

첫째는 다운된 선수를 보호하기 위해서는 다운시킨 선수를 즉시 중립코너로 보내야만 한다. 그래야만 발로 차는 행위 등을 방지할 수 있다.

중립코너로 가지 않으면 그 시간만큼 카운트를 중지하여 다운시킨 선수에게 불이익을 주어야 한다.

둘째는 카운트 10 이내에 못 일어날 것 같은 판단이 서면 즉시 KO로 처리하면서 바로 다운된 선수에 대한 보호조치를 취해야 한다.

셋째는 다운된 선수는 카운트없이 시합 재개를 명령할 수 없다. 반드시 카운트 8까지 센 후 재개시켜야 한다. 9부터는 무조건 KO로 처리된다.

시합이 끝난 뒤 알리는 TV모니터에서 슬로 모션을 확인한 결과 타격지점에서 주먹을 오른쪽으로 나사를 틀 듯이 돌려서 가격하여 그 위력을 증가시키고 스스로 이름을 붙인 가라데 펀치의 위력을 실감할 수 있었다.

"나의 펀치는 리듬과 밸런스를 갖춘 위에 타이밍을 맞춘 것이다. 이는 펀치의 위력을 2배로 증가시킨다. 서 있을 때보다 마주 달려오는 차의 충격이 두 배가 되는 원리와 똑같다"라고 그는 말했다.

"알리의 펀치는 예리했으며 날카롭게 히트되었다. 그의 펀치가 그렇게 세리라고 생각하지 못했다. 왼쪽 관자놀이에 히트되었을 때 휘감기는 듯한 기분이었다. 내가 얻어맞아 본 것 중에서 가장 강한 펀치는 아니었지만 충분하게 강했다"고 리스튼은 훗날 밝혔다.

프로 복싱사의 한 시대를 풍미했던 리스튼은 이후 세인들로부터 망각 속으로 사라져가기 시작했다.

1966년에는 라스베이거스 스타더스트 골프장 옆의 정원이 널찍한 저택을 구입하여 이사했다.

아내 제랄다인용으로는 핑크색 캐딜락을, 자신용으로는 짙은 청색 캐딜락을 소유했으며, 집안 집기들도 금도금을 하는 등 화려하게 치장했다.

같은 라스베이거스에 살고 보니 레즈닉과 자주 어울리게 되었고, 그와 함께 카지노게임을 하거나 술을 마시는 날이 많아져 갔다.

세인트루이스·필라델피아·덴버에서와는 달리 이곳 경찰에서는 그에게 예우를 해주었다.

한번은 음주단속에 걸렸을 때 술냄새까지 풍겼는데도 집에까지 모셔주기도 했다.

"이곳은 살아갈 기분이 나는 곳이란 말이야. 호텔에서 계산서를 먼저 뽑아서 전부 무료로 처리해 주는 맛도 나쁘지는 않거든."

한동안 챔피언 탈환을 염두에 두는 듯했지만 현실은 냉정하고 냉담했다.

알리에게 타이틀을 뺏긴 이래 그는 꼭 두 번 더 시합을 했다.

2류 선수라고 알려져 있었고 한때 그의 스파링 파트너였던 레오티스 마틴에게 KO로 졌고, 마지막 그의 은퇴시합 상대는 주류판매원 척 웨프너였다.

웨프너는 과거 시합 도중에 안면에만 57바늘을 꿰매야 하는 상처를 입어서 '피 흘리개'로 알려진 선수였는데, 그에게도 판정패를 당하자 리스튼은 영원히 링을 떠났다.

은퇴 이후 그는 동료·후배 선수 간의 시합에도 거액을 걸 만큼 도박중독 증세를 보였고, 혼자서 TV를 보고 있을 때도 손에서 술이 떨어지는 경우가 없을 정도로 알콜중독이 되었다.

유일하게 건전한 취미인 낚시는 오히려 그를 말이 없게 만들고 슬픔을 되씹는 데 일조를 했는지도 몰랐다.

그는 지극히 폐쇄적이었고, 그 폐쇄적인 울타리 속에 철저하게 자신을 가두었다.

그의 오랜 친구인 에드워드 머피 신부가

"왜 사회활동을 전혀 하지 않고 고립된 생활을 하느냐?"고 물

었을 때

"챔피언이었을 때는 무슨 말을 해야 하는지 몰라서 자신이 사양했고, 챔피언의 매력이 사라진 지금은 남들이 먼저 멀리하므로 외톨이가 될 수밖에 없다"고 대답했다.

이 무렵, 그는 돈에 대단히 집착했고 옛날 자신의 직업인 해결사 노릇에도 알게 모르게 관여했으며 고리대금업과 마약취급도 겸하고 있었다.

그의 친구이자 성공한 도박가인 뱅크는 1970년말이 가까웠을 때, 리스튼이 범죄자들과 어울리고 있으며 임박한 마약소탕 작전에 걸리지 않도록 "잘 관찰해 달라"는 담당 형사의 귀띔을 들었다고 말했다.

12월말 제랄다인은 혼자서 세인트루이스에 있는 그녀의 모친을 방문하러 갔다.

1971년 1월 5일, 그녀가 집에 돌아와서 보니 신문은 현관 앞에 그대로 쌓여 있었고, 리스튼은 속옷 차림으로 침대모서리 옆 바닥에 누운 채 죽어 있었다. 시체는 부패해서 부풀어 있었고, 리스튼의 코로부터 흘러나온 피는 말라붙어 있었다.

제랄다인은 전속 변호사에게 알렸고, 두 시간쯤 뒤에는 경찰에 신고했다. 경찰은 그가 6일 전쯤 죽은 것으로 추정했다.

소량의 마리화나와 헤로인은 그의 캐비넷에서, 38구경 권총은 테이블에서 발견되었다.

부검 시 그의 몸에는 마약성분이 검출되었고, 사인은 심장마비와 폐출혈로 발표되었다.

이와는 달리 사인에 대해 가장 그럴듯한 유언비어는 자주 접촉하는 사람이나 그를 거추장스럽게 생각하는 사람의 사주를 받은 킬러가 치사량의 헤로인을 주입하여 그를 살해했다는 것이었다.

마약반 개리 베크워드 경사는

"경찰은 사망진단서가 미흡하다고 보고, 그 지역에서 발생했던 한 강도사건에 연루된 것으로 알려졌던 전 라스베이거스 경찰서의 수사반원에 대한 수사를 시작했다"고 말했다.

수사의 초점은 웨프너와의 시합에 대한 수입배분 문제로 리스튼에게 앙심을 품고 있던 레즈닉이 전직 수사반원을 사주하여 그를 살해했는지의 여부였다.

"우리는 가능한 모든 방법을 다 동원했습니다. 전직 수사반원 사건과 관련 혐의점 등을 다시 철저히 검토·확인했으나, 리스튼의 죽음과 연계되었다는 어떠한 증거도 찾아내지 못했습니다."

리스튼은 패트릭 레인에 위치한 '사막의 푸른 오아시스'라는 패러다이스 메모리얼 가든에 묻혔다.

그의 무덤은 공항의 활주로와 가까운 오른쪽에 있으며, 〈찰스 소니 리스튼 1932~1970년〉이라는 동판이 부착되어 있었다.

정복과 평정의 사이

리스튼과의 2차전까지 프로 데뷔 후 53개월 만에 21경기를 치른 알리는 평균 80일 만에 한 경기씩을 치른 셈이었다.

그러나 1965년 11월 22일 패터슨에게 12라운드 KO승하기까지는 177일 만에, 그 이후 1966년 3월 29일 조지 추발로에게 15라운드 판정승하기까지는 127일 만에 시합을 치를 수밖에 없는 복잡하고 힘드는 사건이 있었다.

1965년 6월 23일, 알리는 손지에 대한 혼인무효 소송을 플로리다 지방법원에 제기했다.

아프리카 여행에서 돌아온 직후인 7월초에 처음 데이트를 한 후 한달 남짓한 1964년 8월 14일 결혼식을 올린 그들이 10개월 남짓만에 이혼 소송에 들어가자, 그를 아끼는 사람들은 안타까워했다. 더구나 부부금슬이 좋았고 아쉬움이 없는 여건이었고 보면 본인들은 제쳐놓고서라도 주위의 안타까움이 더욱 컸다.

알리는 블랙 무슬림의 교리를 따르겠다고 서약한 손지가 이를 어졌다고 주장했다. 그녀가 무슬림의 의복규정을 따르지 않는다는 내용이었다.

그가 제출한 자료는 리스튼과의 2차전을 갖기 전 트레이닝 캠프에서 가진 기자회견 시 그녀가 입었던 옷차림을 찍은 비디오 테이프였다.

법정에서 그는

"보시는 것처럼 그녀는 속옷의 솔기가 그대로 드러나는 꽉 끼이는 옷을 입고 있습니다. 이는 그녀를 다 드러내놓는 것입니다. 무슬림의 교리는 이를 용납하지 못합니다."라고 했다.

손지의 변호사가 당시 입었던 그녀의 옷을 재판부에 보이면서

"그녀가 이 옷을 입는다면 반대하시겠습니까?" 하고 묻자

"그럴 필요는 없겠네요."라고 담당 판사가 말했다.

손지가 입고 있는 무릎까지 내려오는 베이지색 스커트를 가리키며

"이 정도의 길이라면 어떻습니까?" 하고 판사가 물었을 때,

알리는 "너무 짧습니다"라고 대답했다.

"무릎과 종아리가 보이고 인조눈썹에다가 입술화장을 하는 것은 교리에도 어긋나고 저 자신을 혼란스럽게도 만듭니다"고 덧붙였다.

두 사람의 갈등은 사소한 문제를 극복하지 못한 것에서 더욱 커졌다.

알리가 무슬림의 우주론을 이야기했을 때 그냥 웃었고, 거대한 모선에서 지구를 공격하는 폭격 이야기를 했을 때는 "공격받은 지점이 어디냐?"고 반문했던 것이 그의 자존심을 건드렸으며

존경하지 않았다는 주장이었다.

알리 부친처럼 근엄한 타입의 무슬림을 존경하지 않았고, 기독교의 설교에 관심을 보였다는 이유도 곁들였다.

한번은 손지의 입술화장을 지우겠다고 물수건을 들이대었을 때 손지는

"더 이상 못 참겠어요. 이젠 정말로 지겹습니다" 는 쪽지를 남기고 가출했던 적도 있었다.

"나는 정말 남편을 사랑했고 그의 이상적인 아내가 되고 싶었습니다"고 손지가 기자들에게 말했다.

그녀는 알리나 무슬림에서 요구하는 방식에 적응하고자 노력했다. 술도 마시지 않았고 담배도 피우지 않았으며 돼지고기를 먹지 않는 등 금식규정도 따랐다.

먼저 무슬림으로 개종도 했다.

"모든 것은 종교 때문이었어요. 옷만은 다른 정상적인 여자들이 입는 평범한 옷을 입겠다고 말했으나 그는 이해하지 못했어요. 나는 평범한 옷에 길들여 왔기 때문에 차도르 같은 옷은 입기 싫어요."라고 손지는 밝혔다.

엘리자는 알리에게 진정한 무슬림의 신도가 되거나 이교도와의 결혼 중에서 하나를 택하라고 요구했다.

당연히 입어야 하는 희고 긴 차도르를 손지가 거부하는 것은 무슬림 전체를 와해시킨다는 표면적인 이유에서였다.

엘리자에게는 월라드라는 그 자신이 진심으로 존경하는 친구가 있었다.

가장 어려웠던 시절인 디트로이트 자동차공장에 다녔을 때의

친구였는데 그는 기독교 신자이며 항상 근심·걱정없이 감사만 하는 사람이었다.

공장에 다니는 것에도 감사하고 교회에 다니는 것에도 감사해 했다.

월급이 얼마든지 신경을 안 쓰고 감사해했으며, 십일조 헌금을 당연히 감사하는 마음에서 바쳤다.

이러한 그의 성실한 자세를 눈여겨보아 왔던 장로 한분이 갑자기 일꾼이 떠난 자신의 농장을 관리해줄 것을 부탁하자, 그는 감사하는 마음으로 이를 받아들였다.

그의 지극한 정성으로 해마다 많은 수확을 올리게 된 장로는 감사하고 미안한 마음에서 농장 일부를 무상으로 떼어 주었다.

돈을 쓸 줄도 모르고 쓸 곳도 없었던 그는 수확한 옥수수 등을 사료용 곡물로 매매하거나 대여 등으로 계속 불려나갔고, 때로는 새로 농장을 사들이기도 했다.

디트로이트시의 팽창으로 농장이 시가지로 편입되고 시카고와 함께 디트로이트 지역이 세계 사료시장을 좌지우지할 정도가 되자, 그는 일약 거부로 성장하게 되었다.

그에게는 프랭클린이라는 외동아들이 있었다.

프랭클린은 말썽을 부리지는 않았으나 좀 황당한 면이 있어서 예일대 법대의 졸업만을 고집했다.

학점 미달로 유급당하기를 수차례 반복했는 데도 미련을 못 버리고 있으면서 스트레스를 풀고자 간혹 찾아갔던 나이트클럽에서 만난 파트너가 손지였다.

그녀의 임신소식을 알게 된 월라드는 뛸 듯이 기뻐하며 프랭

클린에게 결혼하도록 권했다.

"먹을 것은 제각기 가지고 태어나는 거야. 손이 귀한 우리 집 안에 이같이 기쁜 일이 또 어디에 있어. 필요한 것은 무엇이든 지 내가 다 해줄 게."

학교 후배에게 일방적으로 마음을 두고 있던 그는, 월라드에 게 손지를 팔리는 거짓말을 하면서 거액을 타내어서는 그녀에게 는 10분의 1도 안 되게만 주고서는 모두 탕진해 버렸다.

그러고서는 그녀가 낭비벽이 있어서 결혼할 수 없노라고 거짓 말을 했다.

결혼을 안하는 이유를 포함해서 모든 불리한 일들은 손지에게 떠넘겼으므로 월라드는 그녀를 돈만 탐하는 아주 몹쓸 여자로 알고 있었다.

손지가 낳은 아들인 손자는 월라드가 감사하는 마음에서 돌보 고 있었다.

알리의 결혼식에 엘리자가 권해서 같이 갔던 월라드는 손지를 보자 기절할 뻔했다.

월라드가 이야기한 그대로만 알고 있던 엘리자는 손지를 착하 고 훌륭한 월라드를 속인 못된 여자로만 알게 되었다. 그녀를 무슬림에서 쫓아내어야 한다는 것이 그의 속마음이었다.

알리가 리스튼과의 2차전을 끝낸 직후 사소한 말다툼을 벌인 다음 손지는 그의 곁을 떠났다.

서로 소식이 없다가 2주쯤 뒤 시카고에서 만났을 때

"발등까지 덮이는 평범하고 단순한 옷을 사주겠다"고 알리가 제안했다.

손지는 화가 폭발해서 달리던 차에서 "내려 달라"고 요구했고 그 이후 두 사람은 법정에 서기까지 다시 만나지 않았다.

알리의 변호사는 믿음을 충실히 따르겠다던 손지의 맹세는 챔피언에게 보장된 물질적 부를 차지하겠다는 단순한 속임수였으므로 즉시 그 결혼이 무효였음을 선고해 줄 것을 요구했다.

"모든 것을 갖추고 백마를 탄 왕자를 만나는 것은 여자라면 누구나 갖는 꿈이다. 나는 어느 날 그가 가까이 있는 것을 발견했을 뿐이다"라고 손지는 답변했다.

무슬림이 아닌 주위의 사람들이 보았을 때는 서로 사랑하고 행복한 생활을 하는 결혼으로 보였다.

또한 그녀는 알리의 부모에게도 상냥했으며, 알리의 바람기도 잠재웠다.

마침내 담당 판사는 알리가 위자료를 지불하는 내용을 포함하여 두 사람이 이혼하도록 선고했다.

손지는 홀가분하면서도 가슴이 찢어지는 듯한 아픔을 느끼면서 법정을 떠났다.

알리도 아픔을 느끼기는 마찬가지였다.

벌써 서너 시간을 혼자서 버번을 마시며 눈물을 닦곤 하던 알리는 마침내 통곡을 하고 말았다.

"뭐야! 이게 뭐야, 어디서부터 무엇이 잘못된 거야."

세상에서 제일 중요한 문제로 보였던 짧은 스커트, 사실은 정상이었던 스커트의 길이 문제가 몇시간도 채 안 되어서 아무 문제도 아닌 것으로 다가왔다.

텅 빈 집 안과 손지의 손길이 하루에 적어도 몇번씩 닿았을 그릇·식기·술잔·의자들이 웬지 그의 가슴을 뭉클하게 짓눌렀다.

피아노 위에 큰 꽃, 작은 꽃, 노란 꽃, 빨강 꽃을 정성스럽고 자연스럽게 꽂아 놓은 인조 꽃바구니가 오늘 처음 눈에 띈 것도 그의 마음을 무너져 내리게 만들었다.

그녀의 손때가 집 안 구석구석 묻어 있었고, 그녀의 화장품 향기가 그녀의 살내음이 듬뿍듬뿍 배어 있었다.

갈증에 목이 말라붙어서 한 드럼의 물이라도 다 마시고 싶은 마음처럼 아무리 채워도 채워지지 않는 욕구에 계속 오르내리느라고, 잠시도 잠이 들었던 기억이 전혀 없이 그녀의 배 위에서 밤을 보냈던 열정의 기억들이 새로워진 그는, 그 침대에 얼굴을 묻고는 그녀의 체취를 찾으면서 소리내어 통곡했다.

"이게 아닌데! 이게 아닌데."

신을 내세우는 것까지 포함하여 최소한 인간이 만든 세상만사가 생기기 전부터 제일 강하고 깊은 정으로 자리를 잡아온 육정으로 맺은 그리움에 빠진 그는 그녀의 빈 자리를 이제야 느꼈다.

'올 거야! 틀림없이 올 거야. 현관키 비밀번호를 잊어버렸을 수도 있으니까 문을 잠그지 말아야지.'

'아니 전화를 하겠지! 즉시 받을 수 있도록 화장실에도 전화기를 비치해 두어야지.'

알리가 리스튼을 확연한 실력차이로 두 번 다 KO시키자 헤비급에서는 기라성 같은 선수가 많이 있었지만 그에게 도전할 만한 마땅한 상대가 쉽게 눈에 띄지 않게 되었다.

도전 후보에 오르는 선수마다 이미 리스튼이나 알리에게 무참히 패배했기 때문이다.

가장 강력한 도전자로 떠올랐으며, 알리를 철저하게 화나게 만들었던 상대는 패터슨이었다.

그는 리스튼에게 2연속 충격적인 초반 KO패를 당한 이후, 놀랍게도 이탈리아 커피 상인인 샌드 아몬티, 에디 미천, 찰리 파웰, 조지 추발로, 토드 허링 등을 연파하고 있었다.

패터슨은 리스튼과의 시합 이후 그의 머리와 자세를 바로 세우고 상대의 눈을 보기 시작한 다음부터 다시 연승가도를 달려 왔다.

"리스튼과의 대전 때는 준비가 미흡했지만 완벽하게 클레이전을 준비하는 데 도움이 된 셈이다"는 말을 했다.

또한 복싱과 가톨릭의 이름을 걸고 그 자신을 복수자라고 이름을 붙이고서는 2년을 넘게 타이틀 탈환을 와신상담하고 있었다.

그들간의 타이틀전은 1965년 11월 22일로 결정되었다.

시합 6주 전인 10월 11일, 「스포츠 일러스트레이티드」의 지면을 빌려서 패터슨은 그 자신을 미화하고 알리를 클레이라고 부르면서 그에 대한 공격을 시작했다.

'내가 클레이라는 악한을 격파하지 못하면 복싱은 확실히 사라져버리고 말 것이라는 생각이 든다. 이것은 넌센스 같지만 엄연한 사실이다.

세계 헤비급의 챔피언으로서 블랙 무슬림의 이미지를 가지고 있는 것은 스포츠와 국가에 심각한 해를 끼치는 일이라고 분명하게 말한다.

클레이는 반드시 패배당해야 하고 블랙 무슬림은 복싱으로부터 제거되어야 한다.

나를 백인의 희망인 흑인이나 다른 무례한 표현으로 부름으로써 그는 내 개인에 대해서는 물론 임무를 성실히 이행하고 있는 미국 흑인의 권리와 이미지를 계속 훼손하고 있다.

백인을 증오하는 것이 신조인 챔피언에게 양식있는 사람들은 존경심을 보내지 않는다.

나는 가톨릭 신자로서 블랙 무슬림의 교리와 언행을 경멸하지 않을 수 없다.'

패터슨은 그 자신을 복싱에 대한 천주교의 구세주로 생각하고 있었으며 알리가 경험이 없고 인파이팅이 서투르고 자신에 비해서 펀치력이 약하므로, 자기가 확실히 이길 것이라고 생각하고 있었다.

"이것은 개인적인 목표이자 정해진 숙명이다"라고 그는 선언했다.

그의 복싱이 우수하다는 것을 단순히 증명하기 위해서가 아니라 종교적인 우월성을 증명하기 위해서 알리를 격파해야 한다는 사명감을 느끼고 있었다.

패터슨은 10월 19일 다시 「스포츠 일러스트레이티드」에 자신의 심경을 나타내는 다음의 글을 실었다.

나는 흑인이고, 흑인임을 자랑으로 알고 있으며, 또한 자랑스러운 미국인이다.

그러나 흑인이 국민으로서 가져야 할 권리와 특권을 가지지 못하고 있음도 잘 알고 있다.

신이 우리를 이렇게 만들었지만, 어쨌든 간에 그가 만든 것은 모두 훌륭하다.

백인·흑인·황인 등 모든 사람들은 형제자매라는 사실도 우리는 잘 알고 있다.

그것은 단지 시간이 걸릴 뿐이지만, 블랙 무슬림의 방식으로 생각한다면 그렇게 될 수가 없다.

그들은 사랑과 통합 대신 미움과 분리를, 이해가 필요할 때 불신을 설교한다.

무슬림의 믿음에 충실하지 않았다는 이유로 그의 처를 버린 것으로 보아, 클레이는 무슬림에 깊이 빠져 있으며 그들과의 관계를 끊으려는 의도가 전연 없는 것을 확인할 수 있다.

클레이가 그의 종교를 선택하는 권리가 있듯이 나도 역시 그러한 권리가 있으며 무슬림이 미국과 흑인을 위협하는 존재라고 부를 권리가 있다.

또한 무슬림이 타락한 것으로 부를 수 있는 권리도 있다.

알리는 이 글을 읽고 분노 속에서 답했다.

"나는 그의 뼈가 부러지고 상처를 입으면서 KO당하기를 원한다."

"그는 매질이 필요한 귀머거리이며, 말더듬이이고, 소경인 흑인이다."

"그가 내게 한 행위에 대해서 처벌함으로써 그를 복서가 갖추어야 할 이상형으로 만들겠다."

알리를 가장 화나게 만든 것은 무슬림으로서 미국인답지 못하다고 표현한 내용이었다.

그는 「플레이 보이」와의 인터뷰에서 다음과 같이 밝혔다.

"나는 잔인한 킬러의 본성을 키우는 훈련을 처음으로 해왔으나 누구에게도 써먹고 싶은 생각은 없다. 그러나 패터슨은 무슬림이 챔피언이 될 자격이 없다고 말하고 있으므로 그가 도망쳐서 숨어 버리도록 그를 쓰러뜨리고 싶다."

알리가 아프리카 여행에서 고무되었던 일이 사실이라고 하더라도, 아프리카인을 나의 국민이라고 부르고 고향에 돌아온 기쁨에 대해서 언급했다고 하더라도, 그는 철저한 미국의 대중영웅이 되기 위한 길을 빨리 걸어가는 철저한 미국인이라고 생각하고 있었다.

"패터슨이 타이틀을 미국으로 되찾아오겠다고 하지만 나는 이미 미국사람이다. 믿지 못하는 사람이 있다면 누가 세금을 내고 있는지 확인해 보면 될 것이다"고 말했다.

알리는 "패터슨은 이웃들이 싫어하는 것을 발견하고서 할 수 없이 백인촌에 집을 샀다"고 조롱했다.

또한

"실현될 수 없는 흑백통합을 시도한다는 기사를 읽고는 동정심이 가는 마음밖에 없다." 라고 덧붙였다.

리스튼과의 2차전 전 헤르니아 수술 후 회복기에 있었을 때 알리는 한아름의 상추와 당근을 들고서는 패터슨의 트레이닝 캠프를 방문했다.

패터슨이 겁이 많다고 해서 이미 그에게는 토끼라는 별명을 붙여 놓았다.

"토끼를 토끼굴로 쫓아 버리려고 왔노라!"고 고함을 지르면서,

"당신은 백인의 흑인이니 흑인이 아니다. 당신은 리스튼에게 두 번이나 졌다. 당장 링 위로 올라가자. 묵사발을 만들어 주겠다"고 놀렸다.

항상 그렇게 해왔던 것처럼 유머감각 덕분으로 지금까지 그의 조롱에 악의가 있다는 인상은 주지 않았다. 그렇지만 패터슨에 대한 분노는 진심이었으며 노골적이었다.

알리는 자신이 더 젊고 더 강해서 링에서 패터슨을 쉽게 요리할 것이라는 확신을 가지고 있었다.

그는 라스베이거스의 엘 모로코 호텔에 투숙하면서 평시보다 더욱 열심히 운동했다.

수비·훅·자세 등에서 패터슨과 비슷한 코디 존스라는 스파링 파트너를 특별히 채용했고 패터슨도 소홀히 하고 있을 복부 단련을 위해 메디슨볼 치는 일에 그의 동생 라만이 땀을 흘리고 있었다.

알리와 패터슨 간의 타이틀전이 열린 11월 22일 라스베이거스 컨벤션 센터에는 8,000여 명의 관중이 운집했다.

특히 유럽 지역의 폐쇄회로 극장 관중이 대거 입장하여 입장료 수입만도 50만 달러를 초과했다.

패터슨은 붉은 벨벳 가운을 입고 먼저 도전자 코너인 청코너에 입장했으며, 알리는 플로리다 해변에 가면서 이웃집 아저씨가 입음 직한 흰 가운을 입고 나왔다.

그는 패터슨이 저질렀던 일이 얼마나 나쁜 일인지 엄격히 물어서 처치하겠다는 듯한 표정이었다.

1라운드는 재미있다기보다는 보기에 다소 꺼림칙했다.

신장·스피드·젊음 등 승부를 결정하는 제반 조건에서 단연 유리한 알리는 복싱이라기보다는 멸시와 장난과 야유가 섞인 싸움의 자세로 나왔다.

그는 가볍고 화려한 플라이급 선수처럼 링을 가볍게 밟고 다녔고, 거미처럼 캔버스(canvas)와 로프를 미끄러져 다녔다.

3분 내내 강력한 펀치는 한번도 가격하지 않으면서도 더킹을 하고, 페인팅을 하고, 패터슨의 어깨를 밀기도 하고, 페인팅 펀치를 선보이기도 했다.

패터슨이 공포에 질려서 과민반응을 하도록 유도하기도 하는 등 철저하게 신체적·정신적·종교적으로 모욕해 나갔다.

계속 스텝을 밟고 있었으므로 무모한 패터슨의 공격에서 쉽게 빠져나오면서 그를 조롱했다.

"들어와 미국인! 들어와 백인 미국인."

2라운드에서는 이 끔찍한 묘수에다가 잽을 추가하여 패터슨이 접근하려고 할 때마다 그의 얼굴을 가격했다.

"나의 펀치가 미스되었을 때 근육경련이 일어났다. 그뒤부터는 펀치를 휘두를 때마다 고통이 따랐고, 사실상 바로 서 있기조차 힘들었다. 그 고통은 지금까지의 것과는 달랐으며, 후반 라운드에서는 클레이가 빨리 KO시켜 주기를 바랐던 것이 사실이다." 라고 패터슨이 말했다.

그의 등에 찾아온 고통은 시합 내내 그를 괴롭혔다. 라운드 중간 휴식시간에 버스터 왓슨과 알 실바니가 목과 등 아래 부분을 집중적으로 마사지하여 어느 정도 통증이 가셨지만 알리에게 가까이 접근하기에는 충분하지 못했다.

알리는 라운드가 계속될수록 잽과 허리선부터 돌아가는 레프트 훅이나 라이트부터 시작하여 원하는 부위를 가격하는 다양한 스트레이트 공격을 퍼부으면서 "더 세게 쳐!"라고 패터슨을 조롱했다.

"말하지 마!"

레프리 해리 크로스가 말했으나 그는 말을 듣지 않았다.

머리에 훅을 포함하여 공격의 고삐를 당겼지만 그를 KO시키지도 않을 작정인 것으로 보였다.

6라운드 중반 패터슨은 지친 상태에서 레프트 훅으로 가격당하자 몇 초 정도 한쪽 무릎을 꿇었다.

레프리가 카운트를 센 다음에 그도 경기를 포기하지 않았고, 알리도 끝내지 않았으므로 경기는 계속되었다.

알리는 매 라운드 끝부분에 더욱더 모욕적인 태도를 보였다.

클린치될 때는 "엉클 톰"이나 "백인 흑인"으로 불렀다.

"알리, 빨리 KO시켜!"

던디가 로프 사이로 고함을 질렀다.

알리는 어린아이가 잠자리의 날개를 하나씩 떼어내어 고통을 주듯 패터슨을 잔인하게 다루고 있었다.

12라운드에서 더 이상 경기를 계속하는 것은 패터슨에게 치명적인 상처를 입힐 염려가 있다고 판단한 크로스가 경기를 중단시켰다.

"KO될 만한 펀치로 주저앉고 싶었습니다. 그는 10, 11라운드에서 별다른 펀치를 보이지 못했고 단순한 잽만 내밀었습니다. 12라운드가 되자 그는 펀치광이 되어 찬스를 제대로 잡지 못했는데도 이곳저곳에 펀치세례를 퍼부었습니다. 머리를 포함하여 많은 곳을 가격당하자 나는 행복하다는 감정이 생기기 시작했는데 게임이 끝나가고 있음을 느꼈습니다. 링에 서 있는 동안에 받은 고통에다가 움직일 때마다 예리한 칼로 등을 찌르는 것과 같은 고통이 동반되었습니다.

12라운드 2분 18초였을 때 레프리가 경기를 중단시켰습니다. 경기 필름을 보면 내가 레프리를 보며 "노! 노!" 라고 머리를 흔들며 소리를 지르는 장면을 보게 됩니다. 많은 사람들은 경기를 중단시키는 데 대한 항의라고 알았을 것이지만, 그러한 펀치를 중단하는 데 대한 항의였을 뿐이고, 나는 다운당할 만한 큰 펀치를 기다리고 있었습니다."

라고 패터슨이 설명했다.

패배하고 난 다음에는 항상 그랬던 것처럼

"나는 더 많은 것을 더 잘 할 수 있다는 것을 잘 압니다."라고 덧붙였다.

알리는 던드 버드 호텔에 마련된 승리축하연에 파키스탄에서 온 3명의 여인을 포함한 20여 명의 무슬림과 함께 참석했다.

오른손에 통증이 있어서 왼손으로 축하객을 맞고 있던 그를 손지는 구석에서 울면서 쳐다보고 있었다.

그녀가 떠나던 날 통곡했던 알리처럼 그녀의 마음도 그때나 오늘이나 아쉬움과 그리움에 무너져내리고 있었다.

이미 법적으로 남남이 되어 버렸지만 주위에 다른 사람이 없었더라면 달려가서 끌어안고 싶은 마음이었다.

헤어진 후 그의 품에 안겨 있는 환상이 현실인 것처럼 꿈인 것처럼 항상 자신의 곁에 맴돌고 있는 것과, 낮과 밤의 많은 시간들을 그의 품에서 보냈던 추억들이 함께 몸과 마음을 휘감았다.

아쉬움처럼 밀려드는 그리움에 쓰러질 듯 울고 있는 그녀를 번디니가 달랬다.

"룸을 잡아 드릴 테니 좀 쉬시도록 하세요."

"괜찮아요."

말로 표현하지 못하는 마음들이 모두 녹아있는 것처럼 끊일 줄 모르고 흘러내리는 눈물 때문에 그녀는 돌아서서 어깨를 들썩이며 소리없이 한참이나 더 울었다. 가까스로 눈물을 거두고는 알리의 부모가 자리잡고 있는 테이블로 가서 인사를 하고 그들과 합석했다.

"그들은 서로 깊이 사랑하고 있었습니다. 그들을 갈라놓은 무슬림이 정말 야속합니다.

그녀는 알리가 무슬림과 결별하고 자신을 데리러 올 것이라고 기대했습니다. 만약 그랬었다면 그녀는 세상에서 가장 행복한 여자가 되었을 것이고, 그 또한 행복했을 것입니다.

나는 누구보다도 그들을 잘 압니다."

라고 번디니가 아쉬운 듯이 불만스럽게 말했다.

이 시합 이후 알리는 챔피언으로서의 넓은 아량과 포용력을 갖추어 갔다.

다음해 봄, 기자회견 때 패터슨의 등 상태가 어떠한지 자세하게 물었다.

패터슨도

"스물네 살의 젊은이가 복싱선수로서, 또한 개성이 강한 젊은이로서 개척해 나가는 생활에 호감을 가지고 있다"고 말하고, 클레이가 아닌 모하메드 알리라고 호칭함으로써 최대의 위안을 선사했다.

그리고 전진

    알리는 18세이던 1960년 루이스빌에서 병적을 신고했고, 1962년에는 징집대상자인 I-A로 분류되었다.

    1964년 리스튼과의 타이틀전을 몇 주일 앞두고는 모든 징집대상자에게 실시되는 신체검사와 적성검사를 받기 위한 모병 센터의 소집통보서를 받았다.

    50분간의 적성검사에서 기준점수보다 14점이나 모자라는 점수를 받아 현역입대에 부적합한 I-Y로 재분류되었다.

    "답을 몰랐을 뿐만 아니라 문제 자체가 무슨 뜻인지를 알지 못했다."

고 한참 뒤에 겸연쩍게 설명했다.

    세계 챔피언이 되고 나서 2개월 후 군 당국은 그가 무식한 것으로 가장했는지 여부를 확인하기 위해 재테스트를 실시했다.

    1966년초는 나라 전체가 반평화적이고 친전쟁적인 분위기였으며 그런 시류는 쉽게 변하지 않았다.

    상원 외교분과위원회의 주된 의제는 항상 베트남 문제였으며,

그날도 윌리엄 풀브라이트 상원의장과 맥스웰 테일러 장군이 열띤 논쟁을 벌이고 있는 장면이 TV로 중계되고 있었다.

알리의 춘계 훈련모습을 취재하기 위해서 마이애미에 온「뉴욕 타임스」의 봅 립시터 기자는 무엇인가 일어날 것 같은 예감을 느끼면서 흑인구역에 있는 슬라브 콘크리트 건물인 알리의 집으로 차를 몰고 갔다.

마침 알리의 트레이닝 일정이 막 끝난 뒤여서 두 사람은 마당에 있는 플라스틱 의자에 앉아서 편안한 마음으로 격의없는 이야기를 나누고 있었다.

그때 주위에 있던 한 무슬림친구가 전화가 왔다고 하면서 무선전화기를 바꾸어 주었다.

'베트남에 병력이 증파됨에 따라 그의 점수도 징집대상이 되도록 정책이 바뀌었다'는 내용이었다.

또한 '징집대상인 I-A로 한번 더 재분류되었다'는 소식도 곁들였다.

이 문제는 군대와 현실 사이에서 오락가락하면서 크게 두 가지 방향으로 전개되어 나갔다.

우선 알리는 격렬한 페이스로 시합을 치러 갔다.

3월부터는 12개월 동안 영국에서 두 번, 독일과 캐나다에서 한번씩을 포함하여 총 일곱 차례의 방어전을 치렀다. 이 중에서 네 차례는 백인 선수와의 대결이었다.

3월 29일에는 캐나다 토론토의 메이플 리프 가든에서 엄청난 스태미나를 가진 무쇠턱이자 백인의 우상인 조지 추발로를 15회 판정으로 제압했고,

5월 21일에는 영국 런던의 아스날 스타디움에서 두 번째로 맞붙은 헨리 쿠퍼를 6회 KO로 무찔렀다.

8월 6일에는 영국 런던의 얼스코너 스타디움에서 브라이언 런던을 3회 KO로 이겼고,

9월 10일에는, "흑인은 왼손잡이를 좋아하지 않는다"고 말한 대로 독일의 프랑크프루트에서 왼손잡이인 칼 밀덴버그를 12회에 KO시켰다.

밀덴버그는 막스 슈멜링 이후 처음으로 세계 타이틀에 도전하는 게르만족의 후예여서 거국적인 성원을 받았으나 알리에게는 적수가 되지 못했다.

TV의 발달로 인한 중계권료 확보 덕분으로 미국과 대전료가 비슷하며 그럴 듯한 상대는 제한되어 있는 유럽이 '보물 창고'라는 새로운 사실도 알게 되었다.

11월 14일 텍사스 휴스턴의 아스트라돔에서 벌어진 크레브랜드 윌리엄스와의 경기에서는 3회 KO승을 거두었다.

윌리엄스는 연방군에 의해 총격을 당해서 콩팥을 잃기 전까지는 리스튼과 맞먹는 강편치의 소유자였다. 그후 그는 생에 대한 절망에 빠지고, 희망이 '덜커덕' 내려앉는 것 같은 고뇌까지도 느끼게 되었다.

그의 매니저 허프 벤보도 모욕하는 말을 서슴지 않았다.

"타이틀은 겁쟁이에게는 가지 않아. 당신이 떠버리를 물리친다면 나는 텍사스 전체를 사겠다."

이미 정신적으로 신체적으로 무너진 상태에서 그는 알리의 공격에 완전히 노출되어 2라운드에서만 세 번 다운을 당했다.

이때 알리는 가위댄스 스텝을 처음 선보였으며 그의 진면목을 보여주었다는 평가를 받았다.

그러나 간간히 뻗는 윌리엄스의 주먹은 이전의 명성 그대로여서 알리를 몇번이나 휘청거리게 만드는 등 엄청난 충격을 주었다. 의사 파체코는 이 경기가 끝난 직후 알리에게 파킨슨병의 위험을 경고했다.

여기서부터 축적된 펀치의 피해가 20년 후부터 나타나기 시작했고, 길고도 가혹한 파킨슨병과의 투쟁에 인생의 후반부를 바치게 만들었다.

1967년 2월 6일, 알리는 그를 계속 클레이라고 부르는 어니 테렐에게 격분하여 즉각적인 KO는 너무 관대하므로 시간을 끌면서 고문하기로 결심했다.

테렐은 마틴 경사 밑에서 같이 운동하던 친구였는데, 알리라고 부르도록 한 요구를 계속 무시해 왔다.

알리는 패터슨전과 비슷하고 잔인하게 잽을 뻗고 괴롭히면서 시합 내내 "내 이름이 뭐야?"라고 외쳤다.

알리의 일방적인 15라운드 판정승이었으며 테렐은 즉시 병원 응급실로 실려 갔다.

3월 22일, 뉴욕 매디슨 스퀘어 가든에서 벌어진 조라 폴리전에서는 7라운드 KO승을 거두었다.

알리는 이 시합이 끝난 자리에서 프레이저를 만났다. 누군가 알리에게 그를 소개했다.

"나는 당신을 알고 있소. 할일이 있으니까 언제 한번 만납시다. 당신은 크지 않지만 같이 돈을 벌 만한 일을 찾아봅시다.”

그는 프레이저에게 부드럽게 말했다.

프레이저는 크게 웃으면서 “좋습니다”라고 대답했다.

프레이저의 트레이너이자 매니저인 양크 더햄이 중간에 끼어 들었다.

“원하신다면 당신에게 스파링을 제공할 용의가 있습니다.”

알리가 한번 쳐다보고는 다른 곳으로 가버린 다음 그의 트레이너가

“저 촌놈 흑인을 믿을 수가 있소?”라고 물었다. 더햄이

“일단 부딪쳐 보면 최고라는 생각이 들고 물건(?)임을 알게 되고 놀랄거요. 확실하게 보장합니다. 아마 그쪽의 포켓에 돈을 쏟아부어 놓을 겁니다.”라고 응수했다.

제**8**장
시 련

징집 거부와 타이틀 박탈

　징집대상인 I-A로 다시 분류된 조치에 알리는 아주 화가 나 있었다.

　이는 또 하나의 방향으로 알리의 인생을 이끌고 나갔다.

　"위로 차원을 포함해서 서로 많은 이야기를 나누었지요."

　립시터 기자는 다음과 같은 이야기를 했다.

　"나는 뉴저지의 포트딕스에서 군대생활을 했다.

　거기서 우리 부대의 용감한 요리사에 관한 이야기를 썼다. 나는 행정병학교 동기생 대표였다.

　입대하기 전 이미 「뉴욕 타임스」 기자였고 나의 문장은 뛰어나서 「필라델피아 인콰이어리」에서는 내가 직업을 구하느냐고 묻기도 했다.

　나는 실제로 전쟁을 이해하지 못한다.

　나는 스물여덟 살의 스포츠 기자로서 아직 그 속에 휘말리지는 않았지만 희미하게 풀브라이트 상원의장은 옳고 테일러 장군은 틀렸다고 생각한다."

알리는 전쟁에 관해 잘 몰랐다. 그의 머릿속에는 전쟁에 대한 개념이 조금도 없었다.

지도에서 베트남이 어디에 있는지조차 관심이 없었고, 전쟁의 의의에 대해서는 더더욱 아무것도 몰랐다.

징집은 젊은 운동선수나 연예계 스타에게는 한창 인기절정기에 해당되어서 대단히 중대하며 신경이 쓰이는 문제였다.

지금까지 알리는 인종분리 문제에 관한 질문을 받는 데 익숙해 왔다. 그러나 이번 문제는 특별하고, 장소가 훨씬 모호하고 혼란스러운 베트남이다.

"린든 버드 존슨 대통령을 어떻게 생각하느냐?"

"징병제도, 전쟁, 베트콩에 대해 어떻게 생각하느냐?"

그는 잠시 동안 말이 없더니 갑자기

"나는 베트콩과 싸우지 않겠다"고 말했다.

너무 갑작스럽고 빨리 말해서 립시터 기자는 제대로 기록하지도 못했다.

즉각적인 흥미와 화제를 몰고 온 그 발표는 「뉴욕 타임스」를 포함한 많은 신문과 TV에 보도되었다.

알리의 전화기는 기자뿐만 아니라 "죽어지기를 바란다"는 등 미움을 나타내고자 하는 사람들로부터 걸려온 전화로 불이 날 정도가 되었다.

그러나 영국의 철학자요, 평화주의자인 버틀란트 러셀같이 그를 지원하는 사람들도 있었다.

'워싱턴의 집권층은 가까운 시일 안에 가능한 방법으로 많은

면에서 당신을 해칠 것이 분명하오.

미국의 권력에 대한 용기있는 당신의 도전에 국민들과 억압받는 사람들이 떨쳐 일어날 것이라고 믿소.

당신은 더 이상 공포와 압제에서 무너지고 희생되지 않겠다는 전 세계인의 각성에 대한 상징이오.

진심으로 당신을 돕고 싶소. 영국에 오시면 연락주시오.'

러셀의 편지를 받았을 무렵, 정부는 그에 대해서 여권이나 타이틀 및 확실한 수백만 달러의 돈과 수천만 국민 속의 인기 등을 즉각 잃도록 만들지는 않았다.

루이스빌 후원회 회원들은 매니저로서의 역할이 끝나가고 있음을 알았다. 그러나 알리가 병역의무를 마칠 수 있는 편안한 방법을 재빨리 찾아내었다.

주 방위군으로 복무하는 예비역이었다. 최악의 경우에도 그가 군대의 복싱시범단에 배치될 것이라고 믿었다.

그들의 생각으로는 전에 조 루이스같이 이러한 방법을 택하는 것이 그의 생명과 재산에 대한 위험부담이 없으면서 이미지를 높일 수 있는 길이라고 보았다.

"알리는 후원회에서 건의하는 모든 것을 거부했다.

이것이 그에게는 원칙의 핵심이었고, 또한 쉽게 바꾸려고 하지도 않았다."

고 데이빗슨 변호사가 말했다.

결국 타이틀 박탈 직전 어니 테렐전을 앞둔 1967년 2월초, 루이스빌 후원회와의 관계를 끊고 엘리자의 아들인 허버트가 매니저가 되었다.

'그의 돈을 보호하기 위해서'라는 게 엘리자의 설명이었다.

"그가 복싱에 대해서 아는 것이 무엇입니까?"라는 질문을 받은 던디는

"복싱이 글러브를 사용한다는 것을 알고 있습니다"라고 대답했다.

조 루이스 시대에 형성된 헤비급 챔피언의 행동규범을 어긴 데 대해 알리는 지미 캐논, 레드 스미스 같은 칼럼니스트들로부터 즉각적인 비난을 당했다.

스미스는 많은 상하원 의원에게 '알리는 반역자이고 천민'이라는 편지를 보냈다.

'알리는 전쟁에 반대하여 피켓을 들고 데모를 하는 천박한 모습을 스스로 만들었다.'

이후 알리는 마틴 루터 킹 목사나 말콤X 등과 같이 내내 FBI의 감시 대상에 놓이게 되었다.

후버 국장은 알리의 여행이나 전화에서부터 TV토크 쇼의 출연까지 모든 일에 대해 정기적인 보고를 받고 있었다.

FBI 입장에서 보았을 때 알리는 잭 존슨보다 더 위험한 반체제 인물이었다.

변호사 헤이든 코빙턴은 그에게

"문제가 있어 보인다. 이것은 전에 내가 보았던 것과는 다르다. 대통령의 딸과 어울렸다는 이유로 조 나마더는 농구장을 떠났고, 조지 해밀턴은 영화계로부터 축출되었다. 그들은 당신을 시범사례로 추가하고자 한다"고 말했다.

시간이 흐름에 따라 정부에서 각종 유·무형의 압력을 가해

오기 시작했다.

알리는 그의 자세를 더욱 강하고 분명하게 나타냈다.

그는 군대에서 시범경기를 보이기 싫어했고, 외국으로 나가고 싶어하지 않았다.

"루이스빌의 흑인들은 개처럼 취급받고 있는데, 왜 그들은 나에게 군복을 입히고 집에서 수만km 떨어져서 베트남의 황인종들에게 폭탄과 총알을 겨누게 만듭니까?"

"내가 전쟁터에 가는 것이 2천2백만 흑인들에게 자유와 평등을 가져온다면 나를 징집하지 않아도 된다. 내일 당장 나는 입대할 것이기 때문이다. 국가와 알라신 중에서 하나를 선택하라고 하면 나의 믿음을 따르겠다. 우리는 400년 동안 감옥에 있었다"고 주장했다.

1967년 4월 28일 아침, 텍사스주 휴스턴에 있는 미 육군모병센터에 알리는 징집면접을 위해 소집되었다.

지금까지 그는 징집면접을 세 차례 거부해서 이적행위로 경고를 받았고, 관련 규정을 준수하겠다는 서약서를 제출해 놓은 상태였다.

길 옆에서 나이 많은 사람들도 섞인 일단의 학생시위대들이 이미 구호를 외치고 있었다.

"가지 마."

"가지 마."

"알리는 그냥 두고 허수아비를 징집하라."

그는 모병 센터 안으로 들어갔다.

알리와 25명의 징집대상자들은 먼저 설문지에 대한 답변을 제출한 뒤에 신체검사를 받았다.

다음에는 대형 버스로 루이지애나주 포트포크로 갔다.

이른 오후 그들은 젊은 장교 앞에서 줄을 서 있었다.

그 장교는 각자의 이름을 부를 때 군대에 입대하기 위해서는 한걸음 앞으로 나오도록 요구했다.

알리의 이름이 호명되었다.

"캐시우스 클레이, 육군!"

알리는 움직이지 않았고, 그가 다시 "클레이"라고 불렀으나 그대로 서 있었다.

그러자 다른 장교가 독방으로 안내해서는 징집 거부에 대한 처벌로는 징역과 벌금이 병과된다고 설명했다.

"알았소?"

"예, 알았습니다."

알리는 호명될 때 한걸음 앞으로 나오는 기회를 한번 더 부여받았지만 그 자리에 그대로 있었다. 그에게는 이미 두려움이 없었다.

리스튼과의 1차전 때 링에서 그와 마주서기 전에 느꼈던 그러한 초조감이 없었다.

한 모병장교가 알리에게 거부하는 사유를 서면으로 제출하도록 요구했다.

이에 따라서 '나는 미 육군에 징집당하는 것을 거부합니다. 왜냐하면 무슬림의 지역 책임자로서 병역이 면제되기를 요구하기 때문입니다.'라는 사유서를 제출했다.

알리는 건물 밖으로 나와서 기자들 속으로 들어갔다.

항의자들은 아직도 용기를 북돋아 주는 구호를 외치고 있었다.

그 옆에는 한 여인이 조그만 미국 국기를 들고 알리를 비난하는 구호를 외치고 있었다.

"당신은 바로 감옥으로 가라! 나의 아들은 베트남에 갔는데 당신보다 못하지 않다. 당신이 군대에 안 가면 감옥에서 썩어라."

알리의 징집 거부나 베트남파병 반대는 특히 흑인을 포함한 많은 미국의 젊은이들에게 공감을 불러일으켰다.

문학계통의 한 대학교수는

"그가 징집 거부를 선언했을 때 나는 프라이드 이상의 중요한 것을 느꼈다. 흑인 청년이 보호되는 것만큼 인간으로서 나의 명예도 보호된다고 생각했다. 결국 그는 호랑이 꼬리를 잡는 용맹스러운 사냥꾼이었다. 조그만 공간에 갇혀 나 자신이 그의 위대한 상상력과 거대한 모험심에 도저히 미치지 못하고 있음을 느꼈다"고 언급했다.

알리에 대한 유·무형의 법적 조치들이 가시화되기 시작했다.

뉴욕주 체육위원회에서는 4월 28일자로 그의 타이틀을 박탈하고 무기한 선수자격 정지 조치를 취했다. 나머지 49개 주에서도 뉴욕주의 조치를 뒤따랐다.

이제 알리는 그 자신이나 무슬림에서 계산하지 못했던 시련의 구렁을 피할 수 없게 되었다.

5월 8일에는 휴스턴에 있는 연방검찰에 기소되었다.

알리의 변호인단은 휴스턴에서의 재판에 대비한 준비에 착수했다.

그의 변론 요지는 네 가지였다. 징집위원회에 흑인이 없으며, 엘리자의 지시없이는 전쟁에 참가할 수 없고, 무슬림의 현역 지역 책임자는 면제되어야 하며, 흑인은 다른 유색인종을 죽이지 않는다는 점이다.

또한 탄원서도 첨부했다.

그는 종교를 위해서 예쁜 아내와 사업의 운영도 포기했고, 전쟁이 성스러운 코란의 가르침에 어긋났을 뿐 징집을 피할 뜻은 없다고 주장했다.

무슬림은 알라신이나 선지자의 가르침이 없으면 전쟁에 참가하지 못하도록 규정되어 있으며, 기독교의 전쟁이나 믿음이 없는 사람들의 전쟁에는 참가하지 않는다고 마무리했다.

6월 19일, 알리는 휴스턴 연방법원의 법정에 섰다.

변호사는 그가 주 방위군의 대체복무 방안을 받아들일 것으로 생각했다.

문제는 무슬림들이 그가 군복을 입어도 계급을 받아도 안 된다고 주장하는 것이었다.

"무슬림들은 그가 벽과 부딪쳐서 허물어 버릴 것을 바라는 것 같았어요. 우리는 그런 것까지 바라지는 않아요."

그의 변호사가 말했다.

무슬림들은 그들 자신이나 집단의 승리를 추구하는 데 자주 무자비했고 악의가 있었으며 분별력이 없었다.

종일 철저한 심리가 진행되었다.

알리를 추적하는 원동력은 그의 재임기간 동안 범죄자를 잡는 전문가이면서 꼼꼼하고 냉혹한 FBI 후버 국장으로부터 나왔다.

다음날 재판이 속개되었다.

모턴 수스먼 수석 검찰관은 종교라는 이름 뒤에 숨어 있을 수만은 없는 무슬림을 비난하면서 비극의 산물이라고 부르고는 잉그래햄 판사에게 중형을 선고해 줄 것을 요청했다.

판사는 알리에게 징역 5년에 1만 달러의 벌금을 병과했다.

"그 선고는 선수로서 가장 황금기에 있는 알리에게 당시 1천만 달러 이상의 희생을 치르게 했습니다"라고 던디가 말했다.

또한 많은 미국인들이 건강하고 부유한 젊은이가 병역의무를 회피하고 종교를 변명으로 이용한다는 낙인을 찍도록 만들었다.

그러나 알리는 그러한 대가를 후회하지 않았다.

한편으로 연방법원의 판결에 대한 항소는 별도로 진행하고 있었다.

또 하나의 도전

알리의 돈 씀씀이는 갈피를 잡을 수가 없었다.

패터슨과의 대전 때에는 수백 명의 무슬림이 누구나 호텔 전표로 사용하도록 많은 티켓을 구입해서 나누어 주었다.

이 티켓으로 파키스탄에서 온 3명의 여인들은 물쓰듯이 몇 백 달러짜리 이브닝 백을 사고 매일 머리를 손질했다.

알리 부자와 루이스빌 후원회는 머리좋은 사람들이 현명하게 투자한 연금에 대해 이율하락으로 발생한 감소분이 아주 사소한 액수였음에도 불구하고 5만 달러의 기금을 놓고 격렬하게 싸웠다.

"그들과는 항상 이러한 다툼이 있었어요. 돈이라는 것을 잘 모르는 것 같았어요."라고 한 후원회원이 말했다.

알리는 현금을 가지고 다니는 것을 좋아했다.

루이스빌의 간이식당에 4만 달러를 가지고 간 적이 있었으며, 시카고에 갔을 때는 수천 달러를 꺼내 보이기도 했다.

"그가 그렇게 하는 것을 몇번이나 보았어요. 그는 손가락으로 세는 것을 좋아했고 만지는 것을 좋아했습니다."
라고 그의 한 친구가 말했다.

그러나 타이틀이 박탈되고 난 뒤 경기가 없어지자 자연스럽게 그의 수입도 없어졌다.

그의 곤란한 입장을 「스포츠 일러스트레이티드」의 텍스 모울 기자에게 대강 설명했다.

그런 다음 차원은 다르지만 주당 150달러를 받고 엘리자를 위해 전담 지역 책임자로 일하고 싶다고 했다.

무슬림 본부에서는 이를 즉각 수용했고, 그것은 알라의 축복이라고 명명했으며, 「모하메드 스피커」에 다음과 같은 알리의 글이 게재되었다.

사람들이 나에게

"생활하는데 애로가 없습니까?"라고 물었을 때 나는 말했다.

"저기 조그만 방울새가 먹이를 쪼고 있는 모습을 보라. 하늘에 있는 모든 별과 위성을 보라. 그들은 길고 튼튼한 장대 끝에 매달린 것이 아니라 알라신이 그곳에 위치하도록 만들었다."

이러한 힘을 가진 그가 그의 종들을 굶주리도록 팽개쳐 두겠느냐?

사람들이 배고픔 속에서 일하도록 내버려 두겠느냐?

아니다. 알라신은 먹을 것을 해결해 주고 황금이 가득찬 수레로 인도할 것이다.

베트남에서 사람이 죽고, 세계 각지의 어린애들이 배가 나오고 눈이 들어갔다고 해서 알라신의 시험이 가혹한 것만은 아니다.

알라신은 나만 그렇게 특별하다고 생각하느냐?

아니다. 알라신의 사랑을 차지할 만한 가치가 있는 만물에게 공평하다.

타이틀이 박탈된 후 얼마 지나지 않은 8월 17일, 그는 당시 열일곱 살의 학생인 베린다 보이드와 결혼했다.

손지가 떠난 이후 애로가 있었음이 틀림없는 섹스 문제도 자연적으로 해결되었다.

베린다는 알리가 얼마나 집요하게 혼전 섹스를 요구했는지 소상하게 밝힌 적이 있었다.

"그는 마치 섹스에 굶주려서 숨이 넘어가는 사람처럼 보였어요. 죽은 사람 살리는 셈 치고 사정을 봐달라고도 했고요."

그들의 경제적 여건은 마땅한 수입이 없어졌으므로 상당히 어려웠다.

"베린다에게 식비로 스낵이나 겨우 사 먹을 만한 돈만 주었어요."

하루에 몇 달러밖에 안 되는 액수였지만 "그녀는 요리를 잘해 놓았다"고 알리가 말했다.

베트남 전쟁에 반대하는 공공홍보 재단의 요청과 도움을 받아서 작성한 대학강연 일정은 1968년말까지 꽉 차 있는 상태였다.

사회적·정치적 여건이 그와 맞았으며 각 대학에서의 강연 시점도 이보다 더 적합할 수가 없었다.

이전의 미국은 그의 권리를 박탈하고 고립시켰는데 현재의 새로운 미국은 갑자기 그의 편이 되었다.

성경이나 코란, 엘리자의 어록, 신문이나 TV의 시사적인 문제 등에서 취합한 강연원고는 베린다가 작성하여 타이핑한 것이었고, 알리는 이를 소화하려고 많은 노력을 했다.

그러고 보니 지금까지와는 다른 관점에서 인생의 중요성을 느끼게 되었고 엘리자의 내면세계에도 더욱 다가갔다.

그는 어린 대학생들이 이슈로 삼고 있던 이상적이고 막연한 반전운동과는 차원이 달랐고, 여성의 권리와 반문화에 대해서도 관심이 없었다.

그는 양쪽 다 분열현상일 뿐이며 중요하지도 않다고 생각했다.

그가 찾고자 하는 권리는 반전운동이 아닌 징집 거부이며, 그의 마음에 양식을 제공하는 엘리자의 가르침 등을 갖춘 자신에 대해서 관심이 있을 뿐이었다.

강연은 주어진 주제에 대해 20~30분 전후의 이야기를 한 후 주로 흑인의 파워 그룹과 백인 히피들로 구성된 남녀 대학생들과 토론하고 식사하고 학생들이 질문하면 답하는 식으로 진행되었다.

"우리가 무엇을 해야 하고 무슨 일이 일어날 것 같으냐는 등의 질문을 받았을 때는 무척 당황스럽고 어려웠습니다. 사실상 나는 그런 분야에는 문외한이거든요."

쑥스러운 듯 알리가 말을 더듬거렸다.

청중은 전부 명랑하고 협조적인 것만은 아니었다.

상위급 학교에서는 호기심의 대상이나 익살극의 배우 정도로만 취급했다.

킬킬웃거나 야유하는 학생들에게는 처음에는 효과적인 대응책을 내놓지 못했지만, 곧 나이트클럽의 유머방식으로 확실하게 웃겨서 쉽게 다루는 방법을 알았다.

이러저러한 형태로 나타난 그의 유머스러한 말은 해를 넘기고 부터는 보편적이고 부드러워졌으며, '링의 설교자'라는 별명에 걸맞는 연설로 자리를 잡아갔다.

버팔로 대학에서는 그가 강연하는 연단 뒤에 많은 플래카드나 구호가 붙어 있었다.

그중에는 '존슨 대통령, 오늘은 얼마나 많은 젊은이를 베트남에서 죽일 작정입니까?'라는 내용 등이 있었는데, 그는 강연 시작 전에 이의 철거를 요구했다.

강연료는 회당 500달러에서 1,000달러 정도 받았지만 경제적으로도 많은 도움이 되었고, 그로 하여금 자존심과 위엄을 한껏 가지도록 만들었다.

알리는 유효기간이 지난 면허증으로 차를 몰다가 체포되어 마이애미 교도소에서 1주일을 보낸 적이 있었다.

그동안 음식에 불만을 터뜨리고 무엇을 그리워하듯 창문 밖을 쳐다보면서 대부분의 시간을 보냈다.

"그곳은 갈 곳이 못 돼. 불결한 음식을 먹어야 하고 집이나 주위에서 자유롭게 활동하는 사람들 생각만 하게 돼." 그 뒤에 그로부터 간혹 들을 수 있는 말이었다.

그러나 사회의 분위기는 교도소에서 보냈던 시간들처럼 그를 홀로 내버려 두지를 않았다.

이제 그는 단순한 무슬림이 아니었다. 법무부의 주요 인사와 토론을 하는 등 모든 종류의 불복종활동에 중요 인물로 참여하게 되었다.

마틴 루터 킹 목사의 죽음과 일련의 폭동 이후 모울 기자는

알리에게

"법정에서 추궁하는 정도가 아닌 당신을 구속시키는 경우 등은 정치적으로 잘못을 저지르는 일이 될 것이다. 따라서 징역은 걱정을 하지 않아도 될 것 같다"고 말했다.

"왜 그렇게 누그러졌나요?"

"지금까지 오랫동안 그들이 바보같은 짓을 해왔으니까."

그는 지갑에 먼지가 날 지경이었으나 돈 걱정은 하지 않았다.

이런 시기에 그의 매니저인 허버트는 재정적인 지원자가 되어 주지 못했다.

손가락만 빨고 있는 형편이었지만 알라신이 자신을 황금을 가득 실은 열차로 인도할 것이라고 믿고 있었다.

그렇지만 그는 아직 설교자라기보다는 복서가 분명했다.

비록 앞길이 잘 보이지 않았지만 복싱은 되돌릴 수 없는 그의 운명이었고 과업이었다.

식품구입비가 부족한 형편을 잘 알고 있는 사람 중에서 현관에 음식백을 갖다 놓는 일도 있었다.

그것은 자존심이 강한 베린다를 견딜 수 없이 괴롭히는 행위가 되었다.

"우리가 더 작아지고 더 위축될까 봐 두려웠어요."라고 그녀는 밝혔다.

프레이저는 알리의 갑갑한 형편을 누그러뜨려 주려고 애썼다.

"당신은 복귀할 거야. 전보다 나아질 거야."

"프레이저 당신은 거인이야. 이름을 깊이깊이 간직할 게, 서로 잊지 말자."

알리가 징집을 거부하여 선수자격이 박탈되었을 때 프레이저는 이를 막기 위해 나름대로의 노력을 다했다.

언론사·프로모터·지역 복싱위원회 등을 방문하여 설득했으며, 흑백분리주의와 자만심 등으로 소원해진 조 루이스까지 찾아가서 협조를 부탁했었다.

그는 틈틈이 수백 달러씩 용돈도 주었다. 2천 달러를 주어서

뉴욕에서 알리가 호텔비를 지불했다는 소문은 부인하면서

"내가 준 돈은 많지 않았어요."라고 말했다.

그렇지만 총 2만 달러 이상인 것은 확실하다고 알려졌다.

프레이저의 이러한 행동에 하루는 더햄의 감정이 폭발했다.

"당신은 알리에 대해 가만히 있는 게 좋겠어. 우리는 그를 필요로 하지 않는 대신, 그가 우리를 필요로 하고 있어. 그가 당신을 이용한단 말이야."

지금까지 더햄은 프레이저의 박애 넘친 언행이 알리의 마음을 움직였다는 이야기를 한번도 듣지 못하고 있었다.

박박머리이며 프레이저의 친구인 집시 조 해리스라는 프로모터와 함께 세 사람은 뉴욕 시내를 드라이브하고 있었다.

그들은 언젠가 벌어질 두 사람 간의 타이틀매치를 설계하고 있는 중이었다.

"대등한 게임이겠지? 중반쯤 끝내겠어. 화려하게 컴백할 거야."

"아마 그럴 거야."

"당신 일행에서 좋아하지 않을 걸!"

"걱정 마시오."

"약속!"

"좋아. 약속하자고."

결코 한번 한 말을 번복하지 않는 프레이저의 약속이었다.

"내가 보답할게."

알리가 말했다.

"보답? 왜 그런 생각을 해?"

"프레이저, 당신은 좋은 사람이야. 그러나 멸시하지는 말아. 당신은 나보다 작고 빠르지도 않아. 사실대로 말한 거야. 당신이 이기면 나는 링을 기어서 당신 발에 키스를 하겠어."

"약속했지?"

"좋아."

"기지도 못하게 무참히 KO시키겠어."

두 사람은 서로 웃었다.

일반적으로 복서는 챔피언이 된 후 대중회견에서 조작하고 피상적인 내용이 섞일 때까지는, 그가 보고 느낀 것을 생생하게 기억하고 솔직하게 말하게 된다.

그러나 그들 중 몇몇은 그들의 뿌리가 하도 비참하고 끔찍해서 의도적으로 과묵하게 되고, 어떻게 대답해야 하는지도 몰랐다.

조 프레이저는 비교적 잘 알려지지 않은 복서였다.

그의 막연한 소원감, 백인에 대한 불신, 자신의 능력 측정과 자신있게 행동하는 방법에 대한 갈등 등에서 야기된 결과로 추정되었다.

친구 해리스는 프레이저의 행동에 관한 질문을 받고서

"그는 많이 말하기를 두려워하는 전사이다."라고 말했다.

그는 복싱 외에는 말하고 행동하는 자신의 개성까지 모두 트레이너이자 매니저인 더햄에게 위임했다. 그의 옆에 더햄이 없는 경우가 거의 없었다.

수줍고 말없는 그가 어떻게 복서가 될 수 있었는지 이해가 쉽게 되지 않았다.

프레이저는 노예문화가 가장 오래된 사우스 캐롤라이나의 뷰 포트로부터 멀지 않은 로렐 베이에서 11남매의 막내로 태어났다.

아버지 루빈은 과도한 실용주의자이자 변신주의자여서 쉽게 흑인 문화에 접근하지 않았다.

어머니 돌리는 담배를 피웠으며 다소 예민한 성격의 소유자였다. 들일이나 토마토 통조림공장에서 막일을 했고 잘해야 하루 5달러 정도 받았다.

식구들의 주업은 농사였는데 두 마리의 노새와 함께 3만 평 정도의 농토를 경작하고 있었다. 수확물이래야 수박 정도였고, 채소도 자급자족이 제대로 안 되는 형편이었다.

나무로 지붕을 덮은 집은 비가 새었고 축대도 없었으며, 전화 등 가재도구도 별로 없었다. 이웃집이라고는 100m도 넘어서 겨우 한집이 있었다.

아버지 루빈은 젊었을 때 질투심에 사로잡힌 애인이 권총을 쏴서 한쪽 팔이 없었다. 그러나 그는 행운아였다.

그 여인은 루빈의 성기 부분을 조준해서 발사했기 때문에 하마터면 생식능력과 함께 생명을 잃을 뻔했다.

한번은 프레이저에게 그가 임신시켰던 아이가 서른 명에 가깝다고 실토한 적이 있었다.

그는 농장일에 열심이었고, 밤에는 '화이트 라이트닝'이라는 술을 제조했다.

프레이저가 태어났을 때 빌리라는 이름을 지어 주었다.

그 지역의 흑인들은 자조적으로 기치(Geeche)라고 불렸으나, 사실은 흑인을 뜻하는 굴라(Gullah)였으며 자신들만의 언어와

생활습관도 가지고 있었다.

또한 자신들을 위험스럽다고 생각하는 백인 등을 은연 중 경멸하거나 의심했다.

그들은 현실에 최소한의 적응을 하면서 아프리카 방식을 고수하는 프라이드와 독립심을 가지고 있었다.

이러한 배경과 함께 일단 그곳에 가보면 스페인풍의 큰 나무, 밀주 제조와 밀수를 쉽게 감출 수 있는 증기선이 다니는 수로, 수천 명이 모인 시장통에서 발생되는 시끄러운 소리 등에서도 특별한 감명을 받을 수 있었다.

로렐 베이에서 태어나서 개업을 하고 있는 의사이며 시인인 리키 라이트는

"프레이저가 '엉클 톰'이라는 단어를 모를 것이라고 생각한다"고 말했다.

"이곳에서 흑인을 보고 '굴라'나 '엉클 톰'이라고 부르는 것은 죽기를 요청한다는 뜻이 된다. 따라서 우선 들어보지를 못했을 것이다."라고 덧붙였다.

남부 지방의 흑인 역사는 이러한 사실을 잘 말해 준다.

정착 초기부터 그들에 대한 신분계층의 분류가 피부색을 근거로 하여 대부분 이루어졌다.

아프리카 흑인 여자와 백인 노예의 자손인 밝은 피부를 가진 무라토(mulatto)는 주인의 총애를 받으면서 리드 그룹으로 부상했다. 그들은 주인의 생각에 따라 보다 많은 몫과 보다 나은 일에 배치되었다.

섞이지 않은 순수한 아프리카 피를 가진 흑인들은 보다 나쁜

대접을 받았으며 무라토의 우월감을 가진 자세에 날카롭게 반발했다. 그들은 이러한 마음이 너무나 강열하여 백인 문화에도 순응하지 못했다.

만성적으로 일어나는 많은 흑인 소요에서는 반대로, 무라토는 믿음을 주지 못하므로 음모단계에는 끼이지 못하고 있었다.

뒤에 마이애미에서 프레이저가 알리를 혼혈종이라고 불렀던 것은 단순히 갈등에서 나온 지나가는 표현이 아니라, 인종간의 역사와 앙금에서 우러난 말이었다.

알리가 "엉클 톰"이라고 부르는 데 대해서 프레이저는 창으로 찌르는 듯한 악담으로 느끼고 있었다.

무라토와 순수흑인이 동등하다고 알고 있던 사람들은 주춤거리고 당황했다.

그러나 이미 그들간의 불화와 갈등은 치유될 수 없는 수준이었다. 이러한 모습은 처음에는 일부 거리에서나 보았지만 지금은 큰 공공장소에서도 쉽게 볼 수 있게 되었다.

또한 뒷날 프레이저와 알리와의 관계도 이의 굴레를 벗어날 수가 없었다.

블랙 무슬림에서도 피부색에 따른 조치나 운영방식이 달라지는 경우가 많았다.

리더인 엘리자 자신이 피부색에 집착하고 있었다.

그는 무슬림들에게 그들이 '아시아적인 흑인'의 자손이라고 말했는데, 이 말은 사하라 사막의 아래가 아닌 아랍지역에서 왔다는 뜻이다.

엘리자는 피부가 밝은 사람이었고, 무슬림의 요직에 있는 많은 사람들도 그랬다.

소위 사하라 사막의 아래 지역으로부터 온 사람들이라고 불리어지는 사람들은 부수적인 역할이나 맡고 있었다.

엘리자는 1959년 메카순례 여행 때 사하라이남 지방의 여행을 피했다.

알리도 최소한 두 번의 아프리카 여행에서 백인의 피가 섞인다면 아프리카 여인들이 더 매력적이 될 것이라고 언급했다.

프레이저는 일곱 살이 되었을 때 늦은 밤에 술을 배달하는 것으로 아버지 루빈을 도왔다.

50년대초 프레이저가 가장 흥미를 느낀 것은 그의 아버지 아저씨와 함께 TV로 주말 복싱시합을 보는 것이었다.

시합내용이야 어찌되었건 시합이 끝난 뒤에는 꼭 조 루이스의 이름이 화제에 올랐다.

루빈은 너무나도 루이스를 존경해서 프레이저의 머릿속에 그의 이름이 꽉 박히게 만들었다.

루빈의 이러한 말과 행동은 프레이저로 하여금 제2의 루이스가 되어야겠다는 결심을 하도록 만들었다.

그는 샌드백 속의 중앙 부위에 적당한 무게가 되도록 모래봉지를 배치하고 바깥쪽으로는 헌옷·곡식포 등으로 채웠다.

이를 마당에 서 있는 나뭇가지에 매달아 놓고서는 두 마리의 노새가 바라보고 있는 가운데 주먹을 감은 루빈의 넥타이가 너덜너덜해지고 주먹에서 피가 날 때까지 매일 그 샌드백을 쳤다.

처음에는 얼굴 부위만 무턱대고 쳤지만 점차 배·가슴·얼굴

등을 섞어서 가격하는 재미에 푹 **빠졌다.**

가격 시 샌드백이 흔들리는 데 따라서 거리와 시간을 맞추면서 가격하는 재미는 그로 하여금 피곤한지도 시간이 가는지도 모르게 만들었다.

엄격한 돌리는 이를 좋아하지 않았고 하루 1시간씩만 샌드백을 치도록 허락했다.

그녀는 프레이저를 교회에 데리고 다님으로써 루빈의 영향력이 적어지도록 만들려고 했다.

교회에서 그의 주임무는 돌리의 히스테리컬한 친구가 황홀경 속에서 몸을 비틀 때 다치지 않도록 그녀를 잡고 있는 것이었다.

학교에서 무단결석자로 낙인찍히자 의사가 백인을 먼저 치료하고 백인상점에 있는 앵무새가 "흑인이 훔쳐요, 흑인이 훔쳐요"라고 말하는 곳을 떠나서 새로운 그의 길을 개척해 나갈 생각에 **빠지게** 되었다.

하루는 농장에서 일을 하고 있었는데 "도와주세요!"라는 흑인 소년의 고함소리가 들려왔다.

가서 보니 백인 어른이 혁대로 그 소년을 구타하고 있었다.

"어린애를 때릴 권리가 없습니다."

"뭐라고! 이 깜둥이 새끼, 이 혁대로 갈기기 전에 빨리 꺼져."

"혁대없이는 이쪽으로 달려올 수 없을걸요."

이러한 광경에 완전히 실망한 프레이저는 미련없이 이곳을 떠나기로 결심했다.

돌리가

"그래, 그 백인과 싸운 이후 아무래도 마음이 안 놓인다. 고생

이야 되겠지만 네 마음대로 해보아라."라고 위로했다.

그는 열다섯 살 때 품위있는 생활을 하겠다는 한가지 목적만을 가지고 뷰포트를 떠나 그의 형 토미가 있는 뉴욕으로 갔다.

2년 동안이나 일자리를 찾았으나 마땅한 일자리가 없어서 끼니도 제대로 잇지 못했다.

게다가 여자친구인 플로렌스가 임신까지 하게 되자 친구와 함께 자동차를 훔쳐 팔고는 50달러를 받아 친척이 살고 있는 필라델피아로 도망을 갔다.

이때 그의 체중은 100kg대여서 움직이는 데도 거북함을 느끼고 있었다.

도축장에 직장을 구한 그는 마루도 닦고 하수구도 청소하고 쓰레기봉투도 치웠다.

커다란 쇠고기 덩어리를 냉동실로 운반하는 일은 기본이었는데, 여기에 콤비네이션 펀치를 연습하는 모습은 영화 〈로키〉의 소재가 되기도 했다.

무릎에 이상이 오고 넓적다리까지 커지자 체중을 빼려고 필리에 있는 PAL 체육관에 등록했다.

"매일 운동을 했지만 운동은 하면 할수록 더 하고 싶었어요."라고 프레이저는 말했다.

체육관 관장인 듀크 듀전트는 배우는 대로 칠 수 있는 놀라운 소년을 보고는 더햄에게 이야기를 했다.

"정말이야?"

"그럼요, 그런 녀석은 본 적이 없습니다."

더햄의 지도를 받고부터는 그의 실력은 놀랍게 향상되었다.

양크 더햄은 아마추어 복싱선수였을 때 촉망받는 유망주였다.

전시였을 당시 짚차에 치어 양쪽 다리가 부러져서 1년 이상 입원치료를 받게 되자 링을 떠났는데, 이로 인해 항상 미련이 남아 있었다.

프레이저를 처음 만났을 때 그는 용접공이었으며, 루빈처럼 노름의 고수였다.

카드게임이나 주사위노름을 밤새 개최하는 '하우스'를 열고 있었으며

"내게 담배를 피울 수 있는 공간과 놈팽이들만 있으면 내 주머니에는 돈이 넘쳐나게 된다"는 말을 하곤 했다.

그는 거구였고 동작이 컸으며 낮고 위엄있는 목소리와 부드러운 성격을 가지고 있었다.

상당한 부를 축적한 그는 체력관리를 위해 PAL 체육관에 나오면서 관원들에게 식사도 사주고 체육관의 운영경비도 수시로 지원하게 되자 자연스럽게 존경받는 위치를 차지하게 되었다.

프레이저는 그를 아버지 루빈만큼 좋아했다.

"내가 살아 있는 한 그에게 힘이 부족하거나 억울한 일이 일어나지 않게 될 것이다"고 더햄도 말했다.

도축장의 일은 힘들었다.

무거운 쇠고기 덩어리를 자르고 옮기는 힘이 드는 일뿐만 아니라 부위별로 정확하게 구분하여 자르고 무게를 달고 팔아야 하는 섬세한 일까지 겸해야만 하고 보니 몸과 마음은 함께 피곤해졌다.

체육관에 왔을 때 보면 프레이저의 손가락은 칼에 베여 있기도 했고 손에는 야구 글러브보다도 많은 꿰맨 자국이 있었다.

그런 속에서 실력은 더욱 향상되어 아마추어에서 정상급 선수가 되었다.

올림픽 파견 최종선발전에서는 140kg의 체중을 가진 버스터 마티스에게 기권패하고 말았다.

"할 수 없지. 나머지 인생은 쇠고기나 썰어야지."

더햄이 무관심한 듯이 말했다.

더햄은 그에게 마티스의 스파링 파트너가 되도록 주선해 주었다.

마티스는 게으르고 둔한 선수여서 감기라도 걸려서 출전하지 못하게 되면 프레이저가 대타로 뛸 확률이 있음을 예상한 조치였다.

마티스는 주먹에 상처를 입었고 그는 대타로 출전했다.

마침내 프레이저는 1964년 도쿄 올림픽에서 금메달을 땄다.

금메달을 딴 후에도 그의 형편은 아주 어려웠다.

또한 플로렌스와 결혼하여 두 명의 아이까지 있었다.

지방지의 스포츠 기자인 스탠 호처만이 그 이야기를 듣고서는 거리 등에서 모금한 1달러짜리 5달러짜리가 가득 담긴 골프백과 다른 선물을 가지고 오기도 했다.

이제는 그의 앞에 프로 전향이라는 큰 문제가 닥쳐 있었다.

더햄이 흑인 거물 프로모터를 찾아갔으나

"프레이저는 헤비급으로서 너무 작고 팔도 짧아요"라고 거절했다.

"개새끼들! 우리끼리 한번 해보자."

프로로 전향한 후에도 프레이저와 더햄은 떨어지지 않고 함께 복싱의 길을 갔다.

그들은 매니저 문제로 대규모 목장을 경영하는 브루스 볼더원을 찾아갔다.

"나는 잘 몰라요. 나는 우유나 팔 뿐입니다."

의협심이 있는 그는 자신이 도와줄 수 있는 일을 찾아보겠노라고 말했다.

그는 프레이저가 가지고 있던 주식을 시가보다 훨씬 높게 구입하겠다는 제안을 했다.

굉장한 이익이 남는 그런 말은 누구라도 좋아할 만한 것이었으며 볼더원의 따뜻한 배려를 느낄 수 있었다.

더햄의 채찍질 아래 프레이저는 휴일도 없이 매일 체육관에서 땀으로 머리가 흥건해지도록 운동하고 모든 동작마다 추상같은 질타를 들어야 했다.

"임마! 레프트 잽은 왼발이 나가면서, 레프트 훅은 오른발이 나가면서 나와야 돼."

"물? 나중에 마셔!"

당시 프레이저의 스타일은 야무지지를 못했다.

그의 레프트 훅은 반경이 큰 원이어서 그 속으로 드럼통이라도 들어갈 것 같았고, 그의 두 발은 각각 따로 놀았다.

"그게 뭐야! 그러면 희망 없어."

더햄이 고함을 질렀다.

"너 때문에 성질나서 못 살겠다. 그렇게 하려면 집에 가서 애들이나 봐!"

"왜 사람들이 돈 내어서 당신을 지원하는지 알았을 때 다시 와."

더햄은 그를 예리하게 갈고 다듬었으며, 그는 마른 스펀지처럼 이를 흡수하고 소화해 내었다.

프레이저는 조금도 그냥 서 있지 않게 되었다. 그의 펀치는 콩이 튀듯 깨를 볶듯 쏟아져 나왔다.

"그래! 바로 그거야."

더햄이 소리를 질렀다.

"강력본드처럼 달라붙어. 그리고 펀치를 내. 사느냐 죽느냐는 상대를 때리는 데 달렸어."

그는 서서히 강타자로서의 자리를 잡아갔고 가공할 펀치와 기술을 겸비해 갔다.

복싱사상 몸통 안쪽에서 가장 기술이 다양하고 파괴력이 강한 선수가 되었고, 강인한 턱과 다이나마이트 같은 집중력 및 겁을 모르는 용맹성을 갖춘 금세기 헤비급의 5위 이내에 드는 인파이터가 되었다.

또한 수양버들 가지보다도 더 나긋나긋한 허리를 가져서 더킹과 위빙 및 롤링의 달인이기도 했다.

프로 데뷔 후 1TKO승을 포함하여 11연속 KO승을 거두자,

"당신은 지금 상승가도를 타고 있어."라고 더햄이 격려했다.

상승가도 앞에 예상 외로 나타난 선수는 아르헨티나의 들소 오스카 보나베나였다.

모든 사람들이 말하는 공통된 부분은 보나베나는 거칠다는 것

이었고, 논쟁이 있는 부분은 그렇게나 엄청난 힘은 불가사의하게 보였으므로 그가 정말 사람인지에 대한 문제였다.

그의 펀치는 무서워서 소름이 끼쳤으며 벽이라도 뚫을 것 같았다. 그는 넉넉한 배와 야구공만한 복숭아뼈 덕분으로 움직임이 둔했고, 유별나게 튀어나온 주걱턱이 특징이었다.

링 안팎에서 그의 매니저에게는 골치아픈 존재였으며, 막대한 돈을 벌어서 미국을 떠나겠다는 마음만 꽉 차 있었다.

그는 지칠 줄 모르는 스태미나를 가지고 있었으며 지금까지 KO당한 적이 없었다. 프레이저보다는 8kg이 더 무거웠고, 그는 이 점을 최대한 이용했다.

프레이저 입장으로서는 큰 무대로 나갈 수 있고 명성을 높일 수 있는 중요한 시합이었다.

2라운드에서 프레이저는 두 번이나 다운을 당했다.

그의 응원자들은 모두가 끝났다고 생각하고 돌아가려는 준비를 했다. 그는 약간의 시간과 땀이 필요했다.

체중에 비해서 신장이 작은 신체적 특성과 예민하지 않은 성격 등으로 시동이 늦게 걸리는 특성이 있었다.

잠시 동안만 보나베나가 무서운 큰 뿔 달린 짐승처럼 보였을 뿐 그의 능력과 작전을 회복한 다음부터는 데리고 노는 수준이었다.

계속 강한 펀치를 퍼부어 그를 움츠러들게 했고 돌진을 멈추게 만들어서 결국 프레이저가 2대1 판정승을 거두었다.

그러나 두 번의 초반다운은 초반에 약하다는 극단적인 취약점으로 노출되었으며, 그의 선수생활 내내 문제점으로 지적되었다.

"잘했어."

더햄이 말했다.

"뭐, 없습니까?"

"뭐? 보너스 말이야?"

"상당히 잘했다고 생각하거든요."

"잘하기는, 아직 멀었어."

더햄은 속으로 그의 빠른 회복력에 강한 감명을 받고 있었다.

이후 알리에게 판정패를 당하자 관중들이 소동을 일으켰던 덕 존스를 KO시키고 그가 권투계에서 영원히 은퇴하도록 만들었다.

크로아티아 출신 캐나다인인 조지 추발로에게는 생애 처음 KO패 그것도 무참한 KO패를 안겼다.

프레이저는 마치 굴 속에 몰아넣고서 조각조각 확인하듯이 공격했으며, 그는 턱에 불룩 혹이 나오고 얼굴에 큰 뼈가 들어있는 것처럼 되어 급하게 매디슨 스퀘어 가든을 꽉 메운 관중들을 빠져나갔다.

선수대기실에 누워 있는 그의 오른쪽 눈 밑에 생긴 초승달 모양의 상처에서는 분출할 듯 피가 흘렀고, 이를 막고자 의사가 진땀을 흘리고 있었다.

윗 이마에도 또 하나의 상처가 있었으며, 그곳에서도 피가 흘러 내렸다.

더햄은 추발로가 어떠한지 보러 갔다가 와서는

"엉망이다! 당신이 그렇게 만들었으니까 가서 한번 봐. 당신도 담배를 끊지 않으면 그렇게 돼. 알겠어?" 라고 말했다.

그날 저녁 추발로는 부서진 얼굴뼈를 교정하는 수술을 받고서

병실에 누워 있었다.

'아무래도 네 개의 주먹이 달린 괴물로부터 공격당한 것 같애. 그는 쉽게 가격하는 것처럼 보였는데도 그의 펀치는 쉽지가 않았어. 그의 머리·어깨·몸통·다리 등 모든 것이 움직였어. 움직이면서 가격하고 압박을 가했어. 그는 매 라운드마다 3분이 아닌 6분을 때리는 것 같았어.'

더햄에게 프레이저가 불쑥 말했다.

"알리와 붙여 주십시오."

"알리? 그는 갔어. 존재하지도 않아."

잠시 숨을 고른 후 다시 이야기를 이어갔다.

"추발로가 알리였다고 생각해 봐. 알리는 움직이지만 그의 발은 움직이지를 않았어. 준비를 철저히 해둬. 그런 다음 기다렸다가 처치해 버리자고."

그러나 더햄도 그의 주가가 가장 높은 축에 끼인다는 사실을 알고는 대담한 시도를 해보기로 작정했다.

알리의 타이틀 박탈로 공석이 된 챔피언을 결정하기 위한 4강 토너먼트전에는 제외되었지만 1968년 3월 4일 그의 숙적이자 잘 도망다니고 겁 많은 버스터 마티스를 11회 KO로 물리치고 뉴욕주 헤비급 타이틀을 차지했다.

같은 날 알리의 오랜 스파링 파트너였던 지미 엘리스는 4강 토너먼트에서 최종승자가 되어 WBA 타이틀을 차지했다.

엘리스는 본래 미들급 선수였는데 빠르고 영리했으며, 미들급에서 많은 전적과 승리를 쌓았다.

그러나 체중이 불어나기는 했지만 헤비급에서는 상대적으로

왜소한 점 등 많은 문제가 있었으며

통합전을 치를 경우 프레이저를 이길 것으로 생각하는 사람은 거의 없었다.

프레이저의 뉴욕주 헤비급 타이틀에 도전한 오스카 보나베나는 계획적으로 그의 약을 올렸다.

그를 만나면 그들간의 1차전 때 두 번 다운시킨 것을 은근히 내세우며 코를 킁킁거리면서

"당신들 흑인들은 전부 냄새가 난단 말이야"하고 놀려 대었다.

그러나 프레이저는 놀림을 당하는 것과는 전연 상관없이 깨끗한 15라운드 판정승으로 1차전 때의 부진을 말끔히 씻었다.

1970년 2월에는 지미 엘리스를 5회 KO로 꺾고 WBA 헤비급 챔피언이 되었다.

이렇게 되자 알리·프레이전을 능가할 만한 흥행카드가 없게 되었고, 자신이 진정한 챔피언이라고 주장하는 알리와의 타이틀전을 매스컴에서 부추겼다.

더햄은 냉정하게 선을 그었다.

"알리는 타이틀에 도전할 수 있는 아무런 자격을 가지고 있지 않습니다. 지금은 타이틀에 관한 이야기만 합시다."

프레이저는 규모가 큰 13만 달러짜리 저택과 6대의 차를 샀다. 차들을 잠시 가지고 있는 동안에도 발에 상처를 입고 팔을 긁히는 등 갖가지의 사고가 잇따랐다.

"이봐. 시보레는 폐차시키고 캐딜락은 없애 버려. 잘못하면 죽어. 차라리 더 위험한 오토바이를 사."

"알리를 데려오세요."

"당신 귀 먹었어? 알리는 아직 선수등록증이 없어."

프레이저의 친구 해리스는 1969년말 알리와 프레이저의 우정이 갑자기 단절된 사건을 잊지 못했다.

언론매체에서는 이미 인정받고 있던 그들의 라이벌관계를 조장 유지하기 위해 가끔씩 시간을 할애해주고 있었다.

알리는 와트(WATT) 라디오에 출연 중이었고, 프레이저는 팔(PAL) 체육관에서 인터뷰 중이었다.

알리 이야기가 나왔을 때 프레이저는 같이 있던 해리스를 보고 웃으면서 말했다.

"그는 훌륭한 친구야, 안 그래?"

알리는 자신의 특허인 야단법석을 떨고 있었다. 갑자기 공격의 목표를 프레이저에게로 돌리고서는 "서투르고 품위없으며 겁많은 엉클 톰"이라고 부르며,

"못 믿으신다면 한 시간 안에 팔 체육관에서 확실하게 보여드리겠다"고 했다.

"프레이저는 바로 라디오를 발로 밟아 버렸습니다."라고 해리스가 기억했다.

"알리는 내 등 뒤에서 나를 바보로 만들었다!"고 화가 머리 끝까지 난 프레이저가 외쳤다.

알리가 체육관에 도착하자 난장판이 되고 말았다. 프레이저가 셔츠를 벗고 그에게 달려가려고 하자 많은 사람들이 말렸고, 알리는 소리를 질러 대었다.

두 사람을 말리느라고 사람들이 이리저리 몰렸고, 마침내 테

이블이 엎어지고 전화기가 박살나고 말았다.

빈스 퍼롱 경사가 두 사람 사이에 끼어들어서는

"여기서는 안 되겠어, 공원으로 가서 싸우든지 말든지 해."

알리가 프레이저를 보면서 말했다.

"따라 와, 안 따라오면 겁쟁이야."

프레이저는 흑인 빈민가를 지나서 페어마운트 공원까지 많은 사람들 앞에서 걸어가는 알리를 따라가고 싶은 마음이 없었다.

그러나 더햄이 그의 차에 타도록 권유하여 알리 뒤의 대열에 천천히 합류했다.

공원에 도착하자 더햄이 일어나서는 손가락으로 그의 얼굴에 잽을 먹이면서

"당신이 선수등록증을 받으면 내가 싸우겠어."

그러더니 계속해서

"여기서 뭘 하겠다는 거야? 싸우고 싶다면 조용할 때 우리 체육관으로 한번 와. 어린 관원들하고 붙여 줄 테니. 대전료도 내가 충분히 줄 게.

프레이저는 당신하고는 다른 뉴욕주 챔피언이야."라고 소리를 질렀다.

다음날 두 사람은 라디오 프로그램인 마이크 더글러스 쇼에 같이 출연했다.

쇼가 끝난 후 알리는 현관에서 기다렸다가 프레이저가 나오자 달려들어서 펀치, 가벼운 펀치를 그의 어깨에 날렸다.

그들은 엉켜 붙었고, 다시 날린 알리의 펀치는 프레이저를 지나서 더햄의 눈을 "퍽" 하고 가격하고 말았다.

"이 미치광이 떠버리야!"

그는 눈을 감싸쥐고는 고함을 질렀다.

그런 다음 덤벼들려는 프레이저를 떼어놓으려고 군중들 속에서 진땀을 흘리고 있었다.

"내가 저런 놈을 친구로 생각했다니 기가 막힌다."

돌아오는 차 안에서 프레이저가 계속 반복한 말이었다.

다시 보이는 불빛

선수자격이 박탈된 지 거의 2년이 다 되었을 때 가장 심각한 문제는 자격을 다시 회복하는 것이었으나 그 가능성이 거의 없어 보였다.

무효가 된 자격증으로는 마이애미는 물론 어느 곳에서도 꼼짝달싹도 할 수가 없었다.

FBI 지부나 지역 경찰에서는 그의 명성을 훼손하는 데 필요한 무슨 일이 일어나기를 바랐으나 그의 주변에서 권총이나 마약이 발견되는 일 등은 없었다.

다시 몇 달이 흘러가자 알리는 더욱더 번민이 쌓여갔다. 복서로서 그의 장래를 결정하는 선수자격에 대한 회복 문제는 아내 베린다와의 대화 중에서 대부분의 시간을 차지하고 있었다.

"우리는 그가 다시 싸우지 못할 것이라고 생각했어요. 그것은 그를 절망하게 만들었어요."

베린다는 목이 메어서 음성이 떨렸다.

허버트가 아닌 엘리자의 마음에는 복서로서의 알리 인생은 좋은 홍보거리인 동시에 주당 150달러의 무슬림 간부직에서의 좋은 추방거리였다.

1969년초, TV토크 쇼에 출연했던 알리는 그의 곤란한 처지를 조심스럽게 내비췄다.

전에도 가끔씩 출연한 적이 있었지만 그때마다 절대로 복싱시합을 하지 않겠다고 농담조로 이야기했었다.

그러나 이번에는 링으로 돌아오고 싶은 마음이 없느냐고 재차 질문을 받자,

"왜요? 돈만 많이 준다면 마다하겠습니까?" 하고 대답했다.

이 소식은 즉각 엘리자에게 들어갔다.

그것은 그의 너그러운 도움을 박차고 나가서 백인들의 잔치에 적극적으로 가담하겠다는 뜻이었고, 무슬림 교리에 대한 모욕 이상의 말이었다.

그는 즉각 알리를 소환해서는 근엄한 성직자에게 요구되는 모든 것을 박탈했다.

무슬림식 이름을 박탈하고, 1년간 성직자 자격을 정지했으며, 백인의 돈과 권력 앞에서 무너져 내리는 회복 불가능한 바보라고 규정했다.

무슬림 신문 「모하메드 스피커」에서 엘리자는 '알리와의 모든 관계를 끊으려 한다'고 밝혔다.

또한 알리에게는 '무슬림 누구와도 말하지 말고 방문하지 말고 보이지도 말며 무슬림 집회에도 참석하지 말도록' 요구했다.

그의 행동을 알라로부터는 영생을 구하지 않고 그의 적인 백인으로부터 구하려는 바보같은 짓이라고 하면서,

'미스터 모하메드 알리는 피를 흘리는 스포츠를 원하고 사랑하고 있다. 우리는 그를 캐시우스 클레이라고 부를 것이다'고 밝혔다.

엘리자의 이러한 행동은 알리의 변호사는 물론 알리의 매니저인 자신의 아들 허버트까지도 어리둥절하게 만들었다.

"무슨 뜻인지 확인해 보겠소."

허버트가 쑥스러운 듯이 말했다.

시간이 흐르자 마침내 엘리자는 알리에게 무슬림의 전사로서 싸우도록 승낙했다.

이러한 정도의 해프닝은 그 자신이 무슬림의 최고 지도자이자 법이기도 한 입장에서는 항상 있어 왔고, 있을 수 있는 일이었다.

이해 6월 26일, 일본 도쿄의 무도관에서는 복싱과 레슬링의 대결인 이색적인 15라운드 격투기시합이 벌어졌다.

복싱과 레슬링의 규칙을 혼합하여 알리는 글러브를 끼고 상체만 공격하고, 일본의 레슬러 안토니오 이노키는 전신에 대한 공격이 가능하도록 했다.

이노키는 알리의 펀치가 무서워 내내 링 위에 누워서 시간을 보냈고, 알리는 재미 한국교포 이준구 사범의 지도를 받고는 태권도 흉내까지 내었다.

스포츠 역사상 최악의 바보스러운 경기로 매도되기는 했지만, 한국을 비롯한 50여개 국에 생중계되었다.

그저 그렇게 시간을 보내고 받았던 돈이 각각 거금 600만 달러였고 보면, 알리에게는 그의 대학강연료나 무슬림 지역 책임자의 급료와는 비교가 안 되었다.

15라운드 무승부로 경기가 끝났지만 알리는 한 곳만 노린 이

노키의 계속적인 공격에 정강이 부위가 부어올랐고, 호텔에서 쓰러지기까지해서 베린다의 가슴을 안타깝게 만들었다.

베트남전이 장기화되고 미군의 전사자 수가 2차대전 때의 전사자 수를 따라가게 되자, 미국 내의 반전여론은 극에 달했다.

특히 당시 닉슨 대통령이 베트남에 대한 확전일변도의 무모한 정책을 계속 밀어붙이려고 하는 데 대해 여론은 더욱 악화되었다.

여론에 밀린 닉슨이 1969년 7월 26일 '아시아의 방위는 아시아인에게 맡긴다'는 닉슨 독트린을 선언한 이후 참전 반대를 부르짖던 알리는 갑작스럽게 선지자로 떠오르게 되었다.

또한 그의 선수자격에 대한 회복을 요구하는 목소리도 함께 높아졌다.

"베트남에서 철군하라."

"알리의 선수자격을 회복하라."

미국 내에서라면 언제 어디서든지 들을 수 있게 된 목소리였다.

최고의 인기 스포츠인 복싱에서 가장 정상급 챔피언 중의 한 명이었던 그가, 위정자들이 잘못 판단했던 베트남 문제로 타이틀을 박탈당한 상태로 남아 있는 것은 국민들의 원성과 불만을 사고도 남을 만했다.

미국정부 입장에서도 이미 닉슨 독트린이 선언된 마당에서는 국민들의 불만을 흡수할 수 있는 대중적인 영웅의 출현을 바라게 되었다.

이제 그의 선수자격 회복 문제는 그럴 듯한 명분을 찾는 문제만 남긴 입장이 되었다. 여론은 빠르고 완벽하게 알리의 편이 되어갔다.

「스포츠 일러스트레어티드」지의 앤드류 콘라드 기자는 알리의 원상회복을 요구하는 캠페인에 매달리고 있었다.

"알리 문제는 정치인들이 해낼 거야 그들이 그를 돌아오게 만들 거야."

그는 몇몇 입심이 센 하원의원에게 이를 발표하도록 요구할 생각이었다.

TV 등에서 그에 대한 반응으로 보아 복귀가 임박했다는 사실을 확실하게 느낀 알리는 신중하게 로드워크를 시작하며 시합에 대한 대비를 하기 시작했다.

TV 인터뷰에서는 "현재 기도만 열심히 할 뿐 로드워크는 하지 않는다"고 말했지만 친구로부터 "정말 로드워크를 하지 않느냐?"는 질문을 받자 "충분히 하고 있다"고 설명했다.

그는 임박한 시합을 대비해 왔던 것처럼 이미 신체적으로 완벽했으나 "말을 많이 해서 곤란한 입장에 빠졌었다"고 하면서 말을 아꼈다.

이때 그는 내면적으로는 어느때보다도 고독감을 느끼고 있었다. 정치적인 적들에게는 조소의 대상이 되었고, 무슬림에게는 이교도가 되었으며, 그를 시기하고 두려워한 라이벌들에게는 모함의 대상이 되었다.

그의 대학강연은 회수가 줄어 들었고, 그에 대한 명성은 사라졌거나 어린 학생들이 그의 좁고 얕은 밑천을 기가 막히게도 잘 알아 버렸다.

복싱필름 기록 보관인인 지미 야콥스가 다큐멘터리출연 문제로 접근했을 때 절을 세 번쯤이라도 하고 싶은 마음이 생겼다.

오래된 남부 도시인 애틀란타는 흑인이 압도적으로 많고 각종 시민운동을 리드하는 민권운동의 본거지였다.

또한 전통적인 흑인 문화와 함께 날마다 다르게 고층빌딩이 치솟고 성장하는 도시였다.

알리의 복귀전과 같이 거창한 행사를 치르기에 최적의 장소라고 확신한 콘라드 기자는 주 체육위원회를 찾아갔다.

"어서 오십시오."

사무국장 필립 길버가 반갑게 맞이했다.

알리의 복귀전개최 문제는 주 체육위원회에서 그 가능성을 이미 타진했던 문제로서 연방 상원의원 레로이 존슨과 애틀란타 시장 임 마셸이 찬성하는 반면, 레스터 매독스 주지사가 반대했다고 사무국장이 설명했다.

"법원의 재판 문제와는 상관없이 뉴욕주 체육위원회나 다른 주 체육위원회에서 자체적으로 취했던 조치이므로 매독스 주지사만 OK하면 아무 문제가 없습니다. 체육위원회의 협조요청 공문만으로는 부족하고, 그가 결재할 수 있는 조치가 필요합니다."

"그러한 조치로는 어떠한 것이 있을까요?"

"한번 연구해 봅시다"

장시간 의논한 결과는 조지아주 주민을 상대로 하여 알리의 선수자격 회복을 위한 서명운동을 벌이기로 결정했다.

매독스 지사는 그의 친구 로버트 슈릴이 말한 대로 남부의 고전적 정치가이며 마지막 실용주의자였다.

그는 주지사 업무의 개선에는 소극적인 대신에 무정부주의자인 히피들에게는 엄격했다.

"화염병을 던진 자들에게는 그 화염병을 마시도록 만들라."

마틴 루터 킹 목사의 장례식 때는 "시위대가 주 청사에 침입하면 발포하고 체포하는 조치를 강구하라"고 명령했다.

이러한 그의 행동에 대해 그의 동료 조지 왈레스는 '원칙을 준수하며 해를 끼칠 줄 모르는 숙맥'이라고 불렀다.

반대로 인권운동가인 호시아 윌리엄스는 그를 '살아 있는 범죄이며 전지전능하신 신에 도전하는 뿌리뽑아야 할 암적 존재'라고 칭했다.

임기말이 다 되어가는 매독스는 새로운 2기 임기를 준비하기 위해서 지금까지의 정치활동을 정리·점검해야 하는 입장이 되었다. 또한 그는 다소 황당하기는 했지만 대통령 출마도 조심스럽게 점검하고 있었다.

문제는 그가 다수당에서 주지사를 지명하는 제도에 의하여 선출되었으므로 그를 지원하는 선거구가 없다는 점이었다.

따라서 근래 갑자기 양식있는 고집불통인 자신의 이미지를 고수하면서 대중의 인기를 모을 수 있는 양면작전이 절실히 필요해졌다.

알리는 '5번가 체육관'의 탈의실에 있는 테이블에 엎드려 있었다.

이곳 체육관에서 처음 세계 타이틀을 차지했으며, 최근에는 다시 링으로 복귀하는 발진장소로 삼으려 하고 있었다.

오랜 친구이자 마사지사인 루이스 사리아가 긴 손가락으로 부드럽게 그의 근육을 마사지하기 시작했다.

'내가 어떻게 될지 누가 알까?'

'단순한 말이 아니라 복서로서의 나의 길을 가고 싶다.'

이러저러한 생각에 빠졌던 그는 테이블에서 일어나 창문 쪽으로 나오면서 조용히 말했다.

"나의 미래는 매독스의 손끝에 달려 있군."

탈의실이 열리고 그가 미소짓는 던디와 함께 나오자 번디니가 고함을 질렀다.

"여기를 보라! 세계의 왕인 그가 왔다."

알리는 붕대를 감은 손으로 그의 머리를 살짝 때렸다.

그의 발걸음은 전신 크기의 대형 거울 앞으로 향했다.

상당한 시간 동안 자신의 외형을 꼼꼼히 살피면서 링에 복귀하고 난 이후의 모습을 그려 보았다.

오래간만에 두 명의 스파링 파트너를 교대로 하여 많은 라운드를 실전과 같이 연습했다.

그는 재빠르게 움직이면서 다양하고 화려한 주먹을 쏟아내기 시작했다.

잽잽 백스텝 전진스텝 잽이 다시 터지고 번개같은 라이트가 세 번이나 터졌다.

복서의 동작은 피아니스트가 건반을 두드리는 것처럼 폭이 넓으면서도 갖가지 기교가 섞인 조화를 갖추어야만 한다.

그는 점차적으로 집중력을 모아 갔고, 그 자신이 중심이 된 상태에서 공간과 거리를 만들어 갔으며, 마치 당구공처럼 로프를 타고 매끄럽게 흐르기도 했다.

그의 배에 일부러 허점을 만들어 스파링 파트너를 유인하고서는 소나기 같은 펀치세례를 퍼부어 상대를 뒷걸음치게도 만들었다.

"비단처럼 부드럽게 움직이면서도 번개처럼 빠르게 치네."

던디가 든든한 듯이 말했다.

베린다는 링 복귀를 남편보다도 더 기다리면서 로드워크 시간에는 빠짐없이 그를 깨워 주었다.

알리는 그녀의 격려에 고마움을 느끼고 있었으며 더욱 힘이 솟는 것만 같았다.

'나는 어떠한 흐트러짐도 없이 나 자신을 항상 준비해 왔다. 나의 링 복귀는 복싱사상 가장 중요한 순간이 될 것이다. 정부가 어떠한 조치를 취할지 세계의 모든 사람들이 주시하고 있다.'

큰 거울 속에 비친 자신의 모습을 바라보면서 손으로 배를 만져보고 턱을 쓰다듬어 보았다.

"보라! 군살이 있는지 확인해 보라. 체중은 거의 변화가 없지만 나의 팔다리는 탄탄해졌고 강해졌다."

라고 말하면서 선수자격 회복이 발표될 때까지는 시기상조적인 내용은 일체 떠벌리지 않겠다고 결심했다.

상당한 준비과정을 거친 알리의 선수 복귀를 위한 서명운동은 중소 읍 단위까지 마련된 서명대에 어린이들이 대거 몰려듦으로써 3일 만에 30%, 5일 만에 50%에 가까운 주민들이 서명했다.

60%에 가까운 주민들의 서명이 첨부된 주 체육위원회의 건의를 받아들여 마침내 매독스 지사는 알리의 복귀전을 승인했다.

1970년 10월 26일, 애틀란타 시립 체육관에서 제리 쿼리와 벌이게 되는 논 타이틀 15회전은 그로서는 3년 7개월 만에 갖는 의미깊은 시합이 되었다.

다른 주에서도 잇따라 그의 선수자격을 회복하는 조치를 발표했다.

전세계의 복싱팬들은 그의 복귀에 환호했다.

이후 종교적 신념에서 나온 행동으로 간주되어 1971년 6월 대법원에서 만장일치로 무죄확정 판결을 받게 되는 징병기피 문제가 아직 계류 중이기는 했지만, 그의 화려한 기술을 구경할 수 있게 된 팬들의 성원은 가히 폭발적이었다.

매일 그의 집으로 축전과 축하선물이 답지하여 그것을 정리하느라 베린다는 정신을 못 차릴 지경이 되었다.

매독스 지사의 관저에도 간혹 비난하는 내용도 있었지만 거의 모두가 환영하는 감사의 편지가 쇄도했다.

알리는 쿼리에 대해서 일체의 언급을 피하고 그의 대전 필름을 분석·연구하는 등 시합준비에만 매달렸다.

쿼리는 반사신경이 뛰어나서 카운터 펀치에 능했다. 그의 활동기가 알리, 프레이저, 포먼 등 기라성같은 선수들과 겹치지 않았더라면 챔피언도 될 수 있는 능력이 있었다.

1년 전 프레이저에게 처절하게 난타당하면서 7라운드 KO패로 물러난 이후, 그는 오랫동안 유지해 온 상위 랭킹에서도 밀려나는 처지에 있었다.

시합 당일 시립 체육관 주변은 인산인해였고, 체육관 내부는 입추의 여지가 없었다.

세계 각국으로부터 특파된 기자들을 포함한 관계자들은 중요한 타이틀매치 때만큼 많았으며, 한국을 포함하여 70여개 국가에 생중계되었다.

"이렇게나 많은 사람들이 어디에 있다가 나왔지?"라는 농담섞인 질문들이 곳곳에서 들려왔다.

아일랜드계 이민의 후예이며 백인인 쿼리는 1라운드 초반에 세찬 공격을 퍼부어 알리를 어리둥절하게 만들었다.

2라운드부터 주도권을 잡기 시작한 알리는 3라운드에서 그의 눈 위에 깊은 상처를 내었다.

이 상처에서 흘러나온 피가 그의 시야를 가리자 레프리가 선수보호 차원에서 경기를 중단시키고 알리의 KO승을 선언했다.

복싱선수로서 가장 황금기였을 때 3년 7개월이라는 공백이 있었음에도 불구하고 쿼리의 저돌적인 공격을 효과적이고 예리하게 대처하는 알리의 능력에 모든 팬들은 갈채를 보냈다.

복싱계 전체를 휩쓸어 버릴 수 있는 무시무시한 태풍이 임박했음을 감지하기에 충분한 시합이었다.

쿼리전이 끝난 지 두 달도 채 안된 12월 7일, 알리는 매디슨 스퀘어 가든에서 '아르헨티나의 들소' 오스카 보나베나와 논 타이틀 15회전을 벌였다.

알리가 첫 라운드부터 공격의 고삐를 늦추지 않았음에도 보나베나는 들소처럼 끊임없이 달려들었다.

종반전에 접어들자 알리는 때리다가 지친 꼴이 되어 양팔이 무거워서 앞으로 간혹 늘어뜨렸다.

코너에 돌아와서는 "저 서투른 놈을 어떻게 다루어야 할지 모르겠다"고 투덜거리기도 했다.

더햄과 나란히 앉아서 관전하던 프레이저는

"저 '아르헨티나의 짐승'이 우리한테서 수백만 달러를 빼앗아 갈 수도 있다"고 걱정하기도 했다.

15라운드가 되어서야 알리는 보나베나를 KO시켰다.

"이제 알리는 내게 돈을 벌어다 주게 되었습니다."

라고 프레이저가 말하자

"링 위에 올라가서 키스나 해 줘."라고 더햄이 놀렸다.

제 **9** 장
숙 적

알리는 링에 복귀한 후 3전만에 1971년 3월 8일 매디슨 스퀘어 가든에서 프레이저의 타이틀에 도전했다.

이 시합 때부터 다시 그의 날카로운 풍자와 예언이 쏟아졌다.

"자신의 문제를 제외하고는 둔한 머리에서 아무 생각도 못하는 프레이저와는 달리 나는 전세계를 하나로 묶을 수 있다"고 떠벌렸다.

프레이저는 콩코드 호텔에 머무르며 브로드 스트리트 체육관에서 극한적인 훈련에 돌입했다.

그러나 최근에 갑자기 피곤하고 기운이 없어지는 느낌이 들었으며 훈련의 질이나 양이 떨어졌다.

핀톤 스펠러 박사에게 진단한 결과 누적된 트레이닝의 피로와 알리와의 시합에 대한 압박감으로 인한 고혈압 때문이라고 했다. 프레이저는 의사의 지시에 따라 매일 비타민주사를 맞고 트레이닝의 강도를 줄이자 건강을 회복했다.

시합홍보용으로 가상대결의 사진을 찍기 위해서 두 사람은 브로드 스트리트에서 만났다.

알리는 어릿광대 노릇을 했고, 프레이저는 노려보고 있었다.

선수자격 정지 기간에 알리는 새도 복싱을 해왔는데, 프레이저는 그의 힘과 유연성 등을 시험해 보고 싶어졌다.

'페어마운트 공원 사건'이 생각나자 슬슬 약도 오르기 시작한 그는 링으로 옮길 것을 제의했다.

링 위에서 프레이저가 다소 강하게 가격하자 알리가 당황해했다.

알리가 반격하려고 했을 때 프레이저는 더킹을 하면서 그의 배에 레프트 훅을 날렸다.

"아니. 이 새끼는 정말로 쳐."

알리가 투덜거리며 떠나자 그는 사진사에게

"내가 훅으로 그의 배를 쳤을 때 얼굴 방어가 비었지?"

라고 득의에 찬 얼굴로 물었다.

프레이저는 필리로 트레이닝 캠프를 옮기고 다시 극한적인 훈련에 돌입했으며 그때는 구경꾼들이 구름처럼 몰려들었다.

"당신들을 환영한다. 그러나 훈련에 지장이 있으므로 나가주기 바란다."

아무리 좋게 이야기해도 구경꾼들이 꼼짝도 하지 않았으므로

"안 나가면 창 밖으로 던져 버리겠다!"고 더햄이 고함을 질렀다.

"창 밖으로 던지기에는 당신이 너무 늙었어."

덩치 큰 한 녀석이 그를 비꼬았다.

"입 닥치지 않으면 너부터 시범을 보이겠어."

라고 소리지르며 멱살을 잡고 서너 번 흔들었더니 겁을 먹고서

는 줄행랑을 쳤다.

어느 날 오후 "엉클 톰!"이라고 외치는 소리를 들은 더햄은 그 녀석의 목을 잡아서 길 옆으로 던져 버리기도 했다.

체육관 바깥에는 백인 프로모터에게 시합을 맡긴 데 불만을 품은 흑인 시위대가 피켓을 들고 항의하는 경우도 많았다.

"어떻게 해야 좋겠소? 프레이저가 세계 챔피언이 되기까지 흑인들도 돈 한푼 주지 않고 오히려 놀리기만 했소. 나도 목숨을 걸고 여기에 매달렸지만, 흑인이건 백인이건 간에 눈길 한번 주지 않았소. 그래서 우리는 푼돈에도 신경을 쓰고 있소." 더햄이 그들에게 설득조로 이야기했다.

마이애미에서는 알리가 그의 마사지사 루이스 사리아와 이야기를 나누고 있었다.

"프레이저가 고혈압이라며."

"어떻게 알아?"

"스파이를 심어 두었거든."

"나는 믿지 않아."

"마음대로."

"그렇다고 치자. 시합이 취소되면 좋겠어?"

"아-니, 취소되면 안 되지. 주머니에 얼마가 들어오게 되어 있는데 취소되다니!"

시합 당일에는 긴장감으로 프레이저의 혈압이 더욱 악화될 것이라고 알리는 믿고 있었다.

그의 모친 오데사는 도저히 아들의 시합을 볼 자신이 없어서 바하마로 가는 도중에 알리에게 들렀다.

"얘야, 절대로 프레이저를 과소평가하지 말고 열심히 훈련해라. 걱정이 되는구나."

"엄마, 걱정 마세요. 그 자식 요새 빌빌한대요."

라고 하면서 그녀의 볼에 키스를 했다.

체중은 거의 같았지만 키가 10cm나 더 큰 알리가 긴 '장검'을 가진 복서형인 데 비해서 프레이저는 웅크리면서 파고들며 '단도'를 가진 인파이터여서 정반대의 스타일을 가진 선수끼리의 대결이 되었다.

보다 중요한 문제는 각자의 신체구조에 가장 이상적인 스타일을 가진 선수끼리의 대결이라는 점이었다.

따라서 언론을 비롯한 전 세계인의 주목을 받았고 복싱팬들의 가슴을 설레게 만들었다.

흥행은 전연 부추기지 않았는데도 매디슨 스퀘어 가든의 입장권이 1주일 전에 이미 매진되었다.

입추의 여지없이 꽉 들어찬 관중 속에는 버트 랭커스터, 후랭크 시나트라, 엘비스 프레슬리, 비틀즈 등 연예인과 저명인사들이 자리잡고 있었다.

흰색 슈즈와 붉은색 벨벳 가운을 입은 도전자 알리가 음악에 맞추어서 미끄러지듯 먼저 입장했다.

초록색과 황금색이 잘 배합된 가운을 입은 챔피언 프레이저는 홍코너에 입장해서 가볍게 몸을 풀고 있었다.

경기 시작 종이 울렸다.

프레이저의 짧은 피스톤 같은 팔에 비교해서 리치에서 유리한 알리는 초반에는 점수 위주로 나갈 것이라는 관중들의 예상과는 달리 레프트 훅을 계속 사용하면서 초반 승부를 걸고 나왔다.

이는 놀랄 만한 사실이었으나 작전상 아주 훌륭한 면이 있었다. 프레이저는 일단 불이 붙으면 갖가지의 유효타가 연속적으로 작열하는 선수이기 때문에 종반으로 갈수록 알리에게 유리한 점이 없게 된다.

알리는 펀치소리가 중계 마이크에 들릴 정도로 맹렬한 공격을 퍼부었다.

그는 1라운드를 세 토막으로 구분해서는 중간 1분은 스텝만 밟고 체력을 아꼈으며 앞뒤 1분씩은 집중포화를 퍼부어 프레이저의 얼굴이 불빛에 춤을 추는 것과 같이 벌겋게 보이게 만들었다.

펀치, 신체, 스피드, 지능, 링 주도권, 대처 능력 등에서 분석해 봤을 때 그는 완전무결한 경지에 도달한 것처럼 보였다.

3라운드가 되도록 지나치게 냉정하고 탐색만 하고 있던 프레이저는 결정타를 노리기 위해 꼿꼿이 서 있었다.

견디다 못해 더햄이 벌떡 일어나서

"뭐 해! 머리를 움직여"라고 소리쳤다.

더햄과 보조 트레이너 퓨처는 몸을 계속 흔들면서 눈높이쯤에 글러브를 붙이고 자세를 낮출 것을 바랐다.

그들은 머리를 움직이면서 코너와 그 대각선 코너에 고무줄을 걸어 놓고 몸을 아래 위로 올렸다가 내리면서 빠르게 펀치를 뻗고서는 피하는 훈련을 셀 수도 없을 만큼 연습했다.

프레이저는 상대가 그의 공격권에서 빠져나가지 못하면 치명적인 펀치를 퍼부어 그를 침몰시켜 버리거나, 냉혹한 공격을 퍼붓는 속에서 희열을 느끼며 상대가 기권하도록 만드는 투사였다.

초반 부진에서 벗어나기 위해서는 프레이저가 해결해야 할 문제는 세 가지였다.

첫째는 종전에 보지 못한 알리의 초반 공격에 대한 대응을 해야 하고, 둘째는 알리의 잽높이를 낮추기 위해 삼각근에 대한 연타를 집중해야 하고, 셋째는 보디에 대한 공격을 강화해야 하는 작전이었다.

3라운드가 종료될 때까지 하나도 제대로 성공하지 못하자 던디는 애가 탔다.

"이대로 가다가는 우리 둘 다 망한다."

4라운드부터는 면도날 같은 알리의 잽이 나올 때마다 프레이저는 몸을 웅크리면서 반보 옆으로 빠지며 레프트 훅을 날리는 작전이 적중했다.

더 이상 그의 잽이 함부로 나오지 못하게 만들었으며 깨끗한 레프트 훅이 히트되자, 알리의 눈이 똥그래졌고 그로기 상태로까지 몰리기도 했다.

4라운드에서는 60개 정도의 엄청난 정타를 적중시키면서 프레이저가 리드했다.

5라운드에서도 우세했던 프레이저가 6라운드에서도 로프에 몰아놓고서 복부를 계속 공격하자, 알리는 링 바닥에 발바닥이 완전히 붙어 버렸다.

뒤에 알리는 당시 파김치가 된 기분이었다고 회고했다.

7라운드에서 알리가 다시 원기를 회복하기 시작했다.

프레이저의 상승기세를 꺾기 위해서는 옥쇄를 각오하고 정면 승부를 펼칠 수밖에 없다는 각오인 것 같았다.

중반까지 리드를 잡아가던 그는 절호의 찬스를 스스로 놓치고 말았다. 몰리던 프레이저가 로프 쪽으로 다가와서 공격하려고 했을 때 그의 사정권 안에 프레이저의 안면이 그대로 노출된 순간이었다.

그는 공격하는 대신 로프가 편안한 듯 기대고서는 깔보는 듯이 윗머리를 손바닥 부위로 살짝살짝 때렸다.

프레이저가 계속 돌진하자

"내가 신이라는 사실을 몰라?" 하고 놀렸다.

그러나 7라운드는 프레이저가 약간 앞섰다.

알리가 코너로 돌아왔을 때 던디는

"장난 그만 해!"라고 주의를 주었다.

9라운드가 시작되자 알리는 헤비급사상 가장 화려하고 훌륭한 라운드의 경기를 보여주었다.

그의 주먹에 프레이저의 머리가 붙어다니는 것처럼 연타가 성공했으며, 허리를 굽힐 때는 강한 어퍼컷으로 머리가 로프에 튕기게 만들었다.

라운드 중반쯤 되었을 때 프레이저는 얼굴과 눈이 부어오르고 숨이 가빠졌다.

링 중앙에서 프레이저가 성난 파도에 흔들리는 조그만 배처럼 롤링을 하자, 알리는 노련한 선장이 파도방향을 대각선으로 타고 완전히 배를 밀착시키며 전진하듯 그의 롤링축을 빈틈없이 따라가며 공격하는 거의 불가능한 공격기술까지 보여주었다.

뒤로 물러날 때는 다소 어설픈 모습을 보였지만, 공격할 때는 이론으로는 들었지만 지금까지 본 적이 없으며 완벽하게 시간과 거리를 맞춘 현란한 기술이 연이어졌다.

프레이저는 넋이 빠진 듯 그 자리에 바로 서 있는 모습이 되었다.

이러한 공격을 받고 득점에서는 불리했어도 알리의 결정타가 없는 한 프레이저는 절망의 나락으로 떨어지지 않았다.

10라운드에서 알리의 공격을 무디게 만든 후, 11라운드에서 다시 공격의 고삐를 당겼다.

그는 치열한 펀치가 교환되는 과정에서 유효타의 비율이 훨씬 앞서 나갔고 KO승을 노리는 듯 알리의 턱에 가공할 훅을 날렸다.

알리는 눈이 커지고 로프를 스치면서 기우뚱거렸으며 턱이 부어오른 채 간신히 버텨 나갔다. 겨우겨우 라운드를 끝내고 코너로 돌아오는 그의 걸음걸이는 흐느적거리고 있었다.

던디와 보조 트레이너 칙키 페레라가 재빨리 나가서 부축하여 들어왔다.

12라운드에서 힘을 내기 시작한 알리는 프레이저를 제압하려고 필사적으로 노력했다. 그러나 엄청난 공격을 받은 결과 이미 그는 지쳐 있었다.

7라운드에서 우스꽝스러운 제스처를 보였을 때 관중들이 야유를 보냈던 사실을 기억한 그는 회복시간을 버는 새로운 방법을 개발했다. 프레이저가 펀치세례를 퍼부으려고 할 때마다, 찰거머리처럼 달라붙는 방법이었다.

12, 13라운드 내내 그는 엉겨 붙었다.

"그는 지치고 허깨비 같았어요."

뒤에 프레이저가 회고한 말이었다.

14라운드에서 알리는 이번 시합에서 가장 빠른 몸놀림을 보여 주었다.

프레이저가 그의 사정권 안으로 가두려고 했을 때는, 날카로운 잽으로 반격하면서 재빨리 빠져나왔다. 프레이저의 얼굴은 다시 일그러졌다.

그렇지만 시각적으로 보이는 외형은 링의 주도권과는 상관없는 일이고 보니 프레이저의 인파이팅이 더욱 빛났다.

마지막 15라운드에서 점수가 뒤지고 있음을 직감한 알리는 레프트 라이트 스트레이트를 프레이저의 입에 히트시켜 피가 튀게 만들었다.

그 순간 프레이저가 오른발을 앞으로 옮기면서 강력한 레프트 훅을 성공시키자, 알리는 무릎이 약간 앞으로 꺾이면서 동시에 몸이 '벌러덩' 뒤로 넘어졌다.

레프리 아더 마켄트가 카운트 5를 세었을 때 겨우 일어나서 다시 싸우겠다는 뜻으로 글러브를 들어올려 복싱 포즈를 취하자 다시 경기가 시작되었다.

그러나 그의 다리는 비틀거렸고, 오른쪽 턱은 치통을 앓고 있는 사람처럼 크게 부풀어 있었다.

종료 종이 울리자 팬들이 벌떼처럼 링 주위로 몰려들었다.

지금까지 양선수 사이에서 이토록 훌륭한 정타가 쏟아졌던 헤비급 시합은 듣지도 못했고 보지도 못했다.

현재까지도 이 시합은 헤비급사상 세 번째로 치열하고 화려하며 온갖 기술을 선보인 명승부전으로 평가받고 있다.

채점결과는 144대142, 144대141, 146대139 로 프레이저의 심판전원 일치 판정승이었다.

알리는 조금도 기가 죽지 않고 던디를 보면서

"빨리 나갑시다!"라고 독촉했다.

그는 임시 기자회견장에 나타나는 대신 선수대기실에 들러서 서둘러 옷을 갈아입고서는 병원으로 직행했다.

눈물을 흘리고 있던 프레이저의 형 톰은 알리가 시합장에서 나가는 것을 보자,

"약속대로 기어! 무릎을 꿇고 프레이저 앞으로 기어."

라고 외쳤다.

프레이저 캠프의 분위기는 기쁨에 들떠 있었다.

마지막 펀치에까지 마지막 힘을 실어 보냈던 프레이저는 눈물을 흘리면서 링 위를 걸으며 소리를 질렀다.

"약속한 대로 그가 내 앞에서 기기를 원한다. 그런데 왜 그가 여기에 없는 거야!"

"진정해. 진정해."

더햄이 그를 껴안고 테이블에 앉히면서 달랬다.

선수대기실로 왔을 때 의사 해리 크라이만 박사가 검은 가방을 들고 들어왔다.

그는 프레이저를 쭉 뻗쳐 눕혀 놓고서는 뇌진탕의 징조가 있

는지를 확인하기 위하여 눈동자와 얼굴 부위를 세밀하게 검사했다.

프레이저가 진통제를 요구했던 부위에서 경미한 골절의 징후가 발견되었다.

"별다른 이상은 보이지 않지만 정밀진단을 받아 봐야겠어요."
라고 권하고 그는 돌아갔다.

"얼굴에 얼음찜질하겠어?"

호텔에 돌아왔을 때 퓨처가 권하자 아예 욕조에 물과 얼음을 채워 놓고 얼굴을 그 속에 담갔다.

그의 얼굴은 일그러져 있었고, 특히 눈 가장자리에는 시커멓게 멍이 들어 있었다.

오랫동안 얼음욕조에 있다가 나왔을 때는 노인처럼 다리를 비틀거리기도 했다.

"그는 지금 병원에 가 있대."

더햄이 지나가는 듯한 말투로 알리의 동정을 알려주었다.

다음날 알리는 TV 인터뷰에서

"내가 진 시합이 아니었다. 나는 10분 정도 진찰만 받았지만 누구는 지금 병원에 입원해 있다"고 주장했다.

프레이저는 피에르 병원에서 TV로 이 장면을 보았다.

알리의 주장이 자신이 입원한 사실을 말하고 있음을 알아차린 그는

"내가 승리한 것과 입원한 것과는 상관없는 일이야."
라고 말하며 힘들게 세면장으로 걸어갔다.

"신경 쓰지 마. 그는 제정신이 아니야."

던디가 위로했지만 좀처럼 기분이 풀어지지 않았다.

정밀진단을 받아 볼 필요가 있다는 의사의 권고로 프레이저는 다시 필리에 있는 세인트 루크 병원으로 옮겨졌고 만 하룻동안 얼음침대 위에서 보냈다.

갑자기 상태가 악화되어 그는 환영을 보기도 했고, 혈압이 오르락내리락했으며, 콩팥에도 이상이 감지되었다. 의사 4명이 교대로 하여 밤낮으로 들락거렸으며 그때마다 세심하게 그의 상태를 살펴보았다.

사업차 런던에 갔던 더햄도 급하게 돌아왔다.

거의 혼수상태로 깊은 잠에 빠졌던 프레이저는 잠에서 깨었을 때 "내가 여기 있다는 것을 그가 알지 못하게 해"라고 자꾸 중얼거렸다.

알리의 공고한 방어망을 뚫고서 가공할 레프트 훅을 날렸듯이 생사의 갈림길에서 맴돌던 위험한 상태에서 너끈하게 벗어나 안정을 되찾자 담당 의사들이 안도의 한숨을 내쉬었다. 그는 3주 동안 이 병원에 입원했다.

그렇다고 해서 프레이저로서는 이번 시합의 결과에 움츠러들 만한 아무런 이유가 없었다. 이번 시합에 대비해서 그는 누구라도 격파할 수 있는 강하고 예리한 수준으로 자신을 끌어올렸다.

상대의 사정권 안으로 과감하게 파고드는 용기와 태산이라도 날려 버릴 것 같은 강력한 레프트 훅으로 쟁취한 승리였다.

"아쉬워. 리스튼이 나를 과소평가한 것처럼 나도 그를 과소평가했어."

알리는 후회하는 마음에서 깊은 한숨을 내쉬었다.

다운과 패배를 당한 것을 제외하고서도 작전에서 실패했고 절호의 찬스도 스스로 놓쳐 버렸다.

공격을 했어야 할 기회에 어릿광대짓으로 이를 놓쳐 버린 순간이 최소한 2개 라운드에 있었다.

패배를 자초한 원인이 그가 오랫동안 습관적으로 반복해 왔던 바로 그 어릿광대짓이었다는 것은 누구도 부인하지 못하게 되었다.

승리와 라이벌들

알리는 7월 26일 텍사스주 휴스턴 애스트로돔에서 프레이저에게 WBA타이틀을 빼앗겼던 지미 엘리스를 12라운드 KO로 물리쳤다. 엘리스는 파워는 물론 스피드에서도 알리의 적수가 되지 못했다.

11월 17일에는 거인 버스터 매티스에게 동일한 장소에서 판정승을 거두었고,

12월 26일에는 스위스의 취리히 히렌스타디온 경기장에서 저겐 브린을 7회 KO로 물리쳤다.

1972년 4월 1일에는 일본 도쿄의 무도관에서 맥 포스터를 15회 판정으로 꺾었으며,

한 달 뒤인 5월 1일에는 카나다 뱅쿠버의 패시픽 콜로시움에서 조지 추발로에게 15회 판정승을 거두었다.

6월 27일에는 라스베이거스의 컨벤션 센터에서 다시 맞붙은 제리 쿼리를 7라운드에서 KO시켜 복귀전에서 눈 부위의 부상으로 3회 KO승한 실력이 우연이 아님을 입증했다.

22일 뒤인 7월 19일에는 멀리 아일랜드로 날아가서 알 루이

스에게 11라운드 KO패를 안겼다.

9월 20일에는 뉴욕 매디슨 스퀘어 가든에서 프로이드 패터슨과의 2차전을 벌여 8회 KO승을 거두었으며,

11월 21일에는 네바다 하이 시에라 극장에서 맥 포스터와 이름이 비슷한 봅 포스터를 8회에 KO로 눌렀다.

1973년 2월 14일에는 라스베이거스 컨벤션 센터에서 2m가 넘는 영국의 조 버그너를 12회 판정으로 꺾었다.

알리의 연승가도 앞에 뜻밖에 나타난 복병이 켄 노턴이었다.

노턴은 본래 영화에도 출연한 보디빌더 출신으로 복싱에 늦게 입문했지만 빠르고 날카로운 공격력으로 주목을 받고 있었다.

3월 31일 캘리포니아 샌디애고의 스포츠 경기장에서 알리는 2라운드에서 노턴의 라이트 스트레이트에 턱뼈가 깨진 채 12라운드 판정패를 당했다.

경기 직후 병원으로 실려간 알리는 깨어진 턱뼈에 네 개의 구멍을 뚫고서 고정장치를 해야만 했다.

노턴은 얼마 뒤에 포먼의 타이틀에 도전했다가 1라운드가 시작되자마자 라이트 스트레이트 단 한방에 KO패를 당했다.

프레이저는 1월에 자마이카의 킹스턴에서 떠오르는 신예 포먼에게 1라운드에서 세 번, 2라운드에서 세 번의 다운을 당하면서 KO로 져서 그의 명성이 끝나는 듯이 보였다.

이중 두 번은 두 발이 완전히 허공에 뜨는 소름끼치는 다운이었다.

그는 포먼에 비해서 너무 작았고, 그의 캠프에서도 모두가 포

먼과의 대전을 꺼려했다. 그런데도 굳이 포먼을 도전자로 선택한 이유를 아무도 이해하지 못했다.

더햄은 무참하게 패배한 프레이저에게 은퇴할 것을 권했다.

포먼에게 패하고 난 다음 4개월 후, 자신보다 20cm나 더 큰 영국의 조 버그너와 대결했던 프레이저는 그에게 엉뚱한 화풀이라도 하듯 일방적으로 두들긴 끝에 6라운드에서 KO승을 거두었다.

더햄은 그에게 은퇴할 것을 다시 한번 요구했다.

"왜 자꾸 그래요. 시합하는 것보다 그 말에 더 신경이 쓰여요."

프레이저는 짜증을 내었다.

더햄은 8월 어느 날 프레이저와 같이 훈련을 하던 도중에 뇌졸중으로 쓰러져 영영 돌아오지 못하는 사람이 되고 말았다.

프레이저는 복싱에서 더햄만큼 요령 있고 지름길을 알고 있는 사람은 없다고 늘 생각해 왔다.

그는 프레이저의 스텝을 바르고 빠르게 했으며, 반사신경을 예리하게 다듬었고, 펀치를 풍차가 돌아가는 듯 연속으로 나오게 만들었다.

이러한 그의 조련이 없었더라면 두려움을 모르는 강자가 되기 힘들었을 것이며, 특히 짧은 팔 때문에 이만큼 성공하기도 어려웠을 것이다. 아니 성공을 했다고 하더라도 벌써 파괴되었는지도 몰랐다.

"더햄, 내가 그만큼 병원에 가보라고 권하지 않았소!"

프레이저는 몸부림을 치면서 통곡했다.

마티스와의 시합이 끝난 뒤 호신용이 아닌 두 사람 사이에 밀음의 상징으로 금 도금을 한 사냥총 두 정을 구입해서 더햄과 하나씩 나누어 가졌다.

더햄이 죽은 다음 자신의 보디가드 톰 페인이 똑같은 총을 가지고 있어서 물어보았더니 더햄의 미망인이 주었다고 말했다.

페인이 그 미망인과 결혼했다고 고백하자 프레이저는 그날로 그를 해고해 버렸다.

더햄의 자리는 보조 트레이너였던 에디 퓨처가 이어받았다.

그는 보수적이며 목소리가 부드러웠고 드물게 보는 학구적인 트레이너였으며 19세기 시에 대한 학식이 높은 수준이었다.

선수시절에는 디트로이트에서 라이트급 선수로 활동했고, 체중이 증가했을 때는 조 루이스의 스파링 파트너를 지낸 경력이 있었다.

퓨처의 이러한 경력을 알고 있던 알리는 자신의 캠프에 합류하도록 몇번이나 권했지만 신의를 저버릴 수 없다는 답변만 들어야 했다.

알리는 그해 9월 10일 캘리포니아 잉글우드 포름에서 자신의 턱뼈를 부수었던 켄 노턴에게 12회 판정승으로 앙갚음을 했고, 10월 20일에는 멀리 인도네시아 자카르타로 날아가서 루디 루버를 12회 판정으로 눌렀다.

1974년 1월 28일에는 매디슨 스퀘어 가든에서 영원한 숙적 프레이저와의 2차전을 12회 판정승으로 장식하여 1차전에서 판정패한 빚을 갚았다.

이 시합에 앞서서 알리는 펜실베이니아에 20만 달러를 주고 자신의 전용 트레이닝장을 마련했다.

사방이 숲으로 둘러싸인 20만 평 위에 세운 트레이닝장에는 두 채의 건물이 들어서 있었다.

한채는 체육관을 겸한 자신의 숙소였으며, 다른 건물은 친척인 코르타가 운영하는 다목적 홀이었다. 모두 나무로 지어졌고 골동품도 비치했으며 전원냄새가 물씬 풍기도록 꾸몄다.

건물 외부에는 벤치가 일체 없었고, 20~30톤 정도는 됨 직한 검은색 화강암을 쭉 세워놓고 잭 존슨, 조 루이스 등 유명 복서들의 이름을 한사람씩 흰 페인트로 새겨 놓았다.

그는 아름다운 여인들이 득시글거리고 화려한 카펫과 휘황찬란한 샹들리에가 치장된 호텔보다도 이곳에서 훈련하는 것이 취향에 맞는 듯했다.

8km 전후의 로드워크는 낙락장송 사이로 난 오솔길을 따라 달렸고, 근력과 지구력은 벌목해야 할 나무들을 도끼로 찍으면서 단련했다.

"나는 나무와 자연으로부터 힘을 얻고 있습니다."
라고 알리는 기운차게 말했다.

마닐라의 전율

　알리는 프레이저와의 2차전 후 9개월 뒤인 1974년 10월 30일 자이레의 킨샤사에서 이미 밝혔던 대로 조지 포먼을 8라운드 KO로 잡고 헤비급 왕좌를 두 번째 획득했다.

　1975년 3월 24일에는 오하이오 클레브랜드에서 한물간 선수인 척 웨프너를 15회 KO로,

　5월 16일에는 라스베이거스 컨벤션 센터에서 론 라일을 11회 KO로,

　6월 30일에는 말레이시아의 쿠알라룸푸르 메르데가 경기장에서 영국의 거인 복서 조 버그너를 15라운드 판정으로 제압했다.

　드디어 10월 1일 필리핀의 아라네타 콜로시움에서 타이틀 탈환에 3년 가까이 절치부심하던 프레이저와의 3차전을 벌이게 되었다.

　이번 시합은 포먼을 포함한 3자간의 최종결정전인 셈이기도 했다.

　창공에서 내려다보이는 필리핀은 짙푸른 녹음이 감싸고 있는

산과 벼가 누렇게 익은 논이나 크고 작은 섬들이 떠 있는 듯한 에메랄드 빛깔의 바다 등으로 아름답고 풍요로워 보였다.

언뜻 보이는 마닐라 교외의 풍경도 꽃이 핀 가로수와 검은 점처럼 들판에 박혀서 일하는 물소 떼 등으로 잘 조화가 되어 있었다.

마닐라 국제공항에 비행기가 도착했을 때 많은 환영인파가 구름처럼 몰려나와 있었다.

"와! 저것 봐."

군중들이 왜 나와 있는지 알고 있는 알리가 손가락으로 가리키며 말했다.

견디기 힘들 만큼 날씨가 뜨거웠는데도 비행기의 트랩 주위에는 어린이를 포함한 많은 환영객들이 나와 있었고, 더 많은 환영객들은 대합실에서 장사진을 치고 있었다.

알리는 마닐라 시장이 제공한 VIP용 리무진을 타고 경찰 오토바이 편대의 호위를 받으면서 시내로 향했다.

도로가에 줄지어 서 있는 환영객들이 꽃송이를 그의 차로 뿌리면서 환영했다.

'내가 얼마나 사랑받고 있는지 알겠다. 챔피언 누구라도 이러한 사랑을 받지 못했을 게고, 존 웨인이 온다고 해도 마찬가지였을 테다.'

그는 자랑스러운 듯 혼자 중얼거리고 있었다.

프레이저는 이번 시합을 대비하여 필리의 체육관에서 퓨처의 지도하에 날카롭고 예리한 결정타를 새롭게 가다듬어 왔다.

라운드 사이의 휴식시간을 1분에서 30초로 줄여 지구력을 키웠으며, 그의 발은 빨라졌고, 펀치력은 세어졌다.

제1의 목표는 앞서 1, 2차전에서는 그렇게 많이 보여주지 못한 알리의 배에 대한 공격이었다.

'이번 시합은 그와 나 둘 중 누구에게는 은퇴를 의미한다'고 각오도 새롭게 다졌다.

알리가 연습하는 체육관 앞에서 대기하고 있던 관중들은 그를 볼 때마다 함성을 질러 대었다.

"내가 누구입니까?"

그가 관중을 향해 외치자

"세계에서 가장 위대한 복서입니다."

라고 일제히 대답했다.

한참 뒤 손가락을 입에 대면서 그만 외치라는 신호를 하고서는 "고릴라"하고 소리를 지르자 "고릴라" "고릴라" 하고 관중들이 따라서 외쳤다.

"고릴라 프레이저"

"고릴라 프레이저"

라는 구호도 함께 들려오자 자신의 코를 손으로 납작하게 누르고 프레이저 코를 흉내내면서 고릴라처럼 뒤뚱뒤뚱 돌아다니기도 하여 폭소를 자아내게 했다.

필리핀은 폭발적이지는 않지만 '번개 주먹' 플래시 엘로로데나 벤 빌라폴로 등 세계 챔피언들이 끊이지 않고 배출된 복싱에 대한 열정이 있는 나라이다.

수도 마닐라는 국제적인 보석상, 밀수꾼, 무기상들이 들끓고 있었으며 오럴섹스의 원조도시로도 널리 알려져 있다.

페르디난드 마르코스 대통령의 부인 이멜다 여사가 막대한 호텔을 소유하고 있어서 특히 일본인을 주로 한 관광객을 유치하려고 국가에서 애쓰고 있다는 소문이 널리 퍼져 있었다.

이번 시합을 개최하는 마르코스 대통령의 목적은 마닐라가 더이상 무법이 판치는 도시가 아니며, 외국인의 투자가 안전하고, 발효 중인 계엄령이 공직사회를 깨끗하게 만들고 있다는 것을 전세계에 과시하고자 하는 뜻이었다. 이에 대한 대가로 그는 이번 시합에 500만 달러를 부담했다.

그 결과 더 이상 길거리에서 젊은 여성이 납치되어 첩이나 외국으로 팔려 나가지 않게 되었으며, 탱크도 쉽게 보이지 않게 되었다.

또한 총기를 반납하지 않으면 사형에 처해진다는 루머와 함께 국민들이 자진하여 반납하는 불법소지 총기가 수만 점이 되었다.

마르코스 대통령이 알리와 프레이저를 말라카낭 관저로 초청했다.

"반갑소, 어서 오시오."

머리를 특유의 올백으로 빗어 넘기고 흰색의 전통의상을 입은 56세의 대통령은 이멜다 여사와 함께 반갑게 이들을 맞이했다.

에어컨이 켜져 있었지만 가볍게 선풍기가 돌아가는 실내에서 환담이 이어졌다.

"각하께서는 군살이 하나도 없이 젊어 보이시는데 무슨 비결이라도 있으십니까?"

라고 알리가 묻자, 기분이 좋은 듯 "허허" 하고 웃었다.

그는 스스로 스포츠맨다운 정신과 신체를 가지고 있고, 세계 각국의 수반들 중에서 가장 훌륭한 몸매와 건강을 갖추고 있다고 믿는 사람이었다.

"젊어서부터 하루 한두 시간씩은 운동을 해왔어요. 그때는 축구도 하고 두 분처럼 복싱도 해봤지요. 요즘은 아침에 일어나자마자 침실에서 스트레칭을 하고서는 곧장 풀로 가서 50m 수영장을 열 바퀴 돕니다. 오후나 저녁에 여유시간이 있을 때는 45구경 권총으로 사격을 하거나 골프를 치지요. 무엇보다도 젊고 밝게 살려고 노력하고 있어요."

독재자로만 알려져 있던 그의 이미지와는 전혀 다른 새로운 모습이었다.

당시로서는 몇 년 후 국민들로부터 쫓겨나게 되리라고 도저히 생각할 수 없을 정도로 자신감에·차 있고 열심히 노력하는 대통령으로 보였다.

"각하께서 체력관리에 신경을 쓰는 것을 보면 제가 약이 오를 때도 있어요."

칭찬인지 비난인지 모를 말로 이멜다 여사가 거들고 나왔다.

심판배정 문제로 퓨처 트레이너와 돈 킹 프로모터가 한동안 다투었다.

퓨처는 마르코스 대통령이 이 시합에 관심이 많고 주심도 필리핀인으로 했으면 하는 마음을 알아차리고는 "가급적 필리핀인으로 배정하자"고 제의했다.

그러나 돈 킹은

"필리핀인 심판이 큰 선수를 다루기에는 너무 작다."

라고 이의를 제기하여 쉽게 결론이 나지 않았다.

돈 킹의 입장으로서도 많은 지원을 아끼지 않는 마르코스의 분노를 사는 것보다는 여론이나 언론매체의 조소를 받는 쪽을 선택하지 않을 수가 없었다.

결국 돈 킹이 양보하여 조그만 체구의 필리핀인인 카를로스 파딜라가 주심으로 선정되었다.

시합 당일은 임시 공휴일로 선포되었다.

미국 TV 시청자의 골든 아워에 맞추다 보니 오전 10시부터 시합이 시작된 것도 공휴일로 선포한 중요한 이유였다.

길거리는 텅 비다시피 했으며, 경기장으로 향하는 사람들이 울긋불긋한 파라솔 무리와 함께 줄을 잇고 있었다.

2달러에서 200달러에 달하는 입장료가 없는 사람들은 괜히 경기장 입구에서 서성거리기도 하고 경기장 주변에 설치해 놓은 대형 TV 앞에 떼를 지어 모여들었다.

시합장을 꽉 메운 28,000여 명의 관중들은 필리핀인들이 좋아하는 닭싸움장에서처럼 흥분된 모습이었다.

마르코스 대통령이 이멜다 여사와 함께 VIP실의 대통령 휘장이 새겨진 의자에 착석하자 경기가 시작되었다.

시작 종이 울리자 알리는 그의 확실한 공격지역인 링 중앙으로 나갔다.

1차전 때의 초반 3개 라운드와 같이 유리한 페이스를 그대로 유지하려고 했다.

프레이저는 방어를 하지 않은 채 똑바로 서서 위빙으로만 알리의 잽을 피하고 있었다.

그의 스텝은 1, 2라운드에서 각각 한번씩 뒤틀려져서 불안하게 보였고, 알리의 어퍼컷에 머리가 뒤로 젖혀지기도 했다.

프레이저가 밀고 들어올 때마다 알리는 백스텝을 밟으면서 라이트를 적중시키는 등 초반부터 공격의 고삐를 죄어들었다.

4라운드에 접어들자 프레이저는 새로운 모습을 보여주었다.

알리의 라이트에 가격당하여 입에서 피를 흘리면서도 머리를 롤링하면서 바짝 거리를 좁히고는 예리한 좌우 훅을 퍼부었다.

거리가 좁혀진 상태에서는 알리의 스트레이트는 어깨 위로 걸쳐진 장대처럼 무용지물이 되었고, 몸통은 프레이저의 짧은 훅에 무차별 난타당하는 목표물로 변해 버렸다.

갑자기 상황이 역전되었음을 감지한 알리는 종료 종이 울렸을 때 화가 나서 자신의 가슴을 글러브로 치면서

"프레이저가 머리로 들이받았다"고 소리쳤다.

5라운드에서도 더 이상 늦추어서는 곤란하다고 판단한 프레이저가 쉴새없이 알리를 몰아붙였다.

도망갈 통로가 어디 있는지 알고는 있지만 꿀항아리에 빠진 파리가 날 수 없는 것과 같이 챔피언은 피난처를 발견하지 못하고 계속 당하고 있었다.

"링 중앙으로 빠져나와!"

던디가 눈에 핏줄이 보일 정도로 큰 소리를 질러 대었다.

6라운드가 시작되자 프레이저가 결판을 낼 때 흔히 느끼게 되

는 싸늘한 기운이 링 위에 감돌았다.

알리의 펀치가 나올 때마다 그는 머리를 짧은 반원이나 초승달 모양을 그리며 피하고서는 알리의 가슴으로 파고들면서 그의 콩팥, 간, 심장 부위를 집중적으로 강타했다.

쉬지 않고 상하공격을 퍼붓는 중에 헤비급 타이틀전사상 가장 강력한 레프트 훅을 알리의 머리에 적중시켰다.

알리가 뒤로 주춤거리며 물러나자 다운될 것으로 짐작했던 번디니는 종료 종이 울렸을 때 울면서 달려나가서 그를 껴안고 코너로 돌아왔다.

7, 8라운드를 대등하게 보낸 다음 9라운드에 들어서자 알리는 경쾌한 스텝으로 나왔으나 이내 로프로 밀렸다.

"링 중앙으로 들어가!"

던디가 고함을 질렀다.

중앙으로 가기 위해서는 몸과 다리에 힘이 뒷받침되어야 하는데 지금의 알리에게는 그럴 만한 여력이 없었다.

로프로 '털썩' 밀려서는 측정할 수 없을 정도로 프레이저의 공격을 받았고, 목젖이 타는 듯하여 숨을 쉬기조차 어려웠으며, 공포와 혼란에 빠져 있었다.

이와 같은 프레이저의 공격은 10라운드에도 계속되었다.

펀치가 빗나갈 때마다 쏟아지는 프레이저의 짧고 예리한 좌우 훅에 알리는 잽조차 뻗을 수 있는 자신감이 없어져 버렸다.

10라운드 종료 종이 울린 이후 알리는 의자에 앉아서 피로에 눈동자가 풀리면서 고개를 푹 숙이고 있었다.

번디니는 눈물을 흘리면서

"한 라운드만 더 해봐! 세계는 당신이 챔피언이기를 바라고 있어."라고 소리쳤다.

그의 얼굴에 절망감이 서리자 허버트가 그의 코너로 와서

"당신은 흑인의 자존심을 지켜야 해! 포기한다면 사람도 아니야."라고 고함을 지르면서 독려했다.

뒤에, 알리는 11라운드가 시작될 때 게임을 포기하려고 했고, 정말 죽는 것 같았다고 밝혔다.

11라운드에서도 프레이저는 알리를 코너에 가두고서는 얼굴에 카펫을 깔 듯 집중타를 퍼붓기 시작했다.

"뭐 해!"

던디가 소리쳤다.

특히 프레이저의 보디 공격은 가공할 정도였다.

펀치소리가 도리깨로 보리타작하는 소리 같아서 듣기에도 섬뜩했으며, 알리는 숨을 쉬는 것조차 힘들어 했다.

휴식시간에 늘어진 로프를 다시 팽팽하게 조이느라고 약간의 시간이 추가되자 알리는 호흡장애를 조금 완화하고 기운을 약간 보충할 수가 있었다.

12라운드에서는 조금 남아 있는 여력이 알리를 링 중앙으로 내몰았다.

프레이저가 지친 듯 양손이 보디 쪽으로 미끄러지는 순간, 이를 놓치지 않고 알리는 그의 얼굴에 붉은 흔적이 날 정도로 다섯 발의 연타를 퍼부었다.

연이어 프레이저가 짧은 펀치를 날리지 못하도록 거리를 두고서 긴 라이트로 공격하여 접근을 차단했다.

프레이저의 얼굴은, 특히 왼쪽 눈이 심했지만, 눈 주위가 부어올라서 얼굴선이 잘 보이지 않을 정도가 되었다.

라운드가 끝나고 코너로 돌아온 프레이저는

"그의 오른쪽 주먹이 잘 보이지 않아."라고 말했다.

13라운드가 시작된 후 알리가 왼쪽 눈에 대해 집중포화를 퍼붓자, 프레이저는 주춤거리고 움츠러들기 시작했다.

프레이저의 펀치는 중력이 끌어당기는 것 같이 급속하게 속도가 줄어들었으며 타격시에도 끊어지는 맛이 없어졌다.

알리는 스트레이트로 프레이저의 피묻은 마우스피스를 관중석으로 날려 버렸고 짧은 펀치로 반바퀴쯤 그의 몸을 돌려 버렸다.

"이럴 수가!"

던디가 놀라움에 환호성을 질렀다.

14라운드는 두 선수 사이는 물론 헤비급사상 가장 화려하고 잔인한 라운드였다.

알리의 양어깨와 양주먹이 잘 보이지 않아서 롤킹·더킹·위빙의 시간과 거리를 맞추지 못하는 프레이저는 '살아 있는 샌드백'이 되어 버렸다.

9발의 스트레이트가 연속으로 총 30여 발의 스트레이트가 프레이저의 왼쪽 눈에 집중되었다.

알리는 라이트를 감추고 레프트 훅 결정타를 노리기도 했으며, 프레이저는 두 번이나 다리가 꼬일 정도로 다운 일보 직전이었다.

경기를 보는 것이 즐겁다기보다는 차라리 끔찍할 정도였고, 프레이저가 추발로를 파괴한 이래 가장 잔인하게 프레이저의 왼쪽 눈과 얼굴은 파괴되어 있었다.

종료 종이 울리자 파딜라 레프리가 프레이저를 그의 코너로 인도했다.

에디 퓨처 트레이너는 사려깊은 사람이었다.

그는 매디슨 스퀘어 가든에서의 1차전 때 프레이저가 빼앗았던 15라운드의 다운을 기억해 내었다.

퉁퉁 부어오른 눈이 검은색으로 변한 프레이저가 15라운드에서 KO승을 거둘 수도 있지만, 만약 알리가 15라운드에서도 계속 공격한다면 그 결과는 생각만 해도 끔찍했다.

그는 링 위에서 죽어나간 몇몇 선수들을 기억하고 있었다.

시인을 꿈꾸는 예리한 그는 시합포기의 사인을 보냈다.

"아니! 뭐하는 짓이야, 안 돼."

프레이저가 소리쳤다.

"앉아. 끝났어. 당신이 오늘 싸운 것은 아무도 잊지 못할 거야."

관중들의 기립박수가 쏟아지는 속에 두 선수는 마지막 남아 있는 힘으로 각자의 대기실로 휘청거리며 걸어갔다.

이 시합은 헤비급사상 가장 화려하고 치열한 난타전으로 기록되었으며, '마닐라의 전율'로 불리어지게 되었다.

1라운드 시작부터 14라운드 종료 후 기권으로 경기가 끝날 때까지 한방이면 충분한 헤비급 선수들의 펀치를 두 선수는 한순간도 쉬지 않고 뻗어 대었다.

공격하고 방어하고 가격하고 막았으며, 밀고 밀리는 모습은 인간이 보여줄 수 있는 최고의 신체적·정신적 능력이자 예술이고 드라마였다.

승리한 알리는 520개의 정타를 가격했고, 패배한 프레이저는 440개의 정타를 가격했다.

프레이저의 뺨에는 눈물이 흘러내리고 있었다.

퓨처가 그의 어깨를 안고 있을 때 홍보담당 봅 굿맨이 들어와서

"프레이저 씨, 기자회견을 할 수 있소?"하고 묻자,

"할 수 있다"고 대답했다.

알리에게 가서 묻자 번디니가 퉁명스럽게

"당신! 지금 제정신이오, 그를 보시오." 하고 소리쳤다.

알리는 피부가 잿빛이 되어 소파에 웅크리고 있었다.

"프레이저 씨는 기자회견장으로 갔소."

"그래요? 저기 빗 좀 주시오."

알리가 대기실에서 나오는 데는 시간이 꽤 걸렸다.

전세계로부터 모인 800여 명의 기자들은 자신들이 보았던 시합에 기가 질리고 본 것만으로도 녹초가 되어서 더 이상 취재할 기운이 남아 있지 않은 듯했다.

두 선수보다도 자신들을 위해서 최소한의 질문만 하고 간단히 끝냈다.

기자회견이 끝나자 프레이저는 투숙 중인 호텔의 특별실로 가서 몇시간 동안이나 잠을 잤다.

퓨처가 들어왔을 때 물론 방이 어두웠지만 잘 보이지 않았다.

"누구요? 잘 보이지 않소. 불을 켜야지."

불을 켰지만 역시 잘 보이지 않았다. 왼쪽 눈에 시력장애가 나타난 것이다.

"나는 오늘 벽이라도 무너뜨려 버릴 것 같은 펀치로 그를 원없이 가격했어. 무엇이 그토록 그를 버티게 했는지 모르겠어."
라고 말하면서 마치 용서를 비는 것처럼 머리를 수그렸다.

"언젠가 사람들이 이해할 거야. 오늘 시합은 단순한 시합이 아니었어."

정말 그랬다. 단순한 시합이 아니라 헤비급사상 영원히 기록될 최고의 명승부전이었다.

알리는 시합 직후부터 피가 섞인 소변을 보고 있었다.

그의 오른손은 다쳐서 부어올랐고 눈동자에는 핏발이 서 있었다. 오른쪽 주먹을 쥐어 보려고 했으나 쥘 수가 없었다.

"그가 내게 무슨 짓을 했지? 내가 왜 이렇게 되었지?"

마치 대답을 구하기라도 하듯 마닐라 만의 수평선을 한참 동안이나 바라다보고 있었다.

헤비급의 신기록

처절했던 '마닐라의 전율'전을 치른 알리는 4개월 뒤인 1976년 2월 20일, 푸에트리코의 하토레이에서 무명의 프랑스 선수진 피에르 쿠프망을 상대로 5회 KO승을 거두었다.

4월 30일에는 매릴랜드의 랜드버에서 지미 영을 15회 판정으로 눌렀으며,

5월 24일에는 독일의 뮌헨에서 리차드 던에게 5회 KO승했다.

9월 28일에는 자신의 턱뼈를 부수었던 켄 노턴과의 3차전에서 15회 판정승을 거두었다.

그들간의 시합에서는 KO가 없다는 불문율이 다시 한번 확인된 셈이었다.

1977년 5월 16일에는 7개월 이상의 공백 끝에 매릴랜드 랜드버에서 알프레도 에반젤리스타에게 15회 판정승을 거두었고,

9월 29일 매디슨 스퀘어 가든에서 어니 세이버스에게 한번 다운을 당하면서 간신히 15회 판정승을 거두었다.

그의 오랜 체육관 운동친구(?)이자 주치의 역할을 해왔던 퍼

디 파체코는 알리의 콩팥이 더욱 악화되었음을 알았다.

1966년도 크레브랜드 윌리엄스전, 1975년도 프레이저와의 '마닐라의 전율' 시합 및 이번 세이버스전 등으로 은퇴하지 않으면 심각한 후유증이 올 수 있다는 진찰소견서를 제출했다.

알리 본인과 당시의 부인 베로니카, 매니저 허버트, 트레이너 던디 등에게 제출했으나 누구로부터도 아무런 답변이 없었다.

이후 파체코는 알리의 캠프를 떠나 의사업무와 취미생활에 전념하게 되었다.

떠나기 전 던디와 다소 언쟁이 있었다.

"당신이 챔피언에게 링을 떠나도록 말해 주시오."

"챔피언을 은퇴시키려면 함께 은퇴하십시오."

"좋소, 그러나 챔피언이 말을 듣지 않으면 당신이 먼저 은퇴해야 하오. 위대한 선수는 떠나야 할 때가 있는 법이오. 로키 마르시아노는 왜 무패였을 때 미련없이 링을 떠났소? 더구나 지금 챔피언은 병 덩어리요."

알리는 20대 중반이었을 때

"나는 경력에 오점을 남기면서 떠나지는 않겠다. 얼굴에 상처가 있고 귀가 뭉그러지고 코가 납작해진 상태가 아닌 현재의 나처럼 몸이 완전한 상태로 은퇴할 것이다."라고 스스로 밝힌 바 있다.

1978년 2월 15일에는 라스베이거스의 힐튼 호텔에서 체격도 왜소하고 별다른 특기도 없는 레온 스핑크스와 타이틀전을 벌였다.

그는 알리보다 젊고 빨랐다는 점 등으로 겨우 판정승을 거두었다.

스핑크스에게 챔피언을 넘겨주고 무관으로 떨어졌던 알리는 7개월 뒤인 9월 15일 루이지애나 뉴올리안스에서 그로부터 타이틀을 되찾아 세 번째로 타이틀을 차지했다.

헤비급사상 한 선수가 세 번 타이틀을 획득한 최초의 인물이 되었다. 이때 이미 그에게는 파킨슨병의 징후가 나타나기 시작했다. 스피드가 현저하게 떨어졌으며, 말도 느려지고 발음도 불분명해졌다.

1979년 6월 27일, 8개월 이상 시합을 갖지 않던 알리는 은퇴(1차)를 발표하고 타이틀을 반납했다.

'노병은 잠시 사라질 뿐 죽지 않는다'는 말처럼 알리는 잠시 사라지기만 했던 것일까.

1980년 10월 2일, 1년 반에 가까운 공백과 38살의 나이에도 불구하고 그는 라스베이거스의 시저스 팰리스 호텔에서 래리 홈즈의 타이틀에 도전했다.

도전하겠다는 의사를 밝혔을 때 그의 아내 베로니카는 반대했다.

홈즈는 당시 48전 전승 무패의 기록으로 11연속 타이틀을 방어 중인 막강한 챔피언이었으며, 알리 자신의 스파링 파트너를 지내기도 했다.

알리는 그의 머리가 위가 좁으면서 아래는 넓고 두꺼운 이유로 '땅콩'이라고 부르며 화려한 출전 성명(?)을 발표했다.

"땅콩껍질을 까서 조지아 평원으로 보내 버리겠다."

"왜 사람들이 산에 오릅니까? 거기에 산이 있기 때문입니다.

나는 왜 네 번째 타이틀에 도전합니까? 거기에 타이틀이 있기 때문입니다. 나 외에는 세 번째 타이틀을 획득한 사람도 없고, 네 번째 도전할 수 있는 자격이 있는 사람도 없습니다."

그러나 챔피언인 홈즈의 입장에서는 신화를 무너뜨렸다는 비난과 1천만 달러를 넘는 대전료 외에는 별로 얻을 게 없는 경기였다.

알리의 대전료는 800만 달러로 결정되었다.

그의 캠프에 있거나 관계가 있는 사람들은 홈즈를 만날 때마다 "제발 다치게 하지 마"라는 부탁을 했다.

그때마다 홈즈는 "최선을 다하겠습니다"라고만 대답했다.

링 위에서 알리는 무디어진 반사신경에만 의지하고 안면만 방어하면서 로프에 기대려고 했지만, 보디에 이어 안면으로 올려치는 홈즈의 연타에 산 송장처럼 얻어맞았다.

자신의 코너로 돌아온 홈즈는

"뭔가 잘못된 것 같애. 몸이 말을 안 듣는 혼수상태인 것 같지만 그가 쓰러질 때까지 계속 공격할 수밖에 없어."라고 오히려 툴툴거렸다.

그러나 그는 불평이나 걱정을 할 필요가 없게 되었다.

11라운드 시작 종이 울렸으나 알리는 고개를 푹 수그리고 일어날 줄을 몰랐다.

그의 눈에는 지금까지 그의 많은 상대들이 그에 대해 느꼈던 것과 똑같은 공포와 두려움이 가득 차 있었다.

이 시합에서 그는 '마닐라의 전율' 시합 때보다도 더 큰 충격과 후유증을 뇌에 입게 되었다.

제 **10** 장
종 장

홈즈전 이후 1년여가 지난 1981년 12월 11일 바하마의 낫소에서는 트레비 버빅과 파킨슨병의 증세로 팔을 떨고 있는 알리 간에 논 타이틀 10회전이 벌어졌다.

  병원에서 치료를 받아야 할 환자가 정상적인 복서와 시합을 벌인 셈이었으니 10라운드 판정패할 수밖에 없었다.

  「타임스」의 앤더슨 기자는

  "그는 39살의 나이를 확인하기 위해서 장거리 여행을 다녀올 필요가 있다"고 썼다.

  그는 힐튼 헤드 병원에 입원했다. 혈압이 높고 배뇨기관에 이상이 있다는 진단이 나왔다.

  병원에서 퇴원할 때 그는 선수활동에서 은퇴(2차)하겠다는 결심을 한번 더 밝혔다.

  프로 전적 61전 56승(37KO승) 5패(1KO패)를 남기고 알리는 영원히 선수생활을 접었다.

그는 12살 때 아마추어 복싱에 입문한 이래 27년간 약 15,000라운드의 실전과 스파링의 전적을 쌓았다.

보통 선수들의 활동기간이 3년이고, 드물게 성공한 선수들의 활동기간도 6년을 넘지 못하는 점을 고려해 보면 그의 기록이 얼마나 엄청난 것인지 쉽게 알 수 있다.

그는 복싱이 가장 인기있는 스포츠이면서 그 활동이 활발했던 시기에 세계를 정복한 인물이었다.

그보다 앞선 시대는 TV가 대규모로 보급되지 않아서 지역적인 한계를 벗어나지 못했고, 소득수준이 높지 못했으며, 관련 산업이 발달하지 못하여 복싱시장의 규모가 그렇게 크지 못했다.

그보다 뒤의 시대는 야구·골프·축구·농구 등 타 스포츠의 발달과 소득수준의 향상에 따라 뇌에 충격을 준다는 염려 등으로 복싱의 인기가 상대적으로 하락되었다.

알리보다 3전이 많은 프로 전적 64전을 기록한 다음 현역에서 은퇴한 패터슨은 뉴욕의 뉴 팔츠로 돌아왔다.

그는 휴그넛 어린이 복싱 클럽을 운영하면서 어린 선수들을 무료로 지도했다.

"내가 어린애였을 때 거리의 부랑아가 되지 않게 했던 길입니다. 거리를 방황하는 어린이들이나 다른 사람들에게도 이러한 기회를 주고 싶습니다."

뉴욕에서는 복싱의 인기가 라스베이거스 등지로 옮겨 갔고, 근래는 완전히 침체에 빠진 상태이다.

1995년 조지 파타키 신임 뉴욕시장은 복싱의 인기를 되살리고자 그를 뉴욕주 체육위원회 위원장으로 임명했다.

연봉이 8만 달러에 가까우며 성실한 보좌진과 함께 그의 직무에 성실하게 근무했다. 그는 프로 선수생활 동안 수없이 많은 다운을 당했다.

이의 후유증으로 기억력에 많은 장애가 있다는 루머가 있었지만 공식적으로 알려진 사실은 없다.

아직도 그는 말과 행동이 점잖은 사람이라는 것을 누구한테서나 인정받고 있다.

'마닐라의 전율' 시합 7개월 후인 1976년 6월 프레이저는 포먼과 2차 대결을 벌였다.

시합 전에 퓨처는

"프레이저가 펀치도 피하고 체력도 아끼기 위해서 새로 개발한 로프에서 많은 시간을 보내는 작전을 연습하고 있다"고 밝혔다.

그렇지만 그러한 작전은 한번의 시합에서는 효과를 거둘지 몰라도 선수로서는 종말을 의미했다.

결국 팬들은 패자들의 복귀전에는 염증을 느꼈다. 그들의 재기전보다는 구세대를 싹 쓸어 버릴 수 있는 새로운 인물과 새로운 기술의 등장을 갈구했다.

포먼도 새로운 기술을 개발한 새 인물이 아니라 과거에 집착하는 낡은 이름이 될 수밖에 없었다.

그는 타이틀을 빼앗았던 1차전 때처럼 길목을 지키는 작전으로 프레이저를 괴롭히다가 5라운드 KO승은 거두었다.

29세 때인 1977년 지미 영에게 엄청난 타격을 입고 판정패하자 "신의 계시를 받아서 종교에 귀의하겠다"고 선언하고서는 링을 떠났다.

휴스턴의 거리에서 전도를 하고 팜플렛을 나누어 주기도 하는 등 10년 정도 종교활동을 하던 그는 '어린이 보호와 교회건립을 위한 기금을 마련하겠다'는 명분으로, 39살의 나이와 140kg대의 체중으로 1987년 링에 복귀했다.

꼿꼿이 선 자세로 원 투 스트레이트에만 의존한 단조로운 기술이었지만 불가사의한 그의 힘 앞에는 젊은 선수들도 추풍낙엽격이었다.

110kg대의 체중으로 줄이면서 연전연승을 계속하던 그는 1993년 45살의 나이로 신설기구인 WBO(세계복싱기구) 헤비급 타이틀을 차지하여 최고령 챔피언이라는 기록을 세웠다.

50살이 다 되어 갈 때까지 비교적 훌륭한 전적으로 선수생활을 계속했던 그는 현재 휴스턴에서 청소년 센터를 건립하여 사회사업가와 목사로 활동하고 있다.

프레이저는 결국 간염으로 링을 떠났다.

그러다가 5년 후 점보 커밍이라는 괴력을 가진 복서와 무승부를 기록하고서 링에 복귀했다.

그러나 다시 시작한 선수로서의 앞길은 그의 의지대로만 되지는 않았다.

퓨처는 '마닐라의 전율' 시합 직후

"알리는 프레이저에게 너무 강했고 프레이저는 너무 작았다"고 말한 적이 있었다.

이 말로 인하여 두 사람은 계속 갈등을 빚다가 결국 서로 결별했다.

프레이저는 처음 복싱을 시작했던 근처인 브로드가 체육관에 정착하고서는 후진양성으로 진로를 바꾸었다.

클로버레이로부터 체육관을 인수해서는 '조 프레이저 체육관'으로 개명한 다음 문하생들을 지도하면서 시합을 주선하고 스케줄을 조정하는 등의 업무에 전념했다.

한때는 '자동가격 기계'라고 일컬어지던 버트 쿠퍼와 백인이며 헤비급 유망주였던 듀안 보빅 등을 거느리기도 했으나, 세계 챔피언 타이틀 획득과는 인연이 없었다.

프레이저는 그의 아들 마비스를 복싱선수로 키웠다. 마비스는 그의 아버지와는 달리 복싱에 대한 애착심도 없었고 파괴적인 본능도 없었다.

그는 초반 한때 승승장구하여 마흔이 다 되기는 했지만 무서운 파괴력을 가진 래리 홈즈에게 판정승을 거두기도 했다.

이때 퓨처는 마비스가 홈즈에게 도전하기에는 너무 애송이라고 말하여 프레이저와의 갈등을 더욱 악화시켰다.

마비스는 이번에는 마이크 타이슨의 타이틀에 도전했다. 그러나 타이슨의 벽은 너무 높았고 너무 강했다.

그는 1라운드가 시작되자마자 숨돌릴 틈도 없이 처참하게 난타당하여 기절한 후 미련없이 링을 떠났다.

퓨처는 프레이저와의 갈등이 마비스 때문이 아니라 마닐라에서의 마지막 라운드 문제 때문이라는 것을 잘 알고 있었다. 이는 결국 시간이 해결해 줄 것이라고 믿는 수밖에 다른 해결방법이 없었다.

프레이저는 "그는 언론에서는 사려깊은 인물로 영웅시되었다.

그러나 나한테는 절대로 그런 이야기를 해서는 안 된다. 더햄이 었다면 15라운드 때 나를 내보냈을 것이다."라고 말하곤 했다.

마이크 타이슨, 그는 또 한명의 '소니 리스튼'이다.

불우한 어린 시절을 보낸 점이나 키는 작았지만 엄청나게 굵은 목·가슴·팔뚝·허벅지 등 도저히 쓰러질 것 같지 않은 모습에서 리스튼을 연상하게 했다.

반박자 빠르면서도 순간적으로 완전히 체중이 실리는 펀치는 알리의 전성기 때에서도 보지 못했던 가공할 무기였다.

그는 마이클 스핑크스, 프랭크 브루노 등도 1라운드 시작하자마자 단순한 KO정도가 아니라 기절시켜 버렸다. 그의 몰락은 외부의 막강한 적수가 아닌 자신의 내부에서 찾아왔다.

영화배우 기븐스와의 이혼 이후 1990년 2월 11일 일본의 도쿄돔에서 벌어진 평범한 수준의 도전자 제임스 더글러스와의 타이틀전에서는 불의의 펀치에 의해서가 아닌 완전한 실력차이에 의한 KO패를 당했다.

반박자 빨랐던 스피드는 보통 수준으로 돌아와 있었고, 상대방의 동작틈새를 파고들던 순발력은 사라져 버렸으며, 짧은 리치등 불리한 신체적 조건만 남아 있었다.

강간사건 등으로 감옥을 들락거리던 그는 이벤더 홀리필드에게 2연패(1실격패 포함)를 당했고, 2002년 6월 레녹스 루이스에게도 완벽한 KO패를 당하여 당분간은 챔피언 타이틀과 거리가 멀어진 것 같다.

타이슨은 복싱만으로 3억 달러(약 3천 600억원) 정도를 벌었다. 타이틀 방어전당 2천만 달러 정도로 대전료 등의 수입이 높아진 시대적 덕택도 있었지만 그만큼 많은 돈을 번 복싱선수는 일찍이 없었다.

그러나 생일파티에 5억 원을 쓰고, 이혼위자료의 지급이나 최고급의 자동차, 주택, 보석 등의 수집과 애완용 호랑이 구입 등에 돈을 물쓰듯 했던 그는 2003년 8월 법원에 파산 보호를 신청했다.

이는 자신에 대한 절제력과 통제력이 얼마나 중요한 것인지를 잘 보여주는 사례가 되었다.

어려운 역경 속에서 그만한 성공을 거둔 것도, 그만한 성공에서 빈털터리로 물러앉은 것도, 오직 하나의 원인인 그 자신이 만든 결과였다.

젊고 강한 그가 다시 재기할지 여부도 오직 한가지, 그 자신만이 결정하고 해낼 수 있는 문제이다.

1986년 알리는 다소 충격적인 사실을 발표했다.

"나는 지금 불치병으로 알려진 파킨슨병을 앓고 있습니다. 만약 내가 완전하게 건강한 사람이라면 슈퍼맨으로 알고서 사람들이 두려워할 것이나, 이젠 그럴 필요가 없습니다. 나도 여러분과 같은 사람일 뿐입니다."

파킨슨병은 뇌 속에 있는 도파민이라는 신경전달 물질을 만드는 흑질 부위의 신경세포가 서서히 파괴되는 병이다.

도파민이 부족하면 떨림증, 느린 행동, 근육 경직 등 각종 신경학적 이상이 나타난다.

농약·중금속·약물·뇌 손상 등이 발병원인으로 추정될 뿐

아직까지 정확한 원인이 밝혀지지 않고 있다. 문제는 일반인이 신경학적 이상을 알아차렸을 때는 이미 도파민이 80% 이상 없어지고 난 다음이라는 데 있다.

초기 증상은 몇 년간에 걸쳐 매우 다양하게 나타난다. 피로가 계속되고, 무력감을 느끼며, 쉽게 화를 내기도 한다.

어느 정도 진행되면 얼굴이 무표정해지며 우울증, 소변 장애, 수면 장애, 허리나 목의 통증도 나타날 수 있다.

몸의 균형이 깨어져서 자꾸 쓰러지며, 보폭이 좁아지고 발을 바닥에 끌면서 걷게 되는데, 이때 팔의 흔들림이 거의 없게 된다.

목소리도 작아지고 억양도 단조로워져서 환자의 말을 알아듣기 어려워진다. 또한 기억력·집중력 등에 가벼운 장애가 오면서 이해력과 논리적 사고력 등이 떨어진다. 그러나 대부분의 일상생활에는 지장이 없다.

이해 그는 어린아이였을 때부터 그의 팬이었던 론니 윌리엄스와 네 번째 결혼을 했다.

그녀는 알리가 세계 타이틀에 도전했을 당시의 일을 정확하게 기억하고 있었다.

"내가 일곱 살이었을 때 리스튼과의 시합을 앞둔 그는 이상하게 색을 칠한 버스에 스피커를 달고서는 우리 동네에 나타났어요. 그 버스에 많은 아이들을 싣고서는 시내를 돌아다녔죠."

알리의 부모들은 이미 돌아가셨다. 이제 그의 꿈은 고향 루이스빌에 돌아가서 특히 어린이들에게 꿈과 용기를 심어줄 수 있도록 '모하메드 알리 센터'를 건립하는 것이다.

현재 로스앤젤레스에 살고 있는 그의 일과는 하루 다섯 번씩의 기도를 드리기 위하여 6시 전에 시작된다.

기도는 장소를 가리지 않고 잔디 위나 거실에서도 올리며, 론 니도 역시 무슬림 신자이다.

세월이 흐름에 따라 블랙 무슬림이나 그의 종교적인 신념에도 많은 변화가 있었다.

1975년 엘리자가 사망한 이후 무슬림 본부는 그의 신격화를 거부하며 전통적인 이슬람교를 추구하는 노선인 그의 아들 왈라 스를 따르는 신도들과, 왈라스를 연약한 이교도라고 규정하는 루이스X파로 양분되었다.

왈라스는 첫 번째 화해조치로 뉴욕 모스크를 엘리자의 반대자 였던 말콤X를 추모하는 이름으로 바꾸었다.

알리는 거대한 우주선이나 푸른 눈의 악마 등은 이미 잊어 버 렸고 왈라스 모하메드 진영에 속해 있지만, 여전히 말콤X를 존 경하고 있다.

처음에 블랙 무슬림의 신도가 된 것은 자신의 과시와 인종적 인 자존심 등에서 나온 정치적인 제스처라고 볼 수도 있었지만, 말콤을 만난 이후 그의 이론에 빠져들었고 그를 따르게 되었다.

알리는 그의 과거를 대단히 자랑스럽게 생각하고 있지만, 성급 하고 잔인하게 말콤X와의 관계를 끊었던 문제는 후회하고 있다.

간혹 리스튼의 타이틀에 도전하기 전 마이애미에서 그와 함께 찍었던 사진을 내놓고서는

"이분이 위대한, 진정으로 위대한 말콤X야"라고 중얼거리기도 했다.

1996년 7월 19일, 조지아주 애틀란타에서 개최된 제26회 올림픽 개막식의 하이라이트는 여느 올림픽과 마찬가지로 성화 점화식이었다.

　아직은 탄탄한 체구와 굵은 팔뚝을 가진 중년의 남자가 최종 봉송자로부터 넘겨받은 성화를 성화대에 점화하는 순간, 전세계에서 이를 지켜보던 30억 이상의 사람들은 다시 한번 감탄과 탄성을 질렀다.

　모하메드 알리, 바로 그였다!

　파킨슨병의 증세가 심한 듯 그의 팔은 몹시도 떨렸고, 눈동자는 초점을 맞추지 못했으며, 걸음은 한발짝을 떼는 것조차 힘들어 보였다.

　"알리는 그날 밤 감격에 넘친 듯 성화봉을 손에 잡고 의자에 앉아서 침대에 갈 생각을 안했어요. 그가 만약 네 번째 타이틀을 차지했더라면 역시 그렇게 했을 것이라는 생각이 들더군요. 새벽녘이 되어서야 그는 침대에 갔어요."
라고 론니는 회상했다.

　그는 많은 사람들에게 많은 의미를 부여한 살아 있는 신화이다.

　믿음과 확신의 상징이며, 도전과 용기와 기술의 심벌이며, 위트와 사랑과 흑인 자존심의 화신이었다.

　복싱을 한 단계 끌어올려서 인기 스포츠와 예술로 승화시킨 알리에게, 파킨슨병은 비록 그의 행동이 부자연스러울지라도 더 이상 새로운 뉴스도 되지 못했고 쇼킹하지도 않았다.

　아직도 그는 그가 나타나는 것만으로도 많은 사람들에게 희망과 꿈을 심어줄 수가 있다.

현실을 수긍하고 받아들이면서, 보다 큰 꿈과 목표와 방향을 설정하고서는 끊임없는 노력과 열정을 보태서,

아무도 가지 않았던 길이라도 자신감과 용기를 갖고 과감하게 도전·성취하여 복싱계를 뛰어넘어서 만인이 우러러보는 업적을 이룩한 그는,

어린이에서부터 젊은이와 노인에게까지 희망과 용기와 위안을 주는 우리의 친구이고 시대적 영웅이자 살아 있는 전설이다.

지은이 소개 및
등기신청서 '기입' '접수'에 대한
부조리의 시정(2002년 11월) 추진

지은이 김 현 근 (1948년생)

진주고등학교 졸업

건국대학교 축산가공학과 및 동 교육대학원 체육교육학과
졸업 (체육 교육학 석사)

민주공화당 공채 9기 요원 (1975~1981년)

민주정의당 부장 부국장 국장 (1981~1990년)

민주자유당 국장 (1990~1993년)

국민체육진흥공단 국장 (1993~2000년)

미국 발명특허 2건 (No 4.984.838, No 4.989.966)

태권도 2단, 검도 2단

제21회 서울시 아마추어 복싱 신인선수권대회 라이트헤비
급 준우승

대한 아마추어복싱연맹 및 한국권투위원회 심판 (1986~
2000년)

WBA(세계권투협회) 국제심판 (2000~현재)

등기신청서 「기입」「접수」에 대한 부조리의 시정(2002년
11월) 추진

등기신청서 「기입」「접수」에 대한 부조리의 시정 (2002년 11월) 추진

　민원서식은 국민의 필요에 따라서 국민의 세금으로 제정된 국민의 재산임. 따라서 정당하고 정확해야 하며, 누구나 쉽게 이해하고 「기입」「접수」할 수 있어야 함.

　소유권이전등기 신청서의 「기입」은, 행정부기관인 구청의 「준공필증」내용인 구조·면적·용도 등을,

　1차적이며 민원인의 별도 신고없이 자동적으로 구청의 「건축물대장」에 「등재」하는 것과는 달리,

　2차적으로 사법부기관인 등기소「등기부등본」에, 「준공필증」내용 외에, 매매 등으로 이미 성립된 「이전」관련 사항만 추가하여 「기입」신고하는, 단순한 절차일 뿐임.

　[첨부 1. 소유권이전등기 신청서 (A등기소 2건+B등기소 3건 + C등기소 1건)]

　실제로 「건축물대장」에는 민원인의 신고없이도 「등재」 되고,

　출생신고서 「기입」은 가장 중요하면서 사생아입적 등의 위험도 있는데도, 「기입」내용이 단순하고 쉬워서 누구나 「기입」할 수 있으며, 「대리 기입」도 가능하고, 현장에서 바로 「접수」처리

되고 있음.   [첨부 2. 출생신고서]

현 등기신청서의 「기입」과 「접수」는

－세금은 국가와 지방자치단체만이 부과할 수 있는 데도, 구청 소관 업무인 등록세·교육세 등을 민원인이 직접 부과「기입」하 도록 요구하고,   [첨부 3. 세금부과 관련 법조문]

－민원서식 비치용 대형탁자는 비워두면서도, 등기신청서·견 본 기재양식 등의 비치를 거부하여, 「기입」에 참고하지 못하게 하고,

－불가능한 항목 등을 이유로 할 수밖에 없는 등기관이 자동적 인 「각하(결정)」을 하면서도 「각하(결정)문」을 교부·고지하지 않고, 「답변 불가」라고 하며,

－신청서에 「○○지방 법무사회」라는 표기 등 많은 문제점으 로, 고액의 위탁료를 요구하는 법무사에게 위탁할 수밖에 없도 록 만듦.

이는 크게 다음과 같은 7가지의 문제점이 있음

첫 번째 문제점은, 서식 자체에 불가능하거나 모순된 항목 등 이 많음.

등기신청서에,

－수납은행에서 구청으로 발송하여 민원인이 소지할 수 없으 며, 「구청보관용」으로 명기되어 있는 「등록세영수필 통지서」를 「첨부서면」에 명기·요구하고 있으며,

                            [첨부 4. 등록세영수필 통지서]

－등록세·교육세·국민주택채권매입금액 등에 대해, 담당 기 관인 구청 등에서 의무적으로 부과한다는 일체의 안내나 표기가

없음.

세금납부의 의무가 있는 민원인인 국민은, 세금부과의 권리나 의무가 없으므로, 당연히 삭제하거나 민원인의 「기입」항목에서 제외해야 함에도,

- 신청서 서식에, 「기입」을 요구하는 공란으로 표기되어 있고,
- 「부동산등기신청 안내」에

「각종부동산 등기신청서와 인감증명신청서의 용지는 접수창구직원에게 요청하시면 무료로 교부하여 드리며, 기재양식과 등록세 세율표 및 국민주택채권 매입금액표 등은 접수창구에 비치되어 있습니다」 및   [첨부 5. 부동산 등기신청 안내서]

- 「소유권이전등기신청 안내서」에서

「등기민원인이 등기신청에 앞서 당해 부동산의 대장등본과 토지가격확인원을 첨부하여 관할 등기소에 과세시가표준액 및 국민주택채권 매입금액의 계산을 신청하면 그 등기소의 등기 민원 담당공무원이 해당금액을 계산해 주고 있습니다」등을 명기하여,   [첨부 6. 소유권이전등기신청 안내서]

세 번씩이나, 민원인이 부과 「기입」하도록 요구하거나 민원인이 직접 부과해야 하는 것처럼 표기하는 등

소유권이전등기 신청서 1건(2매)에만 47개 부분 정도의 부당한 내용·항목·표기방식 등으로, 이해와 「기입」및 첨부서류 구비를 혼동되거나 불가능하게 만들어 놓았음.

등록세·교육세 등을 구청에서 부과하고 있다는 안내나 별도 표기가,

「소유권이전등기 신청서」,

소유권이전등기신청서 끝부분에 있는 「신청서 작성요령 및 등기 수입증지 첩부란」,

별지로 된 「부동산 등기신청 안내」등에는 한 단어도 없음.

별지의 안내서가 있다는 안내가 신청서 등에 없으며, 내용·표기번호 등이 서로 다르고, 양면이면서 분량이 많은

「소유권이전등기신청 안내서」한 곳에만

과세 기관, 기입 여부 등에 관한 안내는 없고, 「등록세 영수필 확인서 및 통지서. 시·구·군청 등에 자진 신고해서 납부를 하여야 하며, 영수필 확인서 및 통지서는 시장, 구청장, 군수 등이 발급합니다.」라고만 언급되어 있음.

국민주택채권 매입금액에 대한 안내도

「소유권이전등기신청 안내서」한 곳에만 「유상으로 인한 소유권이전인 경우에는 가세시가 표준액이 500만원 이상일 때, 무상으로 인한 소유권이전인 경우에는 과세시가 표준액이 1,000만원 이상일 때만 첨부합니다.」와

「국민주택채권은 주택은행에서 매입합니다」는 안내만 있어서,

부과담당 기관에 대한 안내가 없으므로 매입하지 않아도 상관없는지 여부,

「가세」시가 표준액과 「과세」시가 표준액이 다른지 여부 등에 혼란을 주고 있음.

「첨부서면」 중에서,

－주민등록 등(초)본·통으로 표기하여, 등본인지 초본인지 또는 등본 초본 두 가지 모두 다인지, 또한 몇 통인지 혼동이 가게

만들었음.

실제로, A등기소는 ·통으로, B등기소는 2면 ②면에는 ·통, ② 면에는 1통으로, C등기소는 각 1통으로 표기하고 있음.

－등기필증은 발행기관이 명시되지 않아서 혼동되며, 등기필을 위해서 등기신청서를 「기입」「제출」하는 것이므로, 새로운 등기필증은 발급조차 불가능하고, 이전의 등기필증은 등기부등본에 기재된 내용이 증명함.

등기부등본과 구별되는 별도의 「등기필증」이 있다면, 기능이 중복되고 혼란만 초래함. (세부 내용은 다섯 번째 문제점에 있음)

실제로, 등기필증이 A등기소 2 ②면, B등기소 ② ②면, C등기소 2면에는 첨부서면에 포함되어 있으나, B등기소 2면에는 포함되지 않았음.

－첨부서면의 수는 현재 10~11건을 요구하고 있음.

그러나 「준공필증」에 내용이 이미 결정되어 있기 때문에 「이전」관련 사항만 증명하면 충분하고, 「검인 계약서」속에 다른 서면의 기능이 모두 있다고 볼 수 있으므로 이것 정도로도 충분할 수가 있음.

출생신고서의 첨부서면은 「출생증명서」1건뿐임.

용어도 일반국민을 위하는 민원서식에는 일반적이고 대중적인 용어가 필요함.

「영수증」과 「고지서」는 오래전부터 사용하여 일반화되었고 모든 기능이 있는데도, 굳이 「등록세영수필 확인서」「등록세영수필 통지서」로, 신청서 중 몇 개 항목을 단순히 「기입」하는 것을 「등기신청사건」등으로 표기하는 것은, 혼란을 초래함.

[첨부 7. A등기소 소유권(일부)이전등기 신청서의 문제점]

작성에 대한 안내는

등기신청서와 그 속에 있는 「신청서 작성요령 및 등기 수입증지 첩부란」이 전부인 것으로 알 수밖에 없음.

그러나 소유권이전등기신청 안내서[첨부 6]처럼 아무런 안내 없이 별도로 제작되어 있거나, 같은 안내서인데도 내용·표기번호 등이 서로 다른 실정임.

이는 신청서 속에 표기된 내용대로 단일화해야만, 빠짐없이 확인할 수 있고 혼란을 일으키지 않음.(분량이 많은 경우는 별지 ○매 등으로 표기)

따라서, 소유권이전등기 신청서 끝부분에 있는 「신청서 작성요령 및 등기 수입증지 첩부란」

별지로 된 「부동산등기신청 안내」

별지 양면으로 된 「소유권이전등기신청 안내서」등은 종합·통일해야 함.

「신청서작성요령 및 수입증지 첩부란」은 세 개 항목 중에서 두 곳이나 「첨부」로 표기하여 혼란을 일으키고 있음.

반대로, 신청서별로만 필요한 첨부서면은, 별지에 손으로 교정·복사를 가미하여 합쳐 놓았기 때문에 혼란을 일으키고 있음.

「소유권이전등기 신청서」에는 10~11개의 첨부서면을 표기했음에도, 「등기신청에 필요한 서면」에서는

· 대법원 등기수입증지(1필 8000원),

· 양도신고 확인서(취득 후 3년이 미경과),

· 호적등본, 제적등본(상속),

· 협의 분할 계약서(상속)등을 추가하고, 2개 서면을 통합하여 13개의 서면을 기록해 놓았고,

10개 서면 중에서도

· I. 인감증명 · 통이 → 6. 등기의무자의 인감증명(용도 : 부동산 소유권 이전용)

(매도인, 증여자) — 유효기간 : 발행일로부터 6개월. 으로

· I. 토지 · 임야 · 건축물 대장 · 통

I. 토지가격 확인원 · 통 등 2개 항목이 → 8. 토지대장, 건축물대장 및 토지가격(개별공시지가) 확인원 (각1통)으로 변경되고,

첨부 요구만으로 충분한데도 복잡한 설명을 첨가했으며, 누락되거나, 합치기도 했음.

등기필증은 「구 권리증(등기의무자의 권리에 대한 등기필증)」으로 표기했음.

신청서에 이미 표기된 첨부서면 외에는 전부 필요없고 혼란만 주므로, 별도의 제작 교부는 다시 검토해 볼 필요가 있음.

[첨부 8. 등기신청에 필요한 서면]

두 번째 문제점은, 같은 등기대상에 대한 신청서인데도, 등기소간에 그 내용 · 형태 등이 다르며, 한 등기소 내의 신청서도 수시로 바뀌고 있음.

동일한 등기대상이고 서울시내에 소재한 인근 등기소의 소유권 이전등기 신청서인데도, 첨부서면의 종류와 통수 등 내용이 서로 다름.

B등기소는, 1면에「○○지방 법무사회」가 별도로 표기되어 있고, 2면의 첨부서면에 교육세·개별공시지가 확인서가 추가되었으며, 2종류가 분명한 주민등록 등(초)본과 등록세 영수필 확인서 및 통지서는 ②면에 이를 포함하여 모두 1통으로 표기되어 있는 등, A등기소와 59개 부분이 서로 다름.

C 등기소는, 첨부서면에 부동산양도신고 확인서가 추가되고, 교육세·개별공시지가 확인서는 없으며, 2종류가 분명한 등록세 영수필 확인서 및 통지서는 1통으로 같은 표기이나. 주민등록 등(초)본은 각 1통으로 표기되어 있는 등, B등기소와 50개 부분이 서로 다름.

[첨부 9. A등기소 대비 B등기소 신청서의 차이점]

[첨부 10. B등기소 대비 C등기소 신청서의 차이점]

한 등기소 내에서도 등기신청서가 수시로 바뀌어, 2000년말 시정건의 이후 **[첨부 1]**에서처럼, A등기소는 2회, B등기소는 3회 바뀌었음.

이는 개별 등기소 단위에서도 서식을 임의로 만들고 있음을 나타냄.

양면으로 된「소유권이전등기신청 안내서」속에서,

Ⅲ 등기신청서에 첨부할 서면중 10항 (또는 ※표시)의

「그 밖에도 다른 법률의 규정에 의하여 첨부하여야 할 서면이 추가될 수 있습니다」는 안내나

Ⅳ 기타 중 3항의

「등기의무자나 권리자가 법인인 경우, 법인 아닌 사단·재단인 경우, 재외국민이나 외국인인 경우에는 신청서의 기재사항과

첨부서면이 다르거나 추가될 수도 있으므로 전문가나 민원담당 공무원 등과 상담하시어 착오없기를 바랍니다.」는 안내도

국민을 위하는 전제하에, 전국적으로 통일되고, 정당한 절차를 밟은 후 결정할 수 있는 내용일 뿐, 개별 등기소 단위에서 임의로 처리·결정하거나, 「기입」「제출」을 어렵게 할 수 있는 내용은 아니며, 그러한 「법률의 규정」이 있다면 바로 잡아야 할 것으로 보임.

위 첫 번째와 두 번째의 문제점에 대한 시정요구를 부패방지위원회에 진정한 데 대해서는, 법원행정처로 이송했다는 통지를 받았으나, 이에 대한 답신이 없었음.

[첨부 11. 진정사항 처리결과 통지서]

이를 다시 부패방지위원회에 진정하여 법원행정처에 이송했다는 통지를 받은 데 대해서는

2002. 9. 17자 「문서번호 등기1831-512」로

「귀하가 제기하신 등기신청서의 양식 개선 등에 관한 사항은 앞으로 우리 처의 등기업무 개선시 참작할 것을 알려 드립니다.」는 답신을 받았음. **[첨부 12. 진정사항 처리 결과 통지서]**

[첨부 13.민원에 대한 회신서]

세 번째 문제점은, 민원실에 민원서식과 견본 기재양식을 비치하지 않고 있음.

모든 민원서식은, 특정한 집단이나 개인의 소유물이 아니며, 민원서식에서부터 민원업무가 시작되므로, 반드시 민원실에 비치해야 하는 대상임.

그 상급기관인 법원을 포함한 모든 민원실에서는, 민원인이 보면서 쉽게 기입하도록 소관 서식과 견본 기재양식을 당연히 비치하고 있음.

유독 등기소에서만, 「서식이 없거나 공간이 좁다」는 등의 이유로 이의 비치를 거부하면서, 쉽게 기입할 수 있는 것을 어렵게 만들고 동시에 표준서식과 문제점도 모르게 만듦.

「소유권이전등기신청 안내서」에서는

II등기신청서 기재요령중 1항 (3)의 「집합건물(예. 아파트, 연립주택)의 경우에는 등기소에 별도로 비치해놓은 신청서 기재례를 참조하여 기재하십시요」라는 안내를 하지만

기재항목이 나열된 서식이 아닌 기입내용을 기재한 「집합건물의 기재례」는, 민원회신서 [첨부 20] 내용처럼, 등기소 「민원실」의 어느 장소에도 비치하지 않고 있는 실정임.

「부동산 등기신청 안내」에서도,

「각종 부동산등기 신청서와 인감증명 신청서의 용지는 접수창구직원에게 요청하시면 무료로 교부하여 드리며, 기재양식과 등록세세율표 및 국민주택채권 매입금액표 등은 접수창구에 비치되어 있습니다」고 안내하지만, 역시 [첨부 20] 내용처럼 기재양식도 「민원실」에는 없음.

2002년말 현재도 일부 서식은, 보편적인 서식임에도 「서식이 없다」면서, 「백지에 그냥 쓰라」고 하며, 관련 자료라고 복사(A4지 12장) 해주고 있음.　　　[첨부 14. 서식 참고용 복사 자료]

이는 시간적·경제적으로 낭비이며, 민원실에 민원서식이 없다는 것은 있을 수 없는 일임.

「공간이 좁다」는 이유도 민원실의 서식비치용 대형탁자는 비워두고 이보다 몇분의 1도 안되게 적은 담당자의 책상 위에 보관하고 있는 실정임.

비어 있는 민원서식 비치용 대형탁자의 서식보관함에는, 등기부 등(초)본교부 신청서 한가지만을 비치하기도 하고,

[첨부 15. 등기부 등(초)본교부 신청서]

등기 등초본교부 신청서로 사용하도록 주소 성명 등이 명기된 법무사사무실 용지(이면지)를 비치하기도 함.

[첨부 16. 등기 등(초)본 교부신청용 법무사사무실 용지(이면)]

민원실 공간이나 서식비치용 대형탁자가 좁다면, 확장 추가해야 하고 그럴 경우 즉시 해결되는 단순한 문제임.

「민원서식 비치용」으로 전국의 각종 각급 민원실에 비치되어 있는 대형탁자도 등기소만 「모필용」이라고 주장하지만, 「민원서식 비치용」은 큰 목적이며 필수적이므로, 「모필용」만 있다면 「민원서식 비치용」으로 교체해야 할 것임.

민원인에게 「친절한 안내와 함께 교부」한다고도 하지만, 교부담당자가 별도로 있다는 안내·표시가 없고, 비치하는 것만큼 확실하고 효과적인 친절은 없으며, 다른 모든 민원실보다 더 「친절」하다는 근거도 없고 강조할 필요도 없는 당연한 자세임.

또한 서식을 비치하고 있는 다른 모든 민원실은 친절하지 않다는 근거도 없으므로, 이는 비치를 거부하는 정당한 이유가 못됨.

「친절한 안내」는, 민원서식과 견본 기재양식을 비치한 후에,

의문이 있는 소수에게만 해당될 수 있음.

2002년 정기국회 국정감사 자료인 등기접수현황에서 보듯이, 다른 내용의 「안내」인지는 몰라도, 1.8~2.2 % 뿐인 것으로 보아 민원인이 신청서를 「기입」「접수」하는 데 도움이 되는 「친절한 안내」는 있지도 않는 실정임.

특히 「부동산 등기 신청안내」에서 「일반적인 등기신청절차에 대하여는 답변하여 드릴 수 있으나 구체적인 등기신청사건에 대하여는 답변하여 드리거나 대필하여 드릴 수 없으니 이점 양지하여 주시기 바랍니다. 이는 등기신청행위가 등기권리자와 등기의무자 간의 이해가 상반될 뿐만 아니라 이해 관계인이 있고 등기함으로써 권리의 발생 변경 소멸을 가져오므로 등기관이 이에 관여할 수 없기 때문입니다」라고

「일반적인 등기 신청절차」와 구별한 「구체적인 등기 신청사건」의 상담이 불가능함을 스스로 밝히고 있어서,

친절한 안내의 실체와 범위 등이 무엇인지 의심스럽게 만들고 있음.

서식과 견본 기재양식 등을 민원서식 비치용 대형탁자에 비치하지 못한다는 이상의 제반 이유는, 납득할 수 없고 보완·참고 정도의 고려 사항일 뿐, 「비치 거부」와 대등하거나 이를 정당화할 정도의 내용은 못됨.

2000년말경에는 아예 '모든 서식이 없고 또한 모르니 법무사에 맡기라'고 했으며, 민원서식 비치용 대형탁자도 없었고, 등기등초본 교부신청용 이면지는 줄에 꿰어서 매달아 놓은 상태였음.

법무사 개인 사무실에 있는 민원서식이 담당 관공서의 민원실에 없다는 것은 말조차 성립되지 않음. 그러나 민원인은 신청서조차 구할 수 없으므로 「법무사에 맡기라」는 강제적인 지시를 거부할 수 없는 형편이 됨.

이 부분의 시정요구에 대해서는,

2001.1.12자로 법제처로부터,

2001.4.23자로 감사원으로부터, 법원행정처로 이송했다는 통보를 받았음. **[첨부 17. 질의서 이송 통지서]**

[첨부 18. 민원접수 처리 통보서]

이에 대한 답신을 받기 이전에, 전연 필요없고 결과에도 전연 반영되지 않았으면서도, 「민원에 대한 답신」도 아니고 「감사민원실(대법원 청사 동관 249호) 출석요구」도 아닌 서신이 있었음.

[첨부 19. 서신]

이후, 2001. 6. 28자 「문서번호 감민 1823-1014」로

「귀하의 민원서를 접수한 후 전국 등기과(소)에 대한 특별기강 및 업무 감사를 실시한 결과, 대부분 등기과(소)에서는 등기 신청서 양식을 준비 비치하고 있었으나, 관리상 어려움이 있어 민원실이 아닌 민원창구 안쪽 사무실에 비치하여 담당 공무원이 양식을 필요로 하는 민원인에게 교부하고 있음을 알려 드리며」라는 시정을 기피하는 답신을 보낸 후에,**[첨부 20. 민원회신서]**

두 달 뒤인 2001. 8. 27자로 「등기과(소)장은 등기예규 제842호에서 규정한 각종 부동산 등기신청서와 등기예규 제793호에서 규정한 인감증명서 신청용지 및 민원인의 이용빈도가 높은 부동산 등기신청에 관한 안내서를 항시 비치하여 민원인의 요구

가 있을 때에는 즉시 이를 교부하여야 한다」는 등기예규 제1034호를 제정했음.

[첨부 21. 등기예규 제1034호 제정일 관련자료]

이는 연간 1,000만명의 민원인이나 전 국민이, 조금도 부담감을 느끼지 말아야 할 서식에 대해,

- 담당자가 배치되어 있다는 안내 등이 없어서 서식도 없는 것으로 알게 되고, 아는 경우에도 힘들게 물어서 찾아야 되는 점,

- 담당자에게 빚진 것처럼 부탁해야 하는 점,

- 전혀 필요없고 도움이 안될 수도 있는 상담이 있는 경우, 이를 일방적으로 당해야 되는 점,

- 담당자의 이석 시, 귀중한 시간을 낭비하며 기다려야 되는 점,

- 서식이 있으면서도 담당자가 없다고 하는 경우, 이에 대처할 수 있는 방법이 없는 점,

- 불필요하고 지극히 단순한 업무에 담당자를 배치해야 되는 점,

- 유사한 사례가 전국에 있는 각종 각급의 민원실 중에 단 한 곳도 없어서 일반적인 관행과 어긋나는 점,

- 위탁을 유도한다는 오해를 벗어나기 어려운 점,

등의 단점이 많고, 장점은 발견하기 어려운 조치임.

2001. 6. 28자 답신**[첨부 20]**의 「민원창구 안쪽 사무실에 비치」하는 것은, 담당 공무원이 보관하는 것인 점 등 제반 문제점이 그대로 상존하므로, 감사원에 다시 이의 시정을 촉구하자, 법원행정처로 이송했다는 통보를 받았음.

[첨부 22. 민원 접수 처리 통보서]

이에 대해 2001. 8.「중복민원이므로 내부 청원 규정에 의하

여 답변을 할 수 없다」는 답신을 보내 왔음.

건의사항과는 전연 다른 답변을 한 후, 이후에는 중복민원이므로 답변을 하지 못한다는 것은 일반상식으로도 있을 수 없는 일이어서

2001. 9. 11일자, 10. 5일자, 2002. 3. 29일자 내용증명 편지로 이의 시정을 촉구했으나, 일체의 답변이 없었음.

부패방지위원회에 제출하여 이송한데 대한 2002. 9. 17일자 답변에서도 이 부분에 대해 아예 누락했음. (참고. **첨부 13**)

9. 25일자 내용증명 편지로, 이의 누락사실을 알리고 시정을 촉구했으나 역시 답변이 없었음.

2002년도 정기국회 국정감사에서 원희룡 국회의원이 질의한데 대해서는,

1차 답변에서,「부동산 등기는 그 유형이 다양하므로 그러한 등기신청서 견본 및 작성안내서를 민원인이 직접 볼 수 있도록 모두 모필용 책상에 게시하기에는 등기과·소 민원실의 공간이 좁아 어려우므로, 대법원에서는 2002. 7.경 일선 등기과·소에 각종 '부동산 등기 신청서 견본 및 작성안내' 책자를 배포하여 접수창구 또는 민원안내 직원 책상에 항상 비치하면서 민원인의 요구가 있을 경우 즉시 친절한 안내와 함께 신청서 양식을 교부토록 하고 있음」이라고 밝혔음.

다시 제기된 질의에 대한 2차 답변에서,「민원인들의 등기신청서 편의를 도모하는 방안의 하나로 가장 많이 접수되는 등기신청 유형 중 2~3개를 선별하여 그에 대한 등기신청서 작성 안내문 및 신청서식 견본을 민원인이 직접 참고할 수 있도록 하는

방안은 현재 등기소 민원실의 여유공간이 허락하는 한 적극적으로 검토하겠음」과

「다만, 대법원에서는 등기신청절차에 대한 제반규정 및 제2차 등기전산화 계획에 맞추어 등기신청서식 및 관련서류의 간소화 등을 지속적으로 추진함과 동시에, 대법원 홈페이지를 이용한 등기신청 절차의 안내 등을 적극 홍보하고, 아울러 일선 등기과·소의 민원실에 이미 비치된 위 안내서 이외에 등기신청에 관한 안내서류 유형의 추가게시 등을 적극 검토 하겠음」이라고 밝혔음

네 번째 문제점은 등기 신청서에 「○○지방 법무사회」라는 표기를 하거나, 사실상 불가능한 「쌍방 출석」의 요구 등으로, 민원인은 법무사에게 위탁할 수밖에 없게 됨.

관공서의 민원서식, 안내문 등에는 특정 민간인에 대한 언급이 있을 필요도 없고, 있어서도 안되는 문제임.

그러나

－「소유권이전등기 신청서」에 「서울지방법무사회」라는 표기,

－「소유권이전등기신청 안내서」에 「등기신청은 등기권리자, 등기의무자 쌍방이 본인임을 확인할 수 있는 주민등록증을 가지고 직접 등기소에 출석하여 신청하여야 합니다. 다만 법무사 등에게 위임한 경우에는 등기소에 직접 출석할 필요가 없습니다.」는 안내문,

－주소·성명 등이 명기된 「법무사사무실 용지(이면지)」를 등기 등(초)본교부 신청서로 사용하도록 민원서식 비치용 대형탁자에 비치하는 등으로,

필요없이 「법무사」를 거론하며 고액비용을 요구하는 「법무사」에게 위탁하지 않을 수 없게 만듦.

등기의무자와 권리자 雙方의 의사에 대한 확인은, 본능적인 애착이 가게 되는 대금이 오고가면서 雙方이 작성한 계약서는 물론, 관련 관공서에서 발급한 인감증명, 주민등록 등(초)본 중에서, 하나만으로도 당연히 확인할 수 있음.

「雙方 출석」은 거주지, 활동시간 등 모든 면이 서로 달라서 이에 대한 조정과 시간, 비용, 건강, 개인이 아닌 법인·단체인 경우 등 제반 문제로, 사실상 불가능함.

그러나

- 「소유권이전등기신청 안내서」에서는 「등기권리자 의무자 雙方」과 「신청인이 직접」으로,

- 「부동산등기신청 안내서」에서는 「원칙적으로 등기권리자와 등기의무자」로,

안내서의 규정 자체도 혼동되어 있기도 하지만 「雙方 출석」을 요구하여, 「소유권이전등기신청 안내서」 맨 앞에 기재된

「다만, 법무사 등에게 위임한 경우에는 등기소에 직접 출석할 필요가 없습니다.」는 「위임 안내」를 따르지 않을 수 없게 만듦.

「雙方 출석」의 이유가 검인계약서, 인감증명, 주민등록등(초)본 등을 인정하지 못한다는 의미라면, 이들을 첨부서면에 포함시킬 이유가 없음.

비슷한 내용과 절차인 출생신고서 「기입」시는, 한집에 사는 부부라도 「雙方 출석」을 강제하지 않고, 부부 외의 「대리 기

입」도 인정하고 있음. 은행의 입·출금신청서 기입 시에도 관련 상대방과의「쌍방 출석」을 강제하는 규정은 없음.

등기신청서「기입」도, 첨부서면으로 모든 문제를 확인할 수 있고, 이미 성립된 매매계약서 등에서 몇 개 항목을「옮겨 적는 것」일 뿐인 사후의 요식행위이며, 쌍방이 의견을 발표하는 기회나 발표할 내용 및 발표할 필요도 없으므로,「쌍방 출석」을 강제할 필요가 없는 것으로 보임.

「쌍방 출석」은 당사자마저「출석하지 않아도 되는」관련서류의 무인 발급제도, 인터넷 민원제도, 입·출금의 홈뱅킹제도 등 시대적 발전추세와도 맞지 않는 규정임.

법무사의「대리 기입」도 3자가「기입」하는 것이며, 위탁료를 주고받는 것 외에는 다른 3자가「대리 기입」하는 것과 다른 점이 전연 없으므로, 관련자의「대리 기입」까지도 인정하지 못할 이유가 없음.

등기 등초본교부 신청서[첨부 15]의 비치를 거부하면서, 법무사의 주소·성명 등이 명기된 이면지를 쓰게 하는 것도, 등기소 단위에서 결정할 수 있는 내용이 아니므로, 물자절약 차원 등 선의적으로만 볼 수 없음.

다섯 번째 문제점은, 첨부서면 중「등기권리증」은 등기신청서 내용 그대로인데도, 표지 등만 합쳐서 상기 이름의 문서를 만들고, 하단에 찍힌「등기필」도장대로「등기필증」이라는 문서로도 만들었음.

표기상단에 법무사의 성명·전화번호 등이 인쇄되어 공문서인지 불분명한데도 민원인의 지문을 찍고, 「○○지방법원인」의 대형 사각도장이 찍혀있음.

A등기소 2 ②면과 B등기소 ② ②면 및 C등기소에서는 요구하지 않으나 B등기소 2면에서는 이의 첨부를 요구함.

등기신청에 필요한 서면[첨부 8]에서도, 「7.구 권리증(등기 의무자의 권리에 관한 등기필증)」으로 기록되어 있음.

등기권리증의 내용은

- 「소유권 이전등기 신청서」
- 신청서의 첨부서면에 표기된 「검인 계약서」
- 부동산의 표시인 「확인서면」.

신청서 속에 있는 항목이지만, 「준공필증」 내용 그대로이며 이미 「건축물대장」 등에 1차적으로 「등재」 되어 있음.

- 과세담당 기관에서 숙지할 내용인 「부동산과세시가 표준」.

신청서 항목이지만, 일반 국민과는 직접 관련이 없음.

- 민원인의 증명 사본
- 수입인지 첨부 면을, 단순히 합쳐 놓은 것임

[첨부 23.등기권리증]

따라서, 소유권이전등기 신청서의 내용과 동일하므로, 첨부서면에 별도로 포함시킬 필요가 없음.

또한 새롭게 발생하는 권리가 없고, 낭비, 혼란, 부작용 등만 우려되므로 별도로 「등기권리증」을 만들 필요도 없음.

출생신고서를 별도로 「출생신고필증」 「출생권리증」으로 만들고, 예상은 되지만 「교육권리증」 「참정권리증」 등 별도 문서로 만들어서, 낭비와 혼동을 일으킬 필요가 없는 것과 같은 문제임.

그런데도

− 「등기권리증」의 명칭이 일반적으로 새로 발생하는 권리를 담당 기관에서 증명한다는 의미이며,

− 표지상단에 법무사 개인 이름이 크게 인쇄되어 있고

− 표지하단에 등기소 접수도장과 붉은 인주로 「등기필」 및 「서울지방법원인」이라는 대형 사각도장이 찍혀 있어서

법무사 개인이 발행하는 「등기권리증」을 「서울지방법원인」에서 증명하는 것으로 볼 수 있음.

특히, 법무사가 작성하는 「확인서면」 중에는,

지문(우무인)을 찍게 하고, Cm로 표시되는 키, Kg으로 표시되는 몸무게, 특징을 나타내는 얼굴모습 등을 기록하며, 사진을 첨부하게 하고, 주민등록 사본·여권 사본·자동차운전면허 사본 중에서 복사·첨부하도록 하여 인권침해의 소지도 있음.

또한 공문서인지 아닌지 구별이 안 되고, 이로 인한 피해도 우려됨.

공문서인 경우, 표지상단에 법무사 개인 이름이 크게 인쇄되어 있는 것은 있을 수 없는 일이며, 내용이 중복되고 부작용만 우려됨. 「접수」 「등기필」 도장은 날인할 필요가 없으며 「서울지방법원인」의 대형 사각도장은 시각적으로도 문제가 있는 것으로 보임.

표지하단에 「등기필」 도장이 찍혔다고 해서, 등기권리증과 「등기필증」으로 같이 부를 수는 없는 문제임.

남의 집에 「음식점」 스티커를 붙여놓고 「음식점」으로 부를 수

없는 것과 같으므로, 공문서로 만들어야 할 정당한 필요성이 있다면 별로도 제작해야 할 것이나 등기부등본의 「기입」 사실과 동일함.

공문서가 아닌 경우, 「권리증」이라는 표지를 개인이 사용해서는 안 되며, 「등기필」 「서울지방법원(인)」이라는 대형 사각도장도 사용해서는 안 된다고 봄.

무인을 찍고 신체의 특징을 기록하고 사진을 첨부하는 행위는, 공문서인 경우에도 문제가 있지만, 공문서가 아닌 경우에는 더 큰 문제가 있는 것으로 보임.

여섯 번째 문제점은, 이상의 불가능하거나 모순된 문제점들을 근거로 할 수밖에 없는 등기관의 자동적인 「각하(결정)」, 「답변 불가」 등으로 더욱 심각한 피해를 끼치고 있음.

현 등기신청서에서, 「구청보관용」인 등록세영수필 확인서 및 통지서를 첨부하도록 규정하고,

민원인인 국민이 부과해서는 안 되는 등록세, 교육세, 국민주택 매입금액 등을 민원인이 스스로 부과하여 「기입」하도록 요구하는 내용 등은, 원천적으로 성립할 수 없는 불가능한 내용임.

등기관은 이와 같은 문제점들을 이유로 삼을 수밖에 없으므로, 민원인이 「기입」제출한 신청서는 자동적이고 조건없는 각하결정의 구실밖에 되지 못하는 실정임.

민원인이 담당하는 단 두 가지 사항인 신청서 「기입」에 착오가 있거나 「첨부서면」에 미흡한 점이 있는 경우라도, 이는 「친절한 안내」와 함께 보완·시정해야 할 대상일 뿐, 특이한 경우

외에는「각하(결정)」의 사유로는 불충분한 것으로 보임.

법정에서는 판결문을 당사자에게 교부·고지 하고 있으나, 등기관이「즉석」에서「각하(결정)」하는「등기신청사건」은,「각하(결정)」의 사유 등이 기재된「각하(결정)문」을 즉석은 물론 사후에도 교부·고지하지 않으며,「답변 불가」라고 스스로 밝히고 있음.

그런데도,「부동산 등기신청 안내」에,
「등기관이 등기신청사건에 대하여 각하(결정)한 경우에는 그 각하결정이 부당하다고 생각되면 관할지방법원에 이의신청을 할 수 있습니다.」고 규정한 점,
「일반적인 등기신청절차에 대하여는 답변하여 드릴 수 있으나 구체적인 등기신청사건에 대하여는 답변하여 드리거나 대필하여 드릴 수 없으니 이점 양지하여 주시기 바랍니다.
이는 등기 신청행위가 등기권리자와 등기의무자 간의 이해가 상반될 뿐만 아니라 이해관계인이 있고 등기함으로써 권리의 발생 변경 소멸을 가져오므로 등기관이 이에 관여할 수 없기 때문입니다」는 안내 등으로
각하결정의 원인과 피해를 민원인에게 돌리며, 불필요한 시간적·경제적·정신적 부담이 요구되는 안내를 하고 있음.

일곱 번째 문제점은, 불가능한 항목이 있음에도 불구하고 수탁받는 일부 계층만 집중하여「접수」를 받고 있으며, 그 피해금액 등이 막대함.

첨부가 불가능한 서면 등의 사유로 요건구비가 안된 상태에서는 누구한테서라도 「접수」를 받아서는 안 되는 문제임.

이러한 상태에서도, 일부 계층만 집중하여 「접수」를 받는 것은 현재의 「기입」 「첨부」 규정을 스스로 어긴 것임. 그 결과 민원인들과 국민들의 금전적·정신적 피해 등은 엄청나고도 심각한 형편임.

등기접수현황(2000. 1. 1~2002. 6. 30)

2002년 국정감사자료

년 도		촉탁사건	직접 제출 신청사건				합 계
			법무사	변호사	당사자	소계	
2 0 0 0	건수	3.064,603	6,222,355	94,734	170,037	6,487,126	9,551,729
	비율(%)	32.1	65.1	1	1.8	67.9	100
2 0 0 1	건수	2,318,713	7.989.743	124,204	237,034	8,350,981	10,669,694
	비율(%)	21.7	74.9	1.2	2.2	78.3	100
2 0 0 2	건수	1,132,740	4,691,640	79,899	130,536	4,902,075	6,034,815
	비율(%)	18.8	77.8	1.3	2.2	81.2	100

2002년 국정감사 자료에서 볼 수 있듯이 등기건수는 연간 평균 1,000만건으로, 200만~300만건의 촉탁건수와 20만 전후인 당사자 신청건수를 제외하는 경우, 위탁건수는 연간 700만건으로 추정됨.

건국 이후 55년간 총 5억5,000만건 중에서 촉탁과 당사자신청건수 1억 6,500만건을 제외하는 경우, 위탁으로 인한 피해는 2003년 현재 총 3억8,500만건이며 건당 위탁료가 20만~80

만원(2002. 10. 3일자 D일보, 2003. 5. 13일자 J일보)이므로,

총 피해금액은 77조원~308조원으로 추산되어, 최고액인 경우 우리나라 1년예산의 약 3배에 가까운 액수로서,

건국 이후 최대의 부조리사건이 될 수도 있음.

이 문제는, 년간 1,000만장의 20만원~80만원권 위조수표 또는 위조화폐가 유통되고 있는 것과 같이, 전 국민에게 엄청난 금전적·정신적 피해와 국가위신에도 악영향을 끼치고 있음.

이의 시정·해결을 위해서는, 최소한 다음 8가지의 대책이 검토·확인되어야 할 것임.

1. 불가능한 항목이나 잘못되고 모순된 문제점 등은 삭제·개정해야 함.

불가능한 항목 등 잘못된 서식의 문제점은 즉시 삭제하고, 요식행위에 걸맞지 않게 어렵고 복잡한 내용이 있는 경우는 등기주체인 국민 누구나 쉽게 이해하고 「기입」 「접수」할 수 있도록 개정해야 함.

작성안내문 등도 간결하고도 명확한 내용이어야 하며 중요도에 따라 선택해야 함.

2. 등기소간에 서식이 서로 다른 점은 국가의 공신력을 뒤흔드는 문제이므로, 전국적으로 통일된 표준서식을 제정·공개해야 함.

동일한 등기대상에 대한 서식내용이 등기소별로 다른 점은, 화폐나 수표를 위조하는 것과 같이 심각한 문제라고 판단됨. 한 등

기소 내의 서식이 수시로 바뀌는 것도 같은 내용의 문제임.

그 원인과 실정을 시급히 파악·대처하고, 표준서식을 제정·공개하여, 이와 같은 사태를 막아야 한다고 사료됨.

3. 민원실에는 기본 구성요소인 민원서식과 견본 기재양식을 반드시 비치해야 함.

공무원이 근무하지 않는 관공서를 관공서라고 할 수 없듯이, 민원서식을 비치하지 않는 민원실은 민원실이라고 할 수 없음.

관련서식이 없다거나 참고용 자료라고 복사해 주는 것도 동일한 성격임.

관할 업무의 모든 민원서식과 견본 기재양식 등을 비치하는 것은 민원실의 기본 요소이므로, 등기소 민원실도 이를 따라야 할 것임.

4. 등기관의 자동적이고 이유없는 「각하(결정)」은 없어야 하며, 등기관이 「각하(결정)」을 결정한 「등기신청사건」인 경우에는, 「각하(결정)문」을 교부·고지해야 함.

「즉석」에서 등기관이 「각하(결정)」을 결정하는 「등기신청사건」인 경우에도, 「답변 불가」라고 밝힌 상태에다가,

「즉석」에서는 물론 추후에까지도 「각하(결정)문」을 교부·고지하지 않는 것은 심각한 문제가 될 수도 있음.

이 경우에는, 법정에서 판결문을 교부·고지하는 것과 같이, 등기관의 「각하(결정)문」을 「각하(결정)하는 현장」에서 함께 교부·고지해야 함이 타당함

5. 소유권이전등기 신청서, 별지의 작성요령, 등본발급용 이면지 등 일체의 서식과 비품에는, 특정 민간인인 「법무사」라는 단어 자체를 삭제해야 함.

관공서의 민원서식에 법무사라는 단어 자체가 있을 필요도 없고 있어서도 안 된다고 생각됨.

고액의 비용을 요구하는 법무사에게 위탁하도록 유도하거나 유도한다는 인상을 주는 것은, 관련 담당자나 국민 모두에게 불행한 일이 될 수밖에 없음.

신청서 「기입」에 대한 위탁 여부는,

민원서식, 견본 기재양식 등을 확인한 후에, 그 비용을 부담하는 민원인이 스스로 결정하는 문제임.

「등기권리증」에 대해서도 공문서인지 아닌지를 규명하고, 불필요한 경우에는 통합·폐기해야 하며, 공문서가 아닐 경우에도 폐기 등 그에 합당한 조치가 요망됨

6. 구청과 등기소에 분산된 유사하거나 관련된 업무를, 원스톱 서비스화하고 발전적으로 통합하는 방안이 요구됨.

등기부등본과 토지대장, 가옥대장, 관련 법인업무 등은, 목적, 내용, 기능 등에서 국가기관이 확인, 기록, 증명한다는 유사점이 많음. 실제로 「등기부등본」의 핵심 기록 내용인 면적, 구조, 용도 등은 「준공필증」 내용 그대로이므로, 「건축물대장」과 동일함.

[첨부 24. 등기부 등본]

[첨부 25. 건축물 대장]

「준공필」심사를 거쳐 자동적이고 1차적으로 행정부기관인 구청 「건축물대장」에 「등재」된 대상에 대해,

사법부기관인 등기소「등기부등본」에「이전」만 추가된 2차적으로「등기」하기 위해서는,

 − 핵심기록 내용이 동일한 건축물대장을 첨부하여
 −「쌍방」이 등기소로 출석하여 등기신청서를 교부받고
 − 구청으로 가서「세금 고지서」를 교부받고
 − 다시 등기소로 가서「접수」해야 하는,

내용, 절차등이 중복되고 낭비적인 요소가 많음.

국민의 입장에서는,

등기부등본과 건축물대장의 차이점, 동일한 내용에 대한 행정부소관업무와 사법부소관업무의 구분 기준 등은 간접적인 관심사 정도일 뿐이나,

등기를 위해 소요되는 막대한 경비, 시간 등의 낭비는 직접적으로 손실을 당해야 하는 문제임.

매매, 근저당 설정 등 추가적인 사항의「기입」은 추후의 부수적인 내용일 뿐이며, 기관간의 정보공유 등으로 해결·처리가 가능할 것임.

따라서, 첫째는, 동일한 내용의 업무로 사법부기관과 행정부기관으로 중복 내방하는 등의 불편을 없애고 불필요한 경비 등이 낭비되지 않도록,

한 곳에서「기입」하고「세금고지서」를 수령하고「접수」할 수 있는 원스톱 서비스 체제가 요망됨.

둘째는, 건축물대장 등에 현 등기부등본의「법적 지위」를 부여하는 방안을 포함하여, 동일하거나 비슷한 건축물대장과 등기부등본 등의 목적, 내용, 기능 등을 발전적으로 통합하고「기

재」단계를 축소하는 조치도 요망됨.

이 경우에는 업무의 효율성이 향상되고 민원인의 불편이 해소되며, 국가체제에서 낭비적인 구조가 배제됨은 물론, 막대한 예산과 비용의 절감도 가능할 것으로 기대됨.

7. 이상의 제반 문제점을 논의·결정하기 위해서는 일반국민이 참가하는 공청회를 개최해야 한다고 판단됨.

제기된 등기관련 문제로 인한 최대의 피해자이자 등기 주체는 전체 국민임.

따라서 효율적이고 이상적인 관련 민원서식을 제정하고, 제기된 문제점들은 해소하기 위해서는, 각계각층의 국민들이 참가한 공청회를 개최하고,

등기신청서「기입」「접수」등에 대한 문제점의 해결·개선 방안을 논의·결정해야 한다고 사료됨.

8. 근본적인 국가 체제에 대한 구조적인 사각지대의 존재 여부를 점검·확인해 볼 필요가 있음.

제기된 내용과 같이, 등기신청서「기입」「접수」에 관련된 부조리가, 건국이후 55년간이나 존속해 온 것은 분명히 국가적인 문제임.

이는 앞에서의 대책 6의 내용과 함께, 감사원 감사의 제외 대상에 대한 규정 등에, 구조적인 사각지대가 존재하는지 여부를 점검·확인해야 할 필요성이 있는 것으로 보임.

[첨부 26. 감사원법 제24조]

법원의「고유 업무」와 구별되는 등기신청서의「기입」「접수」

업무 등은 감사원 감사의 제외대상에서 분리하는 방안도, 검토해야 할 필요가 있는 것으로 보임.

「준공필증」 내용대로, 1차적으로 행정기관인 구청의 「건축물대장」에 민원인의 신고도 없이 「등재」 하는 것은 감사원의 감사대상이나, 2차적으로 사법부기관인 등기소의 「등기부등본」에 민원인이 「신고」 「등기」 하는 것은 감사원의 감사대상에서 제외되는 것은 쉽게 납득이 되지 않음.

등기소 「등기」에서는 제기된 문제점 등 불편과 불만의 소지가 더 많은 실정임.

아울러 전국의 각종 각급 민원서식의 제작 및 관리 실태 등도 점검·확인해야 할 필요가 있을 것임.

첨부 순서

제2-1호

A등기소 1면

소유권(일부)이전등기신청

접	년 월 일	처	접　수	조　사	기　입	교　합	등 기 필 통 지	각종통지
수	제 호	리 인						

부동산의 표시

등기원인과 그 연월일	년 월 일
등 기 의 목 적	소유권(일부)이전
이 전 할 지 분	·

구분	성 명 (상 호 · 명 칭)	주 민 등 록 번 호 (등기용등록번호)	주 소 (소재지)	지 분 (개 인 별)
등 기 의 무 자				
등 기 권 리 자				

시가표준액 및 국민주택채권매입금액		
부동산 표시	부동산별 시가표준액	부동산별 국민주택채권매입금액
1.	금　　　　　　　원	금　　　　　　　원
2.	금　　　　　　　원	금　　　　　　　원
3.	금　　　　　　　원	금　　　　　　　원
국 민 주 택 채 권 매 입 총 액		금　　　　　　　원
등 록 세 금　　　　　원	교육세 금	원
세　액　합　계　금		원
등 기 신 청 수 수 료 금		원

첨　부　서　면

1. 검인계약서	통	1. 주민등록등(초)본	통
1. 등록세영수필확인서 및 통지서	통	1. 신청서부본	통
1. 국민주택채권매입필증	통	1. 위임장	통
1. 인감증명	통	<기 타>	
1. 등기필증	통		
1. 토지·임야·건축물대장	통		
1. 토지가격확인원	통		

년　　　월　　　일

위 신청인　　　　　　　　　　　(전화 :　　　　　)

(또는)위 대리인　　　　　　　　(전화 :　　　　　)

지방법원　　　　　　　등기소 귀중

- 신청서 작성요령 및 등기수입증지 첨부란 -

* 1. 부동산표시란에 2개 이상의 부동산을 기재하는 경우에는 그 부동산의 일련번호를 기재하여야 합니다.
  2. 신청인란등 해당란에 기재할 여백이 없을 경우에는 별지를 이용합니다.
  3. 등기신청수수료 상당의 등기수입증지를 이 난에 첨부합니다.

위 임 장	
부 동 산 의 표 시	
등기원인과 그 연월일	년 월 일
등 기 의 목 적	
	위 사람을 대리인으로 정하고 위 부동산에 대한 등기신청 및 취하에 관한 모든행위를 위임 한다. 또한 복대리인 선임을 허락한다. 년 월 일

소유권이전등기신청

접 수	년 월 일	처 리 인	접 수	조 사	기 입	교 합	등기필 통 지	각종통지
	제 호							

부 동 산 의 표 시

등기원인과 그 연월일	년 월 일
등 기 의 목 적	소유권(일부)이전
이 전 할 지 분	

구분	성 명 (상호·명칭)	주민등록번호 (등용등록번호)	주 소(소 재 지)	지 분 (개인별)
등 기 의 무 자				
등 기 권 리 자				

시가표준액 및 국민주택채권매입금액

부동산의 표시	부동산별 시가표준액	부동산별 국민주택채권매입금액
1.	금　　　　　원	금　　　　　원
2.	금　　　　　원	금　　　　　원
3.	금　　　　　원	금　　　　　원
국 민 주 택 채 권 매 입 총 액		금　　　　　원
등 　 록 　 세	금	원
교 　 육 　 세	금	원
세 　 액 　 합 　 계	금	원
등 기 신 청 수 수 료	금	원

1. 검인제약서 　　　　　　　　　통	1. 주민등록등(초)본 　　　　　통	
1. 등록세영수필확인서 및 통지서 　통	1. 신청서부본 　　　　　　　　통	
1. 국민주택채권매입필증 　　　　매	1. 위임장 　　　　　　　　　　통	
1. 인감증명 　　　　　　　　　　통	〈기 타〉	
1. 등기필증 　　　　　　　　　　통		
1. 토지·임야·건축물대장 　　　　통		
1. 토지가격확인원 　　　　　　　통		

년 　 월 　 일

위 신청인 　　　　　　㊞ 　(전화 : 　　　　)

(또는) 위 대리인 　　　　㊞ 　(전화 : 　　　　)

서울지방법원　 동부지원　 강동등기소 귀중

- 신청서 작성요령 및 등기수입증지 첩부란 -

1. 부동산표시란에 2개 이상의 부동산을 기재하는 경우에는 그 부동산의 일련번호를 기재하여야 합니다.
2. 신청인란등 해당란에 기재할 여백이 없을 경우에는 별지를 이용합니다.
3. 등기신청수수료 상당의 등기수입증지를 이 난에 첩부합니다.

집 합 건 물	소유권이전등기신청							

접 수	년 월 일	처 리 인	접 수	조 사	기 입	교 합	등기필통지	각종통지
	제 호							

부
동
산
의
표
시
	1동의건물의 표시 서울시 관악구 동
	
	전유부분의건물의표시
	  건물의 번호
	  구 조
	  면 적
	대지권의표시
	토지의표시 서울시 관악구 동
	                    대 평방미터
	대지권의종류 소 유 권
	대지권의비율 분의

등기원인과그연월일	년 월 일 매매
등 기 의 목 적	소 유 권 이 전

구 분	성 명 (상호·명칭)	주민등록번호 (등기용등록번호)	주 소(소 재 지)	지 분
등 기 의 무 자				
등 기 권 리 자				

1. 부동산표시란에 2개이상의 부동산을 기재하는 경우에는 그 부동산의 일련번호를 기재하여야 합니다.
2. 신청인란이 부족할 경우에는 별지에 기재합니다.
3. 등기명의인이 한자로 표시된 경우에는 등기의무자의 성명에 한자를 병기하되 등기부상에 주민등록번호가 기재된 때에는 그러하지 아니합니다.

서울지방법무사회(통일용지)
(전화번호   )

시가표준액 및 국민주택채권매입금액		
부동산 표시	부동산별 시가표준액	부동산별 국민주택채권매입금액
1. 토지	금 원	금 원
2. 건물	금 원	금 원
3.	금 원	금 원
국 민 주 택 채 권 매 입 총 액	금	원
등록세 금 원	교육세 금	원
세 액 합 계 금		원
등 기 신 청 수 수 료 금		원

첨 부 서 면	
1. 등록세영수필확인서 및 통지서　　　통	〈기 타〉
1. 토지·임야·건축물대장　　　　　　통	1. 인감증명서 (매도인) - 매수자 인적사항 기재
1. 주민등록등(초)본 (매도인.매수인) 통	1. 등록세.교육세 - 해당구청에서 영수증 받음
1. 신청서부본　　　　　　　　　　　통	1. 채권 - 등기소에서 산정해드림
1. 위임장　　　　　　　　　　　　　통	1. 매매계약서 - 구청에서 2부 검인받은것.
	1. 등기권리증 - 집문서는 인감을
	1. 개별공시지가확인서 및 토지가격확인원 - 구청에서 받음.

　　　　　　　　　　　　년　　　월　　　일

　　　　　　위 신청인　　　　　　　(인) (전화 :　　　　　)

　　　　　　(또는)위 대리인　　　　　　　(전화 :　　　　　)

　　　　　　　　　지방법원　　　　　　등기소 귀중

- 신청서 작성요령 및 등기수입증지 첨부란 -

* 1. 부동산표시란에 2개 이상의 부동산을 기재하는 경우에는 그 부동산의 일련번호를 기재하여야 합니다.
  2. 신청인란등 해당란에 기재할 여백이 없을 경우에는 별지를 이용합니다.
  3. 등기신청수수료 상당의 등기수입증지를 이 난에 첨부합니다.

토지.건물 소유권이전등기신청

절 수	서기 년 월 일 제 호	처 리 인	접 수	조 사	인 감	기 입	교 합	등기필 통 지	각 종 통 지

부 동 산 의 표 시	1. 서울시 관악구 등. 대 평방미터 위 지 상

등 기 원 인 과 그 연 월 일	년 월 일 매매
등 기 의 목 적	소유권 이전

구 분	성 명 (상호 · 명칭)	주민등록번호 (등기용등록번호)	주 소 (소 재 지)	지 분
등 기 의 무 자				
등 기 권 리 자				

* 1. 부동산표시란에 2개 이상의 부동산을 기재하는 경우에는 그 부동산의 일련번호를 기재하여야 합니다.
  2. 신청인란이 부족할 경우에는 별지에 기재합니다.
  3. 등기명의인이 한자로 표시된 경우에는 등기의무자의 성명에 한자를 병기하되 등기부상에 주민등록번호가 기재된 때에는 그러하지 아니합니다.   (전화번호 -)

시가표준액 및 국민주택채권매입금액

부 동 산 표 시	부동산별 시가표준액		부동산별 국민주택채권매입금액	
1. 토　　지	금	원	금	원
2. 건　　물	금	원	금	원
″	금	원	금	원
국 민 주 택 채 권 매 입 총 액			금	원
등　록　세	금			원
교　육　세	금			원
세　액　합　계	금			원

첨　부　서　면

1. 등록세영수필확인서 및 통지서	1 통		1. 위임장	1 통	
1. 토지,임야,건축물대장	1 통		1. 등기필증	1 통	
1. 토지가격확인원	1 통				
1. 주민등록등(초)본	1 통		<기 타>		
1. 신청서부본	1 통				
1. 검인계약서	1 통				
1. 국민주택채권매입필증	1 통				
1. 인감증명	1 통				

년　　　　월　　　　일

위　　신청인　　　　　　　　　　　　　(전화:　　　　　　　)

(또는) 위 대리인　　　　　　　　　　(전화:　　　　　　　)

지방법원　　　　　　　등기소　귀중

*1. 부동산표시란에 2개 이상의 부동산을 기재하는 경우 그 부동산의 일련번호를 기재하여야 합니다.
　2. 신청인란등 해당란에 기재할 어백이 없을 경우에는 별지를 이용합니다.

양식 제 2-1호

B 등기소 ①면

소유권(일부)이전등기신청

접 수	년 월 일	처 리 인	접 수	조 사	기 입	교 합	등기필 통 지	각 종 통 지
	제 호							

부동산의 표시

등기원인과 그 연월일	년 월 일
등 기 의 목 적	소유권(일부)이전
이 전 할 지 분	

구분	성 명 (상호·명칭)	주민등록번호 (등기용등록번호)	주 소(소 재 지)	지 분 (개인별)
등 기 의 무 자				
등 기 권 리 자				

시가표준액 및 국민주택채권매입금액

부동산 표시	부동산별 시가표준액	부동산별 국민주택채권매입금액
1.	금 원	금 원
2.	금 원	금 원
3.	금 원	금 원
국 민 주 택 채 권 매 입 총 액	금	원

등록세 금 원	교육세 금 원

세 액 합 계	금	원
등 기 신 청 수 수 료	금	원

첨 부 서 면

1. 검인계약서	통	1. 주민등록등(초)본	통
1. 등록세영수필확인서 및 통지서	통	1. 신청서 부본	통
1. 국민주택채권매입필증	매	1. 위임장	통
1. 인감증명	통	<기타>	
1. 등기필증	통		
1. 토지·임야·건축물대장	통		
1. 토지가격확인원	통		

년   월   일

위 신청인   (전 화 :   )

(또는)위 대리인   (전 화 :   )

서울지방법원   등기소 귀중

- 신청서 작성요령 및 등기수입증지 첩부란 -

* 1. 부동산표시란에 2개 이상의 부동산을 기재하는 경우에는 그 부동산의 일련번호를 기재하여야 합니다.
  2. 신청인란 등 해당란에 기재할 여백이 없을 경우에는 별지를 이용합니다.
  3. 등기신청수수료 상당의 등기수입증지를 이 난에 첩부합니다.

C 등기소 1면

<table>
<tr>
<td colspan="9" align="center">매매로 인한
소유권이전등기신청</td>
</tr>
<tr>
<td rowspan="2">접

수</td>
<td>년 월 일</td>
<td rowspan="2">처
리
인</td>
<td>접 수</td>
<td>조 사</td>
<td>기 입</td>
<td>교 합</td>
<td>등기필
통 지</td>
<td>각종
통지</td>
</tr>
<tr>
<td>제   호</td>
<td></td>
<td></td>
<td></td>
<td></td>
<td></td>
<td></td>
</tr>
</table>

<table>
<tr>
<td colspan="6" align="center">① 부동산의 표시</td>
</tr>
<tr>
<td colspan="6" height="300"></td>
</tr>
<tr>
<td colspan="2">② 등기원인과 그 연월일</td>
<td colspan="4">년   월   일   매매</td>
</tr>
<tr>
<td colspan="2">③ 등 기 의 목 적</td>
<td colspan="4">소 유 권 이 전</td>
</tr>
<tr>
<td colspan="2">④ 이 전 할 지 분</td>
<td colspan="4"></td>
</tr>
<tr>
<td colspan="2">구분</td>
<td>성   명
(상호·명칭)</td>
<td>주민등록번호
(등기용등록번호)</td>
<td>주   소 (소 재 지)</td>
<td>지 분
(개인별)</td>
</tr>
<tr>
<td rowspan="1">⑤
등
기
의
무
자</td>
<td></td>
<td></td>
<td></td>
<td></td>
<td></td>
</tr>
<tr>
<td>⑥
등
기
권
리
자</td>
<td></td>
<td></td>
<td></td>
<td></td>
<td></td>
</tr>
</table>

⑧ 시가표준액 및 국민주택채권매입금액		
부동산 표시	부동산별 시가표준액	부동산별 국민주택채권매입금액
1. 토 지	금 원	금 원
2. 건 물	금 원	금 원
3.	금 원	금 원
⑧ 국민주택채권매입총액		금 원
⑨ 등록세 금 원		⑨ 교육세 금원
⑩ 세 액 합 계	금	원
⑪ 등 기 신 청 수 수 료	금	원

⑫ 첨 부 서 면			
· 검인계약서	1통	· 주민등록등(초)본	각 1통
· 등록세영수필확인서 및 통지서	1통	· 신청서부본	2통
· 국민주택채권매입필증	매	· 위임장	통
· 인감증명	1통	<기 타>	
· 등기필증	1통	· 부동산양도신고확인서	1통
· 토지·건축물대장	각 1통		
· 토지가격확인원	1통		

년 월 0 일

⑬ 위 신청인   ㉖   (전화 :   )

                              ㉖   (전화 :   )

(또는)위 대리인   (전화 :   )

서울지방법원   등기과 귀중

- 신청서 작성요령 및 등기수입증지 첨부란 -

* 1. 부동산표시란에 2개 이상의 부동산을 기재하는 경우에는 부동산의 일련번호를 기재하여야 합니다.
  2. 신청인란등 해당란에 기재할 여백이 없을 경우에는 별지를 이용합니다.
  3. 등기신청수수료 상당의 등기수입증지를 이 난에 첨부합니다.

첨부 2. 출생 신고서

(양식 제1호)

출 생 신 고 서

년   월   일

※ **뒷면의 작성방법**을 읽고 기재하시되 선택항목은 해당번호에 "○"으로 표시하여 주시기 바랍니다.

① 출생자	본적						호주 및 관계	의
	주소						세대주 및 관계	의
	성명	한글		본		성별	① 혼인중의 자	
		한자				① 남 ② 여	② 혼인외의 자	
	출생일시	년 월 일 시 분(① 자택 ② 병원 ③ 기타)에서 출생						
	출생장소							
② 부모	부	본적						
		성명			본			
	모	본적						
		성명			본			
③ 기타사항								
④ 신고인	성명	서명(인)	주민등록번호			자격		
	주소					전화		

※ 다음은 통계법 제13조에 의거, 개인의 비밀사항이 철저히 보호되고 또한 국가의 인구정책 수립에 필요한 정보 수집이 목적이므로 사실대로 기재하여 주십시오.

구 분	부(父)에 관한 사항	모(母)에 관한 사항
⑤ 실제 생년월일	년 월 일	년 월 일
⑥ 직업		
⑦ 최종 졸업 학교	① 무학 ② 초등학교 ③ 중학교 ④ 고등학교 ⑤ 대학이상	① 무학 ② 초등학교 ③ 중학교 ④ 고등학교 ⑤ 대학이상
⑧ 실제 결혼년월일	년 월 일부터 동거	⑨ 임신주(週)수 만(滿) 주
⑩ 다태아(쌍둥이) 여부	① 단태아 ② 쌍태아(쌍둥이) ③ 삼태아(세쌍둥이)이상	⑪ 출생 순위 ─ ① 첫째 아이 ─ ② 둘째 아이 ─ ③ 셋째 이상(번째아이)	⑫ 신생아 체중 kg
⑬ 모의 출산아 수	이 아이까지 총 명을 출산하여 명 생존 (명 사망)	

※ 아래 사항은 신고인이 기재하지 않습니다.

읍면동 접수	세대별 주민등록표 정리	월 일 (인)	본적지송부	월 일 (인)	호적부정리	월 일 (인)
	개인별 주민등록표 작성	월 일 (인)	본적지 접수		호적부에 주민등록번호 기재	월 일 (인)
	대장정리	월 일 (인)			주민등록지 통보	월 일 (인)
	주민등록 번호				인구동태신고서 송부	월 일 (인)

작 성 방 법

✱ 신고서는 2부를 작성, 제출하여야 합니다.

✱ 도장을 찍는 대신에 서명을 하셔도 됩니다.

✱ 출생자의 이름에 사용하는 한자는 대법원규칙이 정하는 범위 내의 것이어야 하며, 본(本)은 한자로 기재합니다.

✱ 출생신고서에는 의사, 조산사, 기타 분만에 관여한 사람의 출생증명서를 첨부하여야 하며, 부득이한 사유로 첨부하지 못하는 때에는 그 이유를 기타사항란에 기재하고, 출생사실을 알고 있는 자의 출생 증명서를 첨부하여야 합니다(출생증명서의 양식은 별도 비치).

①란에서 출생자의 본적은 출생자가 들어가야 할 집(家)의 본적을 기재합니다.

①란에서 출생일시는 24시각제로 기재합니다.

　(예 : 오후 2시 30분 → 14시 30분,　　밤 12시 30분 → 다음날 0시 30분)

②란에서 부(父)란은 혼인외의 출생자를 모(母)가 신고하는 경우에는 기재하지 않으며, 재혼금지기간 중에 재혼한 여자가 재혼 성립 후 200일 이후, 직전혼인의 종료 후 300일 이내에 출산하여 모가 출생신고를 하는 경우에는 "부 미정"이라고 기재합니다.

②란에서 출생자의 부 또는 모가 외국인인 경우에는 그 본적란에 국적(신고당시)을 기재합니다.

③란 기타 사항에는 다음과 같은 내용을 기재합니다.

　가. 혼인외의 출생자를 부(父)가 신고하는 경우에는 모(母)의 호주 및 그 관계

　나. 출생자가 출생신고에 의하여 일가를 창립하는 경우에는 그 취지, 원인과 창립장소

　다. 선순위자(부모)가 출생신고를 할 수 없는 경우에는 그 이유

　라. 기타 호적에 기재하여야 할 사항을 분명하게 하는데 특히 필요한 사항

④란의 자격란에는 부, 모, 호주, 동거친족, 분만관여의사 등 해당되는 자격을 기재합니다.

⑤란은 호적상 생년월일과 실제 출생일이 다른 경우에는 실제의 생년월일을 기재합니다.

⑥란은 아이가 출생할 당시의 부모의 직업을 구체적으로 기재합니다.

　- 잘못된 기재의 예 : 회사원, 공무원, 사업, 운수업

　- 올바른 기재의 예 : ○○회사 영업부 판촉사원, 건축목공, ○○구청 건축허가 업무담당

⑦란은 교육부장관이 인정하는 모든 정규교육기관을 기준으로 기재하되 각급 학교의 재학 또는 중퇴자의 최종 졸업한 학교의 해당번호에 ○표시를 합니다.

　(예 : 대학교 3학년 중퇴 → ④ 고등학교에 ○표시)

⑧란은 호적상 혼인신고일과의 관계없이 실제로 결혼(동거)생활을 시작한 연월일을 기재합니다.

⑩란은 실제로 출생한 아이의 수와 관계없이 임신하고 있던 당시의 태아수에 ○표시를 합니다.

⑪란은 신고서상의 아이가 다태아(쌍둥이) 중 몇 번째로 태어난 아이인지를 표시합니다.

⑬란은 신고서상의 아이까지 모두 몇 명의 아이를 출산했고 그 중 몇 명이 생존하고 있는지를 기재하며, 모가 재혼인 경우에는 현재의 혼인 뿐만 아니라 이전의 혼인에서 낳은 자녀도 포함합니다.

첨부 3. 세금부과 관련 법조문

國稅 基本法

第44條 (決定 또는 更正決定의 管轄) 國稅의 課稅 標準과 稅額의 결정 또는 更正決定은 그 處分 당시 당해 國稅의 納稅地를 관할하는 稅務署長이 행한다

地方稅法

第2條 (地方自治團體의 課稅權) 地方自治團體는 이 法에 定하는 바에 依하여 地方稅로서 普通稅와 目的稅를 賦課 徵收할 수 있다.

첨부 4. 등록세 영수필 통지서

서울특별시 등록세납부서 겸 영수증 (납세자) (보관용)

납세번호	기관	동	검회계	과목	세목	년도	월	일	과세번호	검

납세자:
주 소:

과세물건:
등기원인:

세 목	납부세액								과세표준액
등 록 세									
지 방 교 육 세									
농어촌특별세									
합 계 세 액									

지방세법 제150조 2의 규정에 의하여
위와 같이 신고 납부 합니다.

위의 금액을 영수합니다.

년 월 일

분 의 처
고지서납부지:

년 월 일

서울특별시 구청장 (수납인)

등록세 (비과세) (감면) 확인서

성 명:
주 소:

다음의 등록세가 아래와 같이 감면(비과세)됨을 확인합니다.

등기원인	
세 율	
소재지	
과세표준	당초세액
비과세 감면세액	납부세액

결정이유:

년 월 일

서울특별시 구청장 (수납인)

*이 영수증은 5년간 보관하시기 바라며, 과세증명서로 사용할 수 있습니다.

서울특별시 등록세 영수필 확인서 (등기소) (보관용)

납세번호	기관	동	검회계	과목	세목	년도	월	일	과세번호	검

납세자:
주 소:
과세물건:
등기원인:

세 목	납부세액
등 록 세	
지 방 교 육 세	
농어촌특별세	
합 계 세 액	

위의 금액을 영수하였음을 통지합니다.

년 월 일

(수납인)

서울특별시 등록세영수필확인서 (등기소의 구청통보용)

납세번호	기관	동	검회계	과목	세목	년도	월	일	과세번호	검

납세자:
주 소:
등기물건:
등기원인:

등기접수번호:

세 목	납부세액
등 록 세	
지 방 교 육 세	
농어촌특별세	
합 계 세 액	

년 월 일

서울특별시 구청장 귀하 (수납인)

OCR용

서울특별시 등 록 세 수납의뢰서 (수납은행) (보관용)

세	기관	동	검회계	과목	세목
	년 도	월	과세번호	검	

세자:

목	납부세액
록 세	
방교육세	
어촌특별세	
계 세 액	

금액을 수납하여 주시기 바립니다.

년 월 일

서울특별시 구청장 (수납인)

서울특별시 OCR 등록세영수필통지서 (구청보관용)

납세번호	기관	동	검회계	과목	세목	년도	월	일	과세번호	검

H

• 이 종이는 컴퓨터로 처리되므로 구겨지거나 위난이 더렵혀지지 않도록 주의하여 주십시오.

서울특별시 OCR
납세자:
주 소:

등기물건:

세 목	납부세액								과세표준액
등 록 세									
지 방 교 육 세									
농어촌특별세									
합 계 세 액									

위의 금액을 영수하였음을 통지

년 월 일

서울특별시 구청장 귀하 (수납인)

첨부 5. 부동산 등기 신청 안내서

별지 1

부 동 산 등 기 신 청 안 내

1. 신청인 출석

부동산 등기신청은 원칙적으로 등기권리자와 등기의무자(또는 그 대리인)가 등기소에 출석하여 등기신청서를 제출하여 이를 하여야 합니다.

2. 구비서류

등기신청서에는 그 등기신청에 필요한 소정의 첨부서류와 등록세영수필확인서및통지서와 국민주택채권매입필증을 첨부하여야 합니다.

3. 신청서용지의 교부 등

각종 부동산등기신청서와 인감증명신청서의 용지는 접수창구 직원에게 요청하시면 무료로 교부하여 드리며, 기재양식과 등록세세율표 및 국민주택채권매입금액표 등은 접수창구에 비치되어 있습니다.

4. 등기관의 처분에 대한 이의

등기관이 등기신청사건에 대하여 각하(결정)한 경우에는 그 각하결정이 부당하다고 생각되면 관할지방법원에 이의신청을 할 수 있습니다.

5. 참고사항

일반적인 등기신청절차에 대하여는 답변하여 드릴 수 있으나 구체적인 등기신청사건에 대하여는 답변하여 드리거나 대필하여 드릴 수 없으니 이점 양해하여 주시기 바랍니다.

이는 등기신청행위가 등기권리자와 등기의무자간의 이해가 상반될 뿐만 아니라 이해관계인이 있고 등기함으로써 권리의 발생, 변경, 소멸을 가져오므로 등기관이 이에 관여할 수 없기 때문입니다.

○ ○   지 방 법 원 장

소유권이전등기신청 안내서

I. 등기신청 방법

등기신청은 등기권리자 · 등기의무자 쌍방이 본인임을 확인할 수 있는 주민등록증등을 가지고 직접 등기소에 출석하여 신청하여야 합니다. 다만, 법무사등에게 위임한 경우에는 등기소에 직접 출석할 필요가 없습니다.

II. 등기신청서 기재요령

◆ 부동산의 표시란

가. 원칙적으로 등기부 표시란의 부동산 표시와 동일하게 기재하여야 합니다.

(토지는 소재 · 지번, 지목, 면적별로 기재하고, 건물은 소재 · 지번, 종류, 구조, 면적별로 기재하되 건물이 여러층일 때에는 공통되는 부분을 제외하고는 각층별로 기재합니다. 만일 등기부와 토지 · 건축물대장의 부동산 표시가 서로 다른 때에는 표시변경등기를 먼저 하여야 합니다).

나. 2개 이상의 부동산을 기재하는 경우에는 각 부동산 마다 일련번호를 기재하십시요.

다. 집합건물(예, 아파트, 연립주택)의 경우에는 등기소에 별도로 비치해 놓은 신청서 기재례를 참조하여 기재하십시요.

◆ 등기원인과 그 연월일란 : 매매, 증여 등 소유권이전의 원인이 된 사실을 기재합니다.

(예) ○년 ○월 ○일 매매, ○년 ○월 ○일 증여

◆ 등기의 목적란 : 소유권의 일부이전이 아닌 경우에는 "소유권(일부)이전" 중 「일부」 자를 삭제하십시요.

◆ 이전할 지분란 : 소유권 일부이전의 경우에만 그 지분을 기재합니다.

(예) "○○분의○(갑구△번 ○○○지분 전부)"

"○○분의○(갑구△△번 ○○○지분 중 일부)"

◆ 등기의무자란 : 매도인의 성명, 주민등록번호, 주소를 기재하며, 등기부상 소유자 표시와 일치하여야 합니다. 그리고 등기부에 성명이 한자로 기재되어 있고 주민등록번호의 기재가 없는 때에는 그 성명에 한자를 병기하여야 합니다.

◆ 등기권리자란 : 매수인의 성명, 주민등록번호, 주소를 기재합니다.

* 등기권리자 · 등기의무자가 수인인 경우 이전하거나 이전받는 각자의 지분을 지분란에 기재합니다.

(예) 등기권리자가 2인인 경우

구 분	성 명 (상호 · 명칭)	주민등록번호 (등기용등록번호)	주 소(소 재 지)	지 분 (개 인 별)
등 기 권 리 자	1. 김 갑 동	550812-1966342	서울 서초구 서초동 112	1. ⅓
	2. 이 을 수	601231-1967854	서울 동작구 대방동 123	2. ⅔

◆ 과세시가표준액 및 국민주택채권매입금액란 : 1) 등기원인인이 등기신청에 앞서 당해 부동산의 대장등본과 토지가격확인원을 첨부하여 관할 등기소에 과세시가표준액 및 국민주택채권매입금액의 계산을 신청하면 그 등기소의 등기민원담당공무원이 해당금액을 계산해 주고 있습

니다.
2) 부동산이 2개 이상인 경우에는 각 부동산별로 과세시가표준액 및 국민주택채권매입금액을 기재한 다음 국민주택채권 매입총액을 기재하여야 합니다.
◆ 등록세란 및 교육세란 : 구청 등에서 발급받은 영수필통지서·확인서에 의하여 기재합니다.
◆ 세액 합계란 : 등록세액과 교육세액의 합계를 기재합니다.
◆ 첨부서면란 : 부동문자로 기재된 것 중 당해 등기신청서에 첨부할 필요가 없는 것은 줄을 그어 지운 다음 그 곳에 날인을 하여야 하고, 기타란에는 그 밖에 첨부한 서면을 기재합니다.
* 신청서는 원칙적으로 한글과 아라비아 숫자를 사용하여 작성합니다. 그리고 부동산표시란과 신청인란등 해당란에 기재할 여백이 없을 경우에는 별지를 이용하고 별지를 포함하여 신청서가 여러장인 때에는 간인을 하여야 합니다.

Ⅲ. 등기신청서에 첨부할 서면

1. 검인계약서 : 계약에 의한 소유권이전등기신청의 경우에만 검인을 요하고, 검인은 부동산 소재지를 관할하는 시장, 구청장, 군수 또는 권한을 위임받은 자로 부터 받을 수 있으며, 계약서에 기재된 거래금액이 500만원을 초과하는 경우에는 일정액의 인지를 첨부하여야 합니다.
2. 등록세영수필확인서 및 통지서 : 시·구·군청 등에 자진 신고해서 납부를 하여야 하며 영수필확인서 및 통지서는 시장, 구청장, 군수등이 발급합니다.
3. 국민주택채권매입필증 : ⅰ)유상으로 인한 소유권이전인 경우에는 과세시가표준액이 500만원 이상일 때 무상으로 인한 소유권이전인 경우에는 과세시가표준액이 1,000만원 이상일 때에만 첨부합니다. ⅱ)국민주택채권은 주택은행에서 매입합니다.
4. 등기의무자의 인감증명 : 등기의무자의 인감증명을 첨부하되 특히 매매로 인한 소유권이전등기신청서에 첨부할 인감증명은 인감증명서의 매도인란에 등기권리자의 성명, 주민등록번호, 주소가 기재된 매도용 인감증명이어야 하고 그 유효기간은 발행일로 부터 6개월입니다.
5. 등기의무자의 권리에 관한 등기필증 : 등기의무자의 소유권에 관한 등기필증으로서 속칭 구권리증이라는 것을 말합니다.
6. 대장등본 및 토지가격확인원 : 등기신청대상 부동산의 종류에 따라 토지대장, 임야대장, 건축물대장 및 토지가격확인원을 각 첨부하며, 대장등의 발급은 시장, 구청장, 군수등이 합니다.
7. 주민등록표등(초)본 : 등기의무자와 등기권리자의 주민등록표등(초)본을 첨부합니다.
8. 신청서부본
7. 위임장 : 등기신청을 법무사등에게 위임할 때에는 위임장을 첨부하여야 합니다.
(※ 그 밖에도 다른 법률의 규정에 의하여 첨부하여야 할 서면이 추가될 수 있습니다. 그리고 등기소에 제출하는 등기신청서는 신청서, 등록세영수필확인서·통지서, 국민주택채권매입필증, 위임장, 인감증명, 주민등록표등(초)본, 대장등본 및 토지가격확인원, 각종 허가서·동의서·승락서 등, 신청서부본, 검인계약서, 등기필증 순으로 편철해 주시면 확인하는데 편리합니다.)

Ⅳ. 기 타

1. 이전 하고자 하는 토지가 신고지역이나 허가지역인 경우에 일정 면적 이상인 때에는 토지 소재지를 관할하는 시장, 군수등이 발급한 신고필증이나 허가서를 첨부하여야 합니다.
2. 위 경우 이외에도 등기원인에 대하여 제3자의 허가, 동의 또는 승낙을 요할 때에는 이를 증명하는 서면을 첨부하여야 합니다.
3. 등기의무자나 권리자가 법인인 경우, 법인아닌 사단·재단인 경우, 재외국민이나 외국인인 경우에는 신청서의 기재사항과 첨부서면이 다르거나 추가될 수도 있으므로 전문가나 민원담당 공무원 등과 상담하시어 착오 없기를 바랍니다.

소유권이전등기신청 안내서

Ⅰ. 등기신청 방법

등기신청은 신청인이 본인임을 확인할 수 있는 주민등록증등을 가지고 직접 등기소에 출석하여 신청하여야 합니다. 다만, 법무사등에게 위임한 경우에는 등기소에 직접 출석할 필요가 없습니다.

Ⅱ. 등기신청서 기재요령

1. 부동산의 표시란
   (1) 원칙적으로 등기부 표시란의 부동산 표시와 동일하게 기재하여야 합니다.(토지는 소재·지번, 지목, 면적별로 기재하고, 건물은 소재·지번, 종류, 구조, 면적별로 기재하되 건물이 여러층일 때에는 공통되는 부분을 제외하고는 각층별로 기재합니다. 만일 등기부와 토지·건축물대장의 부동산 표시가 서로 다른 때에는 표시변경등기를 먼저하여야 합니다.)
   (2) 2개 이상의 부동산을 기재하는 경우에는 각 부동산 마다 일련번호를 기재하십시오.
   (3) 집합건물(예, 아파트, 연립주택)의 경우에는 등기소에 별도로 비치해 놓은 신청서 기재례를 참조하여 기재하십시오.

2. 등기원인과 그 연월일란 : 매매, 증여 등 소유권이전의 원인이 된 사실을 기재합니다.
   (예) ○년 ○월 ○일 매매(또는 증여, 상속)

3. 등기의 목적란 : 소유권 일부이전이 아닌 경우에는 "소유권(일부)이전"중 「일부」자를 삭제하십시오.

4. 이전할 지분란 : 소유권 일부이전의 경우에만 그 지분을 기재합니다.
   (예) "○○ 분의 ○ (갑구△번 ○○○지분 전부)"
        "○○ 분의 ○ (갑구△△번 ○○○지분 중 일부)"

5. 등기의무자란
   매도인의 성명, 주민등록번호, 주소를 기재하며, 등기부상 소유자 표시와 일치하여야 합니다. 그리고 등기부에 성명이 한자로 기재되어 있고 주민등록번호의 기재가 없는 때에는 그 성명에 한자를 병기하여야 합니다.

6. 등기권리자란
   매수인의 성명, 주민등록번호, 주소를 기재합니다. 등기권리자·등기의무자가 수인인 경우 이전하거나 이전받는 각자의 지분을 지분란에 기재합니다. 예를들면 다음과 같다.

구 분	성 명 (상호 · 명칭)	주민등록번호 (등기용등록번호)	주 소(소재지)	지 분 (개 인 별)
등 기 권 리 자	1. 김갑동	550812-1966342	서울 서초구 서초동 112	1. ⅓
	2. 이을수	601231-1967854	서울 서초구 서초동 123	2. ⅔

7. 과세시가표준액 및 국민주택채권매입금액란
   (1) 등기민원인이 등기신청에 앞서 당해 부동산의 대장등본과 토지가격확인원을 첨부하여 관할 등기소에 과세시가표준액 및 국민주택채권매입금액의 계산을 신청하면 그 등기소의 등기민원담당공무원이 해당금액을 계산해 주고 있습니다.
   (2) 부동산이 2개 이상인 경우에는 각 부동산별로 과세시가표준액 및 국민주택채권매입금액을 기재한 다음 국민주택채권 매입총액을 기재하여야 합니다.

8. 등록세란 및 교육세란 : 구청 등에서 발급받은 영수필통지서·확인서에 의하여 기재합니다.

9. 세액 합계란 : 등록세액과 교육세액의 합계를 기재합니다.

10. 첨부서면란
    부동문자로 기재된 것 중 당해 등기신청서에 첨부할 필요가 없는 것은 줄을 그어 지운 다음 그 곳에 날인을 하여야 하고, 기타란에는 그밖에 첨부한 서면을 기재합니다.

㈜ 신청서는 원칙적으로 한글과 아라비아 숫자를 사용하여 작성합니다. 그리고 부동산표시란과 신청인란 등이 부족할 경우에는 별지에 기재하고 별지를 포함하여 신청서가 여러장인 때에는 간인을 하여야 합니다.

Ⅲ. 등기신청서에 첨부할 서면
   1. 검인계약서
      계약에 의한 소유권이전등기신청의 경우에만 검인을 요하고, 검인은 부동산 소재지를 관할하는 시장, 구청장, 군수 또는 권한을 위임받은 자로부터 받을 수 있으며, 계약서에 기재된 거래금액이 500만원을 초과하는 경우에는 일정액의 인지를 첨부하여야 합니다.

   2. 등록세영수필확인서 및 통지서
      시·구·군청 등에 자진 신고해서 납부를 하여야 하며 영수필확인서 및 통지서는 시장, 구청장, 군수 등이 발급합니다.

   3. 국민주택채권매입필증
      (1) 유상으로 인한 소유권이전인 경우에는 가세시가표준액이 500만원 이상일 때, 무상으로 인한 소유권 이전인 경우에는 과세시가표준액이 1,000만원 이상일 때에만 첨부합니다.
      (2) 국민주택채권은 주택은행에서 매입합니다.

   4. 등기의무자의 인감증명
      등기의무자의 인감증명을 첨부하되 특히 매매로 인한 소유권이전등기신청서에 첨부할 인감증명은 인감 증명서의 매도인란에 등기권리자의 성명, 주민등록번호, 주소가 기재된 대도용 인감증명이어야 하고 그 유효기간은 발행일로부터 6개월입니다.

   5. 등기의무자의 권리에 관한 등기필증
      등기의무자의 소유권에 관한 등기필증으로서 속칭 구권리증이라는 것을 말합니다.(구권리증의 분실시 에는 법무사나 공증인 사무실에서 확인서면을 받아 권리증을 대신합니다.)

   6. 대장등본 및 토지가격확인원
      등기신청대상 부동산의 종류에 따라 토지대장, 임야대장, 건축물대장 및 토지가격확인원을 각 첨부하 며, 대장등의 발급은 시장, 구청장, 군수등이 합니다.

   7. 주민등록표등(초)본 : 등기의무자와 등기권리자의 주민등록표등본을 첨부합니다.

   8. 신청서부본 : 4부

   9. 위임장 : 등기신청을 법무사등에게 위임할 때에는 위임장을 첨부하여야 합니다.

   10. 그 밖에도 다른 법률의 규정에 의하여 첨부하여야 할 서면이 추가될 수 있습니다. 그리고 등기소에 제 출하는 등기신청서는 신청서, 등록세영수필확인서·통지서, 국민주택채권매입필증, 위임장, 인감증명, 주민등록표등(초)본, 대장등본

Ⅳ. 기   타
   1. 이전 하고자 하는 토지가 신고지역이나 허가지역인 경우에 일정 면적 이상인 때에는 토지 소재지를 관 할하는 시장, 구청장, 군수 등이 발급한 신고필증이나 허가서를 첨부하여야 합니다.

   2. 위 경우 이외에도 등기원인에 대하여 제3자의 허가, 동의 또는 승낙을 요할 때에는 이를 증명하는 서 면을 첨부하여야 합니다.

   3. 등기의무자나 권리자가 법인인 경우, 법인아닌 사단·재단인 경우, 재외국민이나 외국인인 경우에는 신 청서의 기재사항과 첨부서면이 다르거나 추가될 수도 있으므로 전문가나 민원담당공무원 등과 상담하 시어 착오 없기를 바랍니다.

첨부 7. A등기소 소유권(일부)
이전등기 신청서의 문제점(47개 부분)

(   )안은 문제점 수, 면은 해당 서식 면, (미포함)은 문제가 있으나 문제점 수에 포함되지 않은 것

같은 A등기소 서식인데도, (일부) 양식번호가 있다가 없어지고, 지방법원 등기소가 서울지방법원 동부지원 강동등기소로 변하고, 등록세 교육세란이 나란했다가 상하로 배치되는 등 내용이 바뀜   (미포함). 2000년 1, 2면. 2001년 ① ②면

이전할 지분은 부동산의 표시 및 등기의무자 등기권리자란의 지분(개인별) 등과 동일거하거나 관련사항이므로 위치 등을 조정할 필요가 있음. ※ B등기소 1①면에서는 생략했음.

                                                        (1개 부분) 1면

등록세 교육세 국민주택채권매입금액과 시가표준액은 구청에서 담당하거나 정부에서 고시한다는 안내없이, 다른 항목과 똑같은 공란과 활자로 표기하여 민원인이 부과「기입」해야 하는 것으로 표기했으나,

세금부과의 의무가 있는 구청의 업무이며, 세금납부의 의무가 있는 민원인인 국민은 세금부과의 권리나 의무가 없으므로 삭제하거나 민원인의 기재항목에서 제외해야 함.   (4〃) 2면

세금부과의 담당기관이 숙지해야 할 사항이며 국민은 직접적인 관계가 없는, 시가표준액 및 국민주택채권 매입금액의 하부에 부동산 표시 3개항, 부동산별 시가표준액 3개항, 부동산별

국민주택채권 매입금액 3개항, 국민주택채권매입 총액, 등록세, 교육세, 새액합계, 등기신청수수료 등 14개 항이 부속항인 것처럼 작은 란으로 구분하여 표기했으나,

정반대로 부동산표시에 따르는 동일한 부속항목임.

※1면에서는 부동산의 표시 아래에 각항을 부속항으로 표기했음.   (14″) 2면

부동산 표시 3개 항목별로, 부동산별 시가표준액, 부동산별 국민주택채권 매입금액은 기록할 공간이 있고 국민주택채권 매입총액의 기록공간이 있으나,

등록세 교육세 등기신청수수료는 3개 항목별로 기록할 공간도 없고 총액기록 공간도 없음   (미포함) 2면

세액합계도 3개 부동산표시란의 등록세 교육세 등과 관련된 사항이므로 현 위치는 조정할 필요가 있음   (미포함) 2면

「신청서 작성요령 및 등기수입증지 첨부란」은 3개 항목이 전부인 것으로 되어 있고, 별도의 작성요령 안내서가 있다는 안내가 없음

작성요령의 3개 항목 중 2개는 작성과 무관한 단순한 절차안내임

수입증지 첨부란은 첨부할 공간이 없으며, 두 곳 다 「첨부」로 표기하여 이해를 곤란하게 만듦   (3″) 2면

첨부서면에 필요시에만 한정된 위임장을 첨부토록 규정하고, 위임장 서식도 첨부해 놓았음   (1″) 2면

10개 첨부서면의 제출통수가 누락되었으며, 등기필증은, 이를 신청하는 것이므로 발급조차 불가능하며, 발행기관이 누락 되었고, 전 등기필증을 의미한다면 (구)와, 인감증명 주민등록 등

(초)본에서 등기의무자와 등기권리자 등을 누락하였고

(16″) 2면

첨부서면의 표기란이 없음   (1″) ②면

첨부서면 중, 주민등록 등(초)본·통은, 등본인지 초본인지 두 가지 모두인지 구분이 안됨   (3″)2면

등록세영수필 확인서 및 통지서·통도, 등록세영수필 확인서인지 통지서인지 두 가지 모두인지 구분이 안됨   (3″)2면

위임장에는 위임자 수임자의 기록란이 없는 반면 3개의 빈 사각란은 있음.   (미포함) 3면

등록세영수필 통지서는, (구청보관용)으로 명기되어 있으며 수납은행에서 구청장앞으로 발송·통지하므로 민원인이 휴대 제출할 수 없는 서면임.   (1″) 2면

§ 등기신청에 필요한 서면 §

소유권보존등기(건물)	소유권이전등기	근저당권(전세권)말소등기
1. 등기신청서(4통) 2. 등록세영수필확인서 및 통지서 (가액의8/1,000) 3. 대법원등기수입증지(1필 8,000원) 4. 토지대장(1통) 5. 건축물대장(2통) 6. 주민등록표등(초)본(3통) 7. 도면(1필대지상에 건물이 여러개 있는경우만 해당) 8. 호적등본,제적등본(사망한 사람이 건축물대장에 최초의 소유자로 등록되어 있는 때에 상속인이 보존등기를 신청할 경우에만 해당) 9. 위임장	1. 등기신청서(4통) 2. 등록세영수필확인서 및 통지서 　(증여,상속 ; 15/1,000, 매매,경락,교환:30/1,000) 3. 대법원등기수입증지(1필 8,000원) 4. 검인계약서(거래금액 500만원초과시 인지첨부) 　- 원본,사본 각1통 5. 국민주택채권매입필증 　-유상계약:과세시가표준 　　 500만원이상 　-무상계약:과세시가표준 　　 1,000만원이상 6. 등기의무자의 인감증명 　(용도 : 부동산소유권이전용) 　(매도인, 증여자)-유효기간 　; 발행일로부터 6개월 7. 구권리증(등기의무자의 권리에 관한 등기필증) 8. 토지대장, 건축물대장 및 토지가격(개별공시지가)확인원(각 1통) 9. 쌍방 주민등록등(초)본 　재외국민-재외국민등록표등본,재외국민거주사실증명,주소공증서면 　외국인-본국(외국)관공서의 주소증명, 거주사실증명, 주소공증 서면 10. 양도신고확인서 　(취득 후 3년이 미경과) 11. 호적등본,제적등본(상속) 12. 협의분할계약서(상속) 13. 위임장	1. 등기신청서(1통) 2. 등록세영수필확인서및통지서(건당3,600원) 3. 대법원등기수입증지(1필,1건 2,000원) 4. 해지증서 5. 등기의무자의 권리에 관한 등기필증(등기필이라고 인증된 근저당권설정계약서,전세권설정계약서) 6. 법인등기부등(초)본-등기의무자가 법인인 경우 7. 위임장
등기명의인표시변경등기		**전세권설정등기**
1. 등기신청서(4통) 2. 등기명의인표시변경을 증명하는 서면 ; 내용에 따라 주민등록등(초)본, 호적등(초)본등 3. 등록세영수필확인서 및 통지서(건당3,600원) 4. 대법원등기수입증지(1필,1건 2,000원) 5. 위임장		1. 등기신청서(1통) 2. 전세권설정계약서 3. 등록세영수필확인서 및 통지서 (가액의 2/1,000) 4. 대법원등기수입증지(1필 8,000원) 5. 등기의무자(소유자)의 인감증명-6개월이내 발행 6. 구권리증(소유자) 7. 주민등록표등(초)본 또는 주민등록증사본-전세입자 8. 지적도 또는 건물도면-전세권의 목적이 부동산의 일부인때만 첨부 9. 위임장

건물표시변경등기 (증축,멸실등)	근저당권설정등기	소유권이전청구권가등기
1. 등기신청서(2통)	1. 등기신청서(1통)	1. 등기신청서(2통)
2. 등록세영수필확인서및통지서(건당 3,600원)	2. 등록세영수필확인서및통지서(가액의 2/1,000)	2. 등록세영수필확인서및통지서(가액의 2/1,000)
3. 대법원등기수입증지 (1필 2,000원)	3. 대법원등기수입증지 (1필 8,000원)	3. 매매예약계약서
4. 건축물대장	4. 근저당권설정계약서	4. 대법원등기수입증지 (1필 8,000원)
5. 위임장	5. 국민주택채권매입필증 채권최고액이 1,000만원 이상인 경우 채권최고액의 10/1,000 : 5,000원미만은 절사하고, 5,000원 이상은 1만원으로 계산	5. 토지대장,건축물대장
	6. 등기의무자(소유자)의 인감증명 - 6개월이내 발행	6. 등기의무자(소유자)의 인감증명 - 6개월
가등기말소	7. 등기의무자의 권리에 관한 등기필증(구권리증)	7. 등기의무자의 권리에 관한 등기필증 (구권리증)
1. 등기신청서(1통)	8. 주민등록등(초)본:근저당권자가 개인인 경우	8. 등기권리자(가등기권자)의 주민등록표등(초)본
2. 등록세영수필확인서및통지서(건당3,600원)	9. 법인등기부등(초)본 : 근저당권자가 법인인경우	9. 위임장
3. 대법원등기수입증지 (1필 2,000원)	10. 위임장	
4. 해제증서		
5. 등기의무자의 권리에 관한 등기필증 엇 안증증명		
6. 법인등기부등(초)본 : 등기의무자가 법인인 경우		
7. 등기의무자의 주소가 불일치할 경우 주민등록등(초)본을 제출		
8. 위임장		

구비서류의 종류	발급기관
등기신청서, 법인등기부등본, 법인인감증명	관할등기소 단, 주식회사, 합자회사는 상업등기소, 국원등기과, 복원등기과
토지대장, 건물대장, 토지가격확인원, 지적도, 도시계획확인원, 호적등본, 제적등본, 등록세영수필확인서 및 통지서, 계약서 검인	관할구청
국민주택채권매입필증	주택은행
대법원등기수입증지	주택, 조흥은행, 농협
인감증명(개인), 주민등록표등(초)본	동사무소
계약서, 구권리증, 건물도면, 위임장, 해지증서, 해제증서	신청인 (등기의무자, 권리자)

첨부 9. A등기소 대비 B등기소 신청서의
차이점(59개 부분)

등록세 교육세 란이 나란했다가, 상하로 되었다가, 다시 나란히 배치되는 등 B등기소내의 서식이 근래 세 번이나 바뀜.

(미포함) 2000년. 1,2면. 2001년 ①②면. 2003년 [1] [2]면

동일대상에 대한 서식인데도 양식 번호가 다르며, 1면에는 양식번호가 없고 2면에는 양식번호가 있음 　　　(2개 부분) 1,2면

처리인란에 「인감」란이 추가되고 접수란에 「서기」가 추가됨.

(2〃) ①면

활자가 고딕체임 　　　　　　　　　　　(1〃) ①②면

접수 처리인 등 결재라인과 부동산의 표시란 등을 굵은선으로 같이 묶어서 기재여부에 혼란을 초래함. 　　　(1〃) 1,①면

굵은 테두리선이 찌그러져 있으며, 복사본인 듯 그 바깥쪽으로 검은 얼룩이 있음. 　　　　　　　(2〃) ①②면

「등기필통지」는 한줄로, 「각종통지」는 두줄로 되었음

(2〃) 1,①면

부동산의 표시가 세로로 되었음. 　　　　(1〃) 1,①면

이전할 지분은 누락됨 　　　　　　　　(1〃) 1면

등기원인과 그 연월일에 매매를 기록해 놓았음 　　(1〃) 1면

등기 의무자의 주소(소재지)가 두줄로 되었음 　　(1〃) ①면

「신청서 작성요령 및 등기수입증지 첩부란」과 같은 위치의 1면에 3개 항목이 추가되고, 서울지방법무사회 (통일용지) (전화

번호)가 표기되어 있음   (6″) 1,①면 ①면

　「신청서 작성요령 및 등기수입증지 첨부란」표시가 없거나 점선이 싸고 있으며 1개 항목이 없음.   (3″) ②면

　첨부서면에서 5개 항목이 누락되고, 6개 항목을 손으로 기록 했음   (6″) 2면

　첨부서면 중 2면 ②면에는 없고 ②면에만, 주민등록 등(초)본, 등록세영수필 확인서 및 통지서 등은 2종류가 분명한데도, 이를 포함하여 전부 1통으로 되어 있음, 1종류 1통만 요구한다면 2종류를 나열할 필요가 없음   (10″)②면

　손으로 기록한 항목에서「등록세 교육세」,「채권」,「매매 계약서」는 명칭이 다르고, 등기필증은 누락되고, 등기권리증과 교육세와 개별 공시지가 확인서는 추가됨   (7″) 2면

　신청인과 대리인의 간격이 큼   (1″) ②면

　첨부서면 순서가 전부 바뀌어져 있으며, 양면의 배정숫자(8개, 2개)도 다름   (11″) ②면

　서울지방법원 동부지원 강동등기소 귀중인데 대하여, 지방법원 등기소 귀중으로 되어 있음   (1″) 2면

첨부 10. B등기소 대비 C등기소 신청서의 차이점(50개 부분)

소유권이전등기 신청서 명칭이 글씨체가 다른 「매매로 인한」 소유권이전등기신청으로 되어 있음.   (1개 부분) 1면

부동산의 표시에 ① 등기원인과 그 연월일에 ② 등기목적에 ③ 이전할 지분에 ④ 등기의무자에 ⑤ 등기권리자에 ⑥ 이 있음

(6 〃) 1면

등기권리자의 주소와 지분사이에 연결된 선이 없음. (1 〃) 1면

1면 하단 3개 항목과 서울지방법무사회 (통일용지)(전화번호) 등이 없음   (6 〃) 1면

(⑦은 없고,) 시가표준액 및 국민주택채권 매입금액에 ⑧ 국민주택채권 매입금액 총액에 ⑧이 있으며, 등록세 ⑨ 교육세에 ⑨가 있고, 세액합계에 ⑩ 등기신청수수료에 ⑪ 첨부서면에 ⑫ 위 신청인에 ⑬의 숫자가 있음.   (8 〃) 2면

첨부서면에 글씨체가 다른 부동산양도신고 확인서, 등기필증은 추가되었으며, 교육세, 개별공시지가 확인서, 등기권리증은 없음.

첨부서면에 전부 Ⅰ대신 ·이 있음.   (15 〃) 2면

첨부서면에서 2면②면은 통수가 없는데 비해, 6개 서면은 1통, 신청서 부본은 2통, 토지·건축물대장과 주민등록 등(초)본은 각 1통으로 기록되어 있음.   (9 〃) 2면

첨부서면 중, 토지·임야·건축물대장이 토지·건축물대장으

로 되어있음   (1〃) 2면
　일자는 0일로 표기됨   (1〃) 2면
　지방법원 등기소 귀중이 서식의 글씨체와 다른 서울지방법원
등기과 귀중으로 표기됨   (1〃) 2면
　등기 수입증지 「첩부란」이 첨부란으로 표기됨   (1〃) 2면

첨부 11. 진정사항 처리결과 통지서(2002. 5. 21 자)

부 패 방 지 위 원 회

우100-095 /서울 중구 남대문로5가 581 /전화 02-2126-0219 /FAX 02-2126-0319
심사2관 심사관 김상식   담당관 김광욱   담당자 정복원

문서번호 심이 16500-40

시행일자 2002. 5. 21.

수   신 김현근(   )

제 목 진정사항 처리결과 통지

1. 우리 위원회는 부패없는 깨끗한 사회를 건설하기 위하여 최선을 다하고 있습니다.

2. 귀하께서 2002. 4. 4. 우리 위원회에 제출하신 등기소 민원서식 비치건의에 관한 진정사항(접수번호 제831호)은 법원행정처에서 조사하여 처리하도록 하였고 우리 위원회에서는 제도개선사항 검토에 참고할 것입니다.

3. 귀하의 진정은 법원행정처에서 조사처리한 후 그 처리결과를 귀하에게 회신하게 될 것입니다.

4. 앞으로도 변함없는 성원과 협조를 부탁드리며 귀하의 가정에 건강과 행운이 함께 하기를 기원합니다. 끝.

부패방지위원회 위원장

부패방지위원회

우100-095 /서울 중구 남대문로5가 581   /전화 02-2126-0219   /FAX 02-2126-0319
심사2관 심사관 김상식   담당관 김광욱   담당자 정복원

문서번호 심이 16500-684

시행일자 2002. 8. 20.

수   신   김현근(   )

제   목   진정사항 처리결과 통지

　　1. 우리 위원회는 부패없는 깨끗한 사회를 건설하기 위하여 최선을 다하고 있습니다.

　　2. 귀하께서 2002. 7. 31. 우리 위원회에 제출하신 등기소의 민원서식 미비치 등에 관한 진정사항(접수번호 제1660호)은 법원행정처에서 조사하여 처리하도록 하였습니다.

　　3. 귀하의 진정은 법원행정처에서 조사처리한 후 그 처리결과를 귀하에게 회신하게 될 것입니다.

　　4. 앞으로도 변함없는 성원과 협조를 부탁드리며 귀하의 가정에 건강과 행운이 함께 하기를 기원합니다. 끝.

부패방지위원회 위원장

첨부 13. 민원에 대한 회신서

"공정한 눈으로 밝은 세상을 만듭니다."

대 법 원

우 137-750 서초동 967번지 / 전화 (02) 3480-1397 / 전송 (02) 533-4969 / e-mail : gm100803@scourt.go.kr

등 기 과	과장 고 대 영	담당 사무관 박 종 국

문서번호   등기 1831 - 512

시행일자   2002. 9. 17.

수   신   김 현 근

참   조

제   목   민원에 대한 회신

　　　　1. 부패방지위원회로부터 이송되어 2002. 8. 22.자로 우리 처에 접수된 귀하의 민원에 대한 회신입니다.

　　　　2. 우리 처에서는 등기민원 담당 공무원들의 민원안내의 편의를 도모함과 동시에 등기신청을 직접 하고자 하는 당사자들이 보다 쉽고 편리하게 등기신청을 할 수 있도록 하기 위하여 금년 7월, "부동산 등기신청서 견본 및 작성안내" 책자를 발간하여 일선 등기과·소에 비치하도록 하고 있으며, 대법원 홈페이지에도 위 책자에 수록된 각종 등기신청서 양식과 작성요령 등을 게재하여 누구든지 출력하여 참고할 수 있도록 하는 등 등기를 직접 신청하고자 하는 민원인의 편의를 도모하기 위한 제도 개선에 주력해오고 있습니다. 아울러 귀하가 제기하신 등기신청서의 양식 개선 등에 관한 사항은 앞으로 우리 처의 등기업무 개선시 참작할 것임을 알려드립니다. 끝.

법 원 행 정 처 장

법정국장 전결

2002. 12. 10.
감동.

않고 있지만 이를 첨부하는 것이 타당하다.

왜냐하면 당해 법인이 이사의 정수를 하한선과 상한선을 모두 특정한 경우에는 정관
을 보지 아니하고는 당해 이사의 퇴임등기 여부를 등기관이 알 수 없기 때문이다.

(다) 代表權制限規定의 新設·變更·廢止登記

정관으로 대표권제한규정을 신설한 경우에는 이 정관변경을 결의한 의사록(사단법인
은 사원총회의사록, 재단법인은 이사회의사록)과 주무관청의 허가서를 첨부하여야 하고,
종전의 대표권 있는 이사가 경질된 때에는 구체적인 퇴임사유에 따라 이사퇴임의 경우
에서와 같은 사임서·사망진단서·파산·금치산선고결정등본 등 전임자의 퇴임을 증명
하는 서면과 새로 취임하는 대표권 있는 理事의 자격을 증명하는 사원총회의사록 또는
이사회의사록과 취임승인서, 주무관청의 허가서 등을 첨부하여야 한다.

그리고 代表權制限規定을 폐지한 때에는 사단법인의 경우에는 사원총회, 재단법인의
경우에는 이사회에서 그에 관한 정관의 변경을 결의한 의사록과 주무관청의 허가서 등
을 첨부해야 할 것이다.

그외에 등록세(농어촌특별세 포함)납부영수필통지서 및 확인서와 등기신청수수료를
납부한 대법원등기수입증지를 첨부하여야 하고 대리인에 의할 경우에는 위임장을 첨부
하는 등 일반적인 것은 다른 등기와 동일하다.

[서식 29] 사단(재단)법인 변경등기신청서(이사가 변경된 경우)

사단(재단)법인 변경등기신청서

1. 명   칭 사단(재단)법인 ○○회(등기번호 1,000호)
2. 주 사 무 소   ○○시 ○○구 ○○동 ○○번지
3. 등기의 목적 이사변경등기
   (1) 이사 증원
4. 등기의 사유 정관변경에 의하여 이사의 정원을 증원하고 다음 사람이 이사에
                취임하였으므로 그 등기를 구함.
5. 등기할 사항
      이사 ○○○ 20○○년 ○월 ○○일 취임
      (―   )
   (2) 이사 사망, 사임보선
4. 등기의 사유 이사 ○○○은 사망(사임)하고 다음 사람이 이사에 취임하였으므
                로 그 등기를 구함.
      또는 이사 ○○○은 20○○년 ○월 ○○일 사임하고, 20○○년

○월 ○○일 사원총회(이사회)에서 다음 사람을 이사로 선임하여
20○○년 ○월 ○○일 주무관청의 승인을 얻어 20○○년 ○월 ○
○일 취임하였으므로 그 등기를 구함.

5. 등기할 사항

　이사 ○○○　20○○년 ○월 ○○일 사망(사임)
　이사 ○○○　20○○년 ○월 ○○일 취임
　(　　－　　)

(3) 이사의 임기만료퇴임, 보선

4. 등기의 사유　이사 ○○○은 임기만료로 퇴임하고 다음 사람이 이사에 취임하
　　였으므로 그 등기를 구함.

5. 등기할 사항

　이사 ○○○　20○○년 ○월 ○○일 퇴임
　이사 ○○○　20○○년 ○월 ○○일 취임
　(　　－　　)

(4) 이사의 해임 및 보선

4. 등기의 사유　이사 ○○○은 해임되고 다음 사람이 이사에 취임하였으므로 그
　　등기를 구함.

5. 등기할 사항

　이사 ○○○　20○○년 ○월 ○○일 해임
　이사 ○○○　20○○년 ○월 ○○일 취임
　(　　－　　)

(5) 이사의 파산·금치산선고로 자격상실 및 보선

4. 등기의 사유　이사 ○○○은 파산(금치산)선고로 자격상실하고 다음 사람이 이
　　사에 취임하였으므로 그 등기를 구함.

5. 등기할 사항

　이사 ○○○　20○○년 ○월 ○○일 자격상실
　이사 ○○○　20○○년 ○월 ○○일 취임
　(　　－　　)

(6) 중임

4. 등기의 사유　이사 ○○○은 중임하였으므로 그 등기를 구함.

5. 등기할 사항

　이사 ○○○　20○○년 ○월 ○○일 중임

6. 주무관청의 허가서도착연월일　20○○년 ○월 ○○일

*이는 이사의 인원수 증원의 경우처럼 정관변경이 필요한 경우와 당해 정관에 이사임면
에 관하여 주무관청의 허가를 받도록 정한 경우에 한하여 그에 관한 주무관청의 허가서
도착일자를 기재한다.

7. 등록세 금   원

　교 육 세 금   원

　농어촌특별세 금   원

　등기신청수수료 금   원

* 변경등기의 등록세는 23,000원이고(지세법 137①Ⅵ), 교육세는 등록세액의 100분의 20 이다.

　　조특법 및 관세법, 지세법에 의하여 등록세가 감면되는 경우 그 감면세액의 100분의 20의 농어촌특별세를 납부하여야 하고(다만 이것도 면제되는 경우가 있다), 등기신청수수료는 2,000원의 대법원수입증지를 첨부하여야 한다. 그러나 명칭, 주사무소, 이사 변경등기를 하나의 신청서로 신청할 경우에는 각각의 수수료 각 2,000원을 합산하여야 하나, 수인의 이사, 대표자 등 임원의 퇴임·취임으로 인한 변경등기를 이를 일괄하여 하나의 임원변경등기신청으로 보아 2,000원을 납부한 대법원수입증지를 첨부하면 된다.

8. 첨 부 서 류

1) 사원총회 또는 이사회의사록   1통

* 이사의 인원수 증원을 위한 정관변경이나 이사의 선임·해임 등을 결의한 사단법인의 사원총회나 재단법인의 이사회의 이사록을 첨부한다. 이 의사록들은 공증인의 인증을 받아야 한다(공증 66의2).

　　그러나 당연직 이사인 경우에는 그 당연직에 취임 또는 발령받은 사실을 증명하는 인사발령문 등을 첨부한다. 또한 당연직 이사가 당연직의 보직이 변경된 경우에는 자격상실을 증명하는 서류인 인사발령문 등을 첨부한다.

　　특히 사임의 경우 대표권자를 제외하고 사임자가 총회에 참석하여 사임의 의사를 표시하고 그 의사록에 기명날인하였으며 그 의사록이 공증된 경우에는 사임의 의사표시는 유효하다.

2) 정관   1통

* 이사의 선임·해임 등이 정관소정의 방법에 의한 것임을 증명하기 위함과 당해 법인의 이사의 정수를 확인하기 위하여 이를 첨부한다.

3) 주무관청의 허가서(또는 인증있는 허가서등본)   1통

* 이사의 인원수 증원으로 정관변경을 위한 주무관청의 허가가 필요한 경우나 설립허가조건이 임원취임을 주무관청의 승인사항으로 한 경우 등에는 이를 첨부한다. 등본을 첨부하는 경우에는 허가관청의 인증있는 등본을 첨부해야 한다.

4) 취임승낙서와 인감증명서, 주민등록등본   각 ○통

* 원칙적으로 취임승낙서와 본인의 진정한 의사를 확인하는 인감증명을 첨부하여야 하나, 그 취임승낙취지가 기재된 피선자의 기명날인이 있는 의사록을 첨부한 경우에는 이를 첨부를 생략할 수 있다. 다만 대표자는 인감증명법에 의한 인감증명을 첨부하여야 하나 중임의 경우는 예외이다. 최초로 취임하는 이사는 주민등록번호를 기재하여야 하므로 주민등록등본을 첨부하되 주민등록번호가 기재된 이사가 중임하는 경우에는 이를 첨부하지 않아도 된다. 대표권 있는 이사는 주소도 등기하여야 하는 바, 이 주민등록등본은 주소를 증명하는 서면의 역할도 한다.

5) 대표자의 인감신고서와 인감대지   1통

*대표자는 등기소에서 인감증명을 받아야 하므로 인감증명을 받을 수 있는 대조용 인감 대지와 이 인감신고서를 제출하여야 한다. 다만, 중임의 경우에는 종전의 인감을 襲用할 수 있다.

6) 사임서   1통

*인감증명법에 의하여 신고한 인장으로 날인해야 한다. 그러나 회의석상에서 사임한 취지의 기재가 있고 그 임원의 기명날인이 있는 의사록을 첨부한 때에는 이의 첨부를 생략할 수 있다.

7) 사망진단서(또는 호적등본)   1통

8) 결정등본(파산, 금치산)   1통

9) 위임장   1통

위와 같이 등기 신청합니다.

20○○년 ○월 ○○일

신청인 사단(재단)법인 ○○회

○○시 ○○구 ○○동 ○○번지

이사 ○   ○   ○

○○시 ○○구 ○○동 ○○번지

*이 등기는 대표권제한이 없는 때에는 각자 대표하는 것이 원칙이므로 이사중 1인이 신청하면 되나, 대표권제한이 있는 때에는 대표권있는 이사가 신청한다.

위 대리인 법무사 ○   ○   ○   ㊞

○○시 ○○구 ○○동 ○○번지

*위임장의 첨부와 대리인의 표시는 법무사, 변호사 등 대리인에 의하여 신청하는 경우에 한한다.

○○지방법원(○○등기소) 귀중

□ 등기기재례

1. 이사 전원이 중임한 경우
임원란

임원에 관한 사항	연 월 일		연 월 일	
	원 인		원 인	
	등 기 연 월 일		등 기 연 월 일	
이사 김 일 수 (　 - 　) 서울 ○○구 ○○동 1		. 　 . 　 .등기		. 　 . 　 .등기

	연 월 일	연 월 일
이사 김이수 (—)	. . . . 등기	. . . . 등기
이사 김삼수 (—)	. . . . 등기	. . . . 등기
이사 김사수 (—)	. . . . 등기	. . . . 등기
이사 김일수 외에는 대표권 이 없음	2000. 5. 5. 이상 4인 취임 2000. 5. 10. 등기㉑	2000. 5. 5. 이상 4인 중임 2000. 5. 10. 등기㉑

2. 이사의 일부를 개선한 경우

임원란

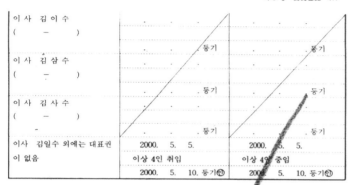

임원에 관한 사항	연 월 일 원 인 등 기 연 월 일	연 월 일 원 인 등 기 연 월 일
이사 김일수 (—) 서울 ○○구 ○○동 5	. . . . 등기	. . . . 등기
이사 김이수 (—)	. . . . 등기	. . . . 등기
~~이사 김삼수~~ ←――――→	. . . . 등기	2000. 12. 21. 이상 3인 중임 2000. 12. 24. 등기㉑
~~이사 김사수~~ ←――――→	. . . . 등기	2000. 12. 21. 퇴임 2000. 12. 24. 등기㉑
이사 김일수 외에는 대표권 이 없음	2000. 12. 21. 이상 4인 취임 2000. 12. 24. 등기㉑	. . . . 등기

이 사 김 오 수 (－)	2000. 2. 21. 취임	. .	
	2000. 2. 24. 등기㉑	. . 등기
	2001. 2. 21.	
	이사 김삼수 사임	
	2001. 2. 24. 등기㉑	. . 등기
이 사 김 육 수 (－)	2001. 2. 21. 취임	
	2001. 2. 24. 등기㉑	. . 등기

[주] 1. 사임 등의 등기를 한 란이 없는 경우에는 인용에 관한 사항란에 ⊠ 하고 그 표에 기재
한다.
　　 2. 해임, 사망, 자격상실 등의 경우에는 원인을 기재할 상당란에 해임, 사망, 자격상실로 기
재한다.

□ 사원총회(이사회)의사록

사원총회(이사회)의사록

1. 개최일시　20○○년 ○월 ○○일 ○○시
2. 개최장소　○○시 ○○구 ○○동 ○○번지 본 법인 회의실
3. 총사원수(총이사수)　○○명
4. 출석사원수(출석이사수)　○○명
　　　　내역　본인출석　○○명
　　　　　　　위임출석　○명

　의장인 이사 ○○○는 정관규정에 따라 의장석에 등단하여 위와 같이 법정수에
달하는 사원(이사)이 출석하였으므로 본 총회(이사회)가 적법히 성립되었음을 알
리고 개회를 선언한 후, 사전에 통지한 사항인 다음의 의안을 부의하고 심의를 구
하다.
　　　　　제1호 의안　이사의 인원수 증원의 건
　　의장은 본 법인의 사업의 번창으로 인하여 현행 정관상 이사 정원인 ○○명의
이사만으로서는 업무처리가 불가능하므로 부득이 그를 ○○명으로 증원해야 할 필
요가 있음을 상세히 설명하고 그 가부를 물은 바 전원 이의 없이 찬성하여 만장일
치로 그를 승인 가결하다.
　　　[유례] 제1호 의안 이사 사임 및 보선의 건
　　　　의장은 이사 ○○○이 사임의사를 표명하므로 이에 대한 보선이 필요하므로 위 의
안을 상정하고 사임이사에게 사임의사 발언을 하게 하다.

　본 ○○협회의 이사 ○○○은 일신상의 사정으로 20○○년 ○월 ○○일자로 사임한다고 말하다.

　의장은 위와 같이 이사 ○○○이 사임하므로 본 협회 정관 제○조에 의하여 이사를 보선하여야 한다고 말하고 이를 보선하여 줄 것을 구한 바, 참석사원 전원일치되어 다음 사람을 이사로 선출하다

　　이사　　○　○　○

　위 피선자는 즉석에서 각 그 취임을 승낙하다.

　[유례] 총회에서 대표권 있는 이사(회장)를 선임 또는 보선하는 경우

　　　제2호 의안　대표권 있는 이사(회장) 보선의 건

　의장은 본 협회의 대표권 있는 이사(회장)직을 20○○년 ○월 ○○일자로 사임하였으므로 이를 보선하여 줄 것을 구한 바, 참석사원 전원일치로 다음 사람을 대표권 있는 이사(회장)에 선출되다.

　　대표권 있는 이사(회장)　○　○　○

　위 피선자는 즉석에서 취임을 승낙하다.

　의장은 위와 같이 대표권 있는 이사(회장) 보선에 따라 본 협회의 이사대표권의 제한규정이 다음과 같이 변경되었음을 구하고 그 승인을 구한 바, 전원일치되어 그를 승인하다.

　　이사 대표권에 관한 규정

　　이사 ○○○ 이외에는 대표권이 없음.

　　제 2 호 의안　정관변경의 건

　의장은 위 이사의 인원수 증원에 수반하여 현행 정관 제○○조를 다음과 같이 변경해야 한다는 취지를 설명하고 그 가부를 물은 바 전원 이의 없이 찬성하여 만장일치로 그를 승인 가결하다.

　　제○조(임원의 종별 및 인원수)　본 법인에는 다음의 임원을 둔다.

　　　이사　○○명

　　(이사장 1명, 상무이사 1명 포함)

　　　감사　○○명

　의장은 이상으로서 회의목적인 의안 전부의 심의를 종료하였으므로 폐회한다고 선언하다(시간은 ○○시 ○○분이었음).

　위 결의를 명확히 하기 위하여 이 의사록을 작성하고 의장과 출석한 이사가 기명날인한다.

　　　　　　20○○년 ○월 ○○일

　　　　　　　사단(재단)법인 ○○회

　　　　　　　　○○시 ○○구 ○○동 ○○번지

　　　　　　의장이사　○　○　○　㊞

　　　　　　　이사　○　○　○　㊞

　　　　　　　이사　○　○　○　㊞

　　　　　　　이사　○　○　○　㊞(예 : 사임

　　　　　　　의사를 표명한 자)

[주] 이는 이사의 원수에 관한 정관규정의 변경을 결의한 의사록으로서 사단법인의 경우에는 사
원총회의사록, 재단법인의 경우에는 이사회의사록으로 작성하되, 등기신청서에 첨부하는
의사록은 공증인의 인증을 받아야 한다.

□ 사원총회(이사회)의사록

사원총회(이사회)의사록

1. 개최일시   20○○년 ○월 ○○일 ○○시
2. 개최장소   ○○시 ○○구 ○○동 ○○번지 본 법인 회의실
3. 총사원수(총이사수)   ○○명
4. 출석사원수(출석이사수)   ○○명
　　　　내역 본인출석   ○○명
　　　　　　　위임출석   ○○명

　　의장인 이사 ○○○는 정관규정에 따라 의장석에 등단하여 위와 같이 법정수에
달하는 사원(이사)이 출석하였으므로 본 총회(이사회)가 적법히 개회되었음을 알
리고 개회를 선언한 후, 사전에 통지한 사항인 다음의 의안을 부의하고 심의를 구
하다.

　　　　　제1호 의안   이사 증원의 건
　　의장은 정관의 변경에 따라 이사의 인원수가 증원되었으므로 증원된 이사를 새
로 선출해야 한다는 취지를 설명하고 그 선출방법을 물은 바, 무기명비밀투표로 선
출하기로 전원 일치되어 즉시 투표를 실시한 결과 다음과 같이 선출되다.

　　　　　이사 ○　○　○
　　　　　○○시 ○○구 ○○동 ○○번지
　　위 피선자는 즉석에서 그 취임을 승낙하다.

　　　　　제2호 의안   이사 해임의 건
　　의장은 본 법인의 이사 ○○○는 본 법인의 목적에 위배되는 어떠 어떠한 행위
를 하였으므로 부득이 해임함이 상당하다는 취지를 상세히 설명하고 그 가부를 물
은 바, 전원 이의 없이 찬성하여 만장일치로 그 해임을 가결하다.

　　　[유례] 제2호 의안 이사 해임의 건
　　　의장은 본 법인의 이사 ○○○은 어떠 어떠한 사유로 그 직무에 관하여 부정행위가
　　있으므로(어떠 어떠한 사유로 현재 구속중인 바, 또는 법령 정관에 위반한 중대한 어
　　떠 어떠한 사유가 있는 바), 부득이 이사 ○○○를 해임함이 상당함을 설명하고 그 가
　　부를 물으니 전원이 찬성하여 만장일치로 그 해임을 가결하다.

　　　　　제3호 의안   이사보선의 건
　　의장은 이사 ○○○는 20○○년 ○월 ○○일 사임하여 ① 임기만료로 퇴임하여,
② 사망하여, ③ 해임되어, ④ 금치산(파산)선고로 퇴임하여, ⑤ 주무관청의 인가

승인취소로 결원이 생겼으므로 그를 보선해야 한다는 취지를 설명하고 그 선출방법을 물은 바, 전원일치로 무기명비밀투표로 선출하기로 결의하고 즉시 투표를 실시한 결과 다음과 같이 선출되다.

　　　　이사　○　○　○
　　　　○○시 ○○구 ○○동 ○○번지
위 피선자는 즉석에서 그 취임을 승낙하다.
　　　　제 4 호 의안　감사보선의 건
　의장은 본 법인의 감사 ○○○은 20○○년 ○월 ○○일 사임하였으므로 후임 감
사를 선출하여 줄 것을 구하니, 이사 ○○○가 감사 ○○○를 추천한 바, 전원일치하여 ○○○을 감사로 선임함을 가결하다.
　의장은 이상으로서 회의목적인 의안 전부의 심의를 종료하였으므로 폐회한다고 선언하다(시간은 ○○시 ○○분이었음).
　위 결의를 명확히 하기 위하여 이 의사록을 작성하고 의장과 출석한 이사가 기명날인한다.

　　　　　　　　　20○○년 ○월 ○○일
　　　　　　　　　사단(재단)법인 ○○회
　　　　　　　　　　　　○○시 ○○구 ○○동 ○○번지
　　　　　　　　　의장이사　○　　○　　○　㊞
　　　　　　　　　이사　　　○　　○　　○　㊞
　　　　　　　　　이사　　　○　　○　　○　㊞

[주] 이는 이사 해임, 선임, 증원에 관한 의사록으로서 사단법인의 경우에는 사원총회의사록, 재단법인의 경우에는 이사회의사록으로 작성하되 등기신청서에 첨부하는 의사록은 공증인의 인증을 받아야 한다.

□ 취임승낙서

　　　　　　　　　　　취 임 승 낙 서

　본인은 20○○년 ○월 ○○일 사원총회(이사회)에서 귀 법인의 이사로 선임되었는 바, 이에 그 취임을 승낙합니다.
　　　　　　　　　20○○년 ○월 ○○일
　　　　　　　　　　　　　　　이사　○　　○　　○　㊞

　사단(재단)법인 ○○회　귀중

[주] 인감증명법에 의하여 신고한 인감을 찍고 그 인감증명을 첨부해야 한다. 다만, 회의에 선임된 이사가 참석하여 이를 승낙하고 이 승낙의사가 의사록에 기재된 경우에는 별도로 이 서면이 필요없다.

□ 사임서

```
                     사　　임　　서

  본인은 귀 법인의 이사인 바, 이번에 일신상의 형편에 의하여 그 직을 사임합니
다.
                  20○○년 ○월 ○○일
                              이사  ○　○　○  ㉑

  사단(재단)법인 ○○회 귀중
```

[주] 대표권이 있는 이사는 등기소에 제출된 인감도장으로 날인하거나 인감증명법에 의하여 신
　　고한 인감을 찍고 그 인감증명을 첨부해야 하되, 대표권이 없는 이사는 인감증명법에 의한
　　인감증명을 첨부하여야 한다. 다만 대표권 없는 이사는 사임의 취지가 기재된 의사록에 이
　　를 승낙하는 취지와 이 의사록에 서명날인한 경우에는 예외이다.

□ 임원 취임 및 해임 인가 공문

```
                     ○　○　부

   문서번호  종이 86210-○○○
   시행일자  20○○. ○. ○○.
   수　　신  서울 ○○구 ○○동 100
             재단법인 ○○유지재단 이사장  ○　○↓○
   제　　목  임원 취임 및 해임인가
 1. 중화 제○○-1호('○○. 1. 1.)와 관련입니다.
 2. 귀 법인의 임원 취임 및 해임을 다음과 같이 인가합니다.
   가. 인가내용
     1) 임원취임
```

직 위	성 명	주　　소	임　　　기	비고
이 사	○○○		인가일로부터 2000. 12. 31. 까지	신임
감 사	○○○		2000. 1. 1. 부터 2000. 12. 31. 까지	유임

　　　2) 해임임원

직　　위	성　　명	해 임 사 유
이　　사	○　○　○	사 임(해 임)
감　　사	○　○　○	임 기 만 료

　나. 인가조건
　　1) 상기 취임임원(감사 제외)에 대하여 본 인가일로부터 3주내에 등기를 완료
하고, 법원발행 등기부등본 1부를 첨부하여 결과를 보고하기 바람.
　　2) 상기 조건 불이행시나 신청서상 허위 발견시에는 본 인가를 취소할 수도 있
음. 끝.

○○부장관 　직인

□ 인감신고서

인감신고서

명칭　사단(재단)법인 ○○회
사무소　○○시 ○○구 ○○동 ○○번지
이사 ○　　○　　○
（　　　－　　　）

위와 같이 인감 신고합니다.
　　　　　　20○○년 ○월 ○○일
　　　　　　　사단(재단)법인　○○회
　　　　　　　　○○시 ○○구 ○○동 ○○번지
　　　　　　　이사 ○　　○　　○ 　㊞
　　　　　　　　○○시 ○○구 ○○동 ○○번지
　○○지방법원(○○등기소)　귀중

[주] 주사무소소재지에서 대표권 있는 새로운 이사의 취임등기를 신청한 때에는 새로 취임하는
　　이사의 인감(인감대지)을 제출해야 한다. 다만, 중임의 경우에는 종전의 인감을 습용할 수
　　있다.
　　　인감의 크기는 변의 길이가 2.4cm 정사각형안에 들어갈 수 있고 1cm의 정사각형안에 들
　　어갈 수 없는 것이어야 한다(규칙 9, 상등규 5②).
　　　인감대지의 크기는 보호식 인감표의 규격을 기준으로 가로 16cm, 세로 4cm 정도가 타당
　　하다.

□ 위임장

위　임　장

법무사 ○   ○   ○
　　　　○○시 ○○구 ○○동 ○○번지
전화 ○○○-○○○○

본인은 위 사람을 대리인으로 정하고 다음 사항의 권한을 위임합니다.

1. 이사 ○○○의 퇴임 및 동 ○○○의 취임등기신청에 관한 일체의 행위

20○○년 ○월 ○○일

사단(재단)법인 ○○회
　　　　○○시 ○○구 ○○동 ○○번지
이사 ○   ○   ○ ㊞
　　　　○○시 ○○구 ○○동 ○○번지

[서식 30] 사단(재단)법인 변경등기신청서(대표권제한규정을 신설·폐지·변경한 경우)

사단(재단)법인 변경등기신청서

1. 명　　　칭　 사단(재단)법인 ○○회(등기번호 1,000호)
2. 주 사 무 소　 ○○시 ○○구 ○○동 ○번지
3. 분 사 무 소　 ○○시 ○○구 ○○동 ○○번지
  *분사무소의 표시는 분사무소소재지에서 신청하는 경우에 한하여 기재하며, 그 경우에 는 주사무소소재지 다음에 이 등기를 신청하는 당해 등기소 관내의 분사무소소재지를 기재한다.
4. 등기의 목적　 대표권의 제한규정의 변경등기
  (1) 대표권의 제한규정 설정의 경우
5. 등기의 사유　 20○○년 ○월 ○○일 사원총회(이사회)에서 대표권의 제한규정 의 설정과 정관변경을 결의하고 20○○년 ○월 ○○일 주무관청 의 허가를 얻어 20○○년 ○월 ○○일 이사회에서 이사 ○○○가 대표권 있는 이사로 선임되어 같은 날 취임함에 따라, 대표권의 제한규정을 다음과 같이 설정하였으므로(……설정하여 20○○년 ○월 ○○일 주사무소소재지 관할등기소에서 등기를 하였으므로 이 등기소에서) 그 등기를 구함.
  *등기의 사유란 전단의 ( )안은 재단법인의 경우의 서식례이며 후단의 ( )안은 분사 무소에서 신청하는 경우의 서식례이다. 이하 동일하다.
6. 등기할 사항
  이사 ○○○ 외에는 대표권이 없음.
  ○○시 ○○구 ○○동 200

첨부 15. 등기부 등(초)본 교부 신청서

토지 전물 등기부 등(초)본 교부신청서					접수증
부동산의 표 시					주 : 1. 부동산의 표시란이 부족할 때에는 신청서 뒷면에 기 재하고 그 표시를 하여야 합니다. 2. 수수료는 현금으로 납부하 여야 합니다.

접수증 측:

신청통수	
수수료	
신 청 인	
서울지방법원 등기소	
접수	년 월 일	교부예정일시

신청서 측:

신청통수		수수료	금	원
신 청 인		(전화 :)		
서울지방법원 등기소 귀중				
접수	년 월 일		교부예정일시	

210㎜×148.5㎜ 신문용지 27g/㎡

첨부 16. 등기 등(초)본 교부신청용 법무사 서무실 용지(이면)

등기원인과 그 년월일	2002 년 1 월 19 일	신탁해지		
등 기 의 목 적	신탁해지로 인한 신탁등기 말소 및 소유권이전			
말 소 할 사 항	2001 년 8 월 7 일 접수 제 49137 호 신탁등기 및 제 798 호 신탁원부			6951
구 분	성 명 (상호. 명칭)	주민등록번호 (등기용 등록번호)	주 소	
등 기 의무자	수탁자 동서울아파트 재건축주택조합	1127 - 00944	서울 강동구 암사동 377 - 4 대표자 서울 강동구 암사동 129 - 2	
등 기 권리자	위탁자		서울 강동구	

		부 동 산 과 세 시 가 표 준			
세	600	계	3,600	이전등기는 비과세 (지방세법 제 128조 제1호 가목)	
	주택건설촉진법 시행령 제 17 조 별표 3 부표 23호 가목 본문)				

첨부 ...2주민등록등본 3.위임장 4. 건축물관리대장, 토지대장, 각 1통 5.인감증명서, 결의서사본, 부동산등 ...림인가필증사본 각 1통은 전건원용함 6.등기의무자의 권리에 관한 등기필증

년 1 월 일

법무사 김
서울 강동구
485

강 동 등 기 소 필 중

金

	...택조합			서울 강동구	
		부 동 산 과 세 시 가 표 ...			
등록세	3,000	교육세	600	계	3,600	이전등기는 비과세 (...
국민주택채권	면제 (주택건설촉진법 시행령 제 17 조 별표 3 부표 ...				
첨부서류	1.신탁계약서 2.신탁원부 3.인감증명서, 주민등록등본, 건축물관리대장, 토지대장, 정관사본, 설립인가필증, 결의서, 부동산등기용등록증명서 각 1통은 전건용용 4.등기의무자의 권리에 관한 등기필증 전건용용				

2002 년 1 월 일

위 대리인 법무사 김
서울 강동구
(02) 485 -

서 울 지 방 법 원   동 부 지 원   강 동 등 기 소 필 중

법무사 金

첨부 17. 질의서 이송 통지서

법　제　처

우 110-760 / 서울특별시 종로구 세종로 77 /전화 02) 724-1450 /전송 02) 720-3963
행정법제국　　법제관 조정찬　서기관 강성출　담당자

문서번호 행법 11070-13

시행일자 2001.01.12　　(1년)

수　신 김현(　　　　　　　　　　) 귀하

참　조

제　목 질의서 이송통지

　　　먼저 등기제도와 관련하여 큰 어려움과 겪고 계시는 귀하께 진심으로 위로의 말씀
을 드립니다. 귀하의 개선대책내용을 검토해 본 결과 그 내용이 사법부 내부에서 개선되
어야 할 사항으로 보여집니다. 따라서 부득이 귀하의 민원서류를 담당기관인 법원행정처
(등기과 3480-1394)로 이송하여 처리토록 하였으니 이 점 양지하여 주시기 바라며, 귀하
의 건의내용이 조속히 이루어 지시길 바랍니다. 감사합니다. 끝.

법　제　처

기본을 바로세워 일류국가 이룩하자.

감 사 원

우110-706 종로구 삼청동 25-23 /TEL (02)7219-521(~9) /FAX (02)7320-188
제5국 제2과

문서번호   오이 07000 -8305
          (접수번호 제1999호)

시행일자   2001.04.23

공개여부   부분공개

수 신   서울시   김현근

제 목   민원접수.처리 통보

　　1. 우리 원은 국민의 애로 및 불편사항을 해소하는 데 최선을 다하고 있습니다.

　　2. 2001.04.18 귀하께서 우리 원에 제출하신 민원사항(접수번호 제 1999호)은

법원행정처에서 조사처리하여 귀하에게 처리결과를 회신하도록 하였음을 알려드립니다.

　　3. 귀하께 건강과 행운이 깃들기를 기원합니다. 끝.

감 사 원

첨부 19. 서 신

김현근님 귀하

좋은 의견을 보내주신 점 감사드립니다.

현재 법원에서는 등기신청인들의 편의를 위해 각종 서식을 비치하고 있으며, 그 작성방법을 자세히 안내해 드리고 있습니다.

또한 수시감사 시에도 이를 철저히 점검하고 있습니다만, 그동안 저희 감사활동이 미치지 못한 곳이 있는 것 같아 이점에 대해서 우선 사과의 말씀을 드리고, 앞으로는 더욱더 철저히 점검하도록 하겠습니다

그리고 혹시 귀하의 민원내용과 같은 등기소가 있다면 그 곳을 알려주시면 즉시 시정토록 하겠습니다.

끝으로 귀하의 고견을 더 듣고 제도개선 및 감사활동에 참고하고자 하니 법원행정처 감사민원실(대법원 청사 동관 249호)로 출석해 주시거나 전화(02-3480-1475)로 연락주시면 감사하겠습니다.

2001.   5.   3.

법원사무관 전 형 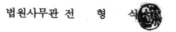식

대 법 원

우 137-750 서울시 서초구 서초동 967 / 전화 (02)3480-1476 / 전송 (02)533-5868
감사민원담당관실 / 담당사무관 전 형 식 담당자 남 성 섭

문서번호 감민 1823 -1014

시행일자 2001. 6. 28.

수   신 김 현 근

제   목 민원회신

　　　　1. 2001. 4. 18. 감사원에 접수되어 법원행정처에 이첩된(2001. 4. 25.) 귀하의 민원에 대한 회신입니다.

　　　　2. 귀하의 민원서를 자세히 검토하였습니다.

　　　　3. 귀하의 민원서를 접수한 후 전국 등기과(소)에 대한 특별 기강 및 업무감사를 실시한 결과 대부분 등기과(소)에서는 등기신청서 양식을 준비하여 비치하고 있었으나 관리상 어려움이 있어 민원실이 아닌 민원창구 안쪽 사무실에 비치하여 담당공무원이 양식을 필요로 하는 민원인에게 교부하고 있음을 알려드리며,

　　　　4. 나머지 민원사항인 등기신청(각종 신청 포함) 안내문 민원실 내 게시, 현재와 같은 독립된 등기소 건물유지로 인한 예산낭비, 법인등기시 행정관청의 인가 때 제출했던 서류를 다시 제출요구, 경매와 관련된 공탁사건에 불필요한 서류제출요구 등은 법원의 제도 및 업무개선에 참고하도록 하겠습니다.

　　　　5. 앞으로 법원에 대한 불편사항이나 사법행정 개선에 관한 의견을 보내주시면 사법업무 발전에 적극 반영토록 노력하겠습니다. 감사합니다. 끝.

법 원 행 정 처 감 사 관

첨부 21. 예규 제 1034호 제정일 자료

보/도/자/료   10월 2일   한나라당 양천 갑

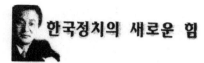 한국정치의 새로운 힘   **원 희 룡**

TEL : 02) 788-2135 , 784-2054
FAX : 02) 788-3702
http://www.happydragon.pe.kr
mail : heeryong@lycos.co.kr

▶▶▶▶ 피감기관 : 대법원 ◀◀◀◀

등기소엔 등기서류가 없다??!

- 전국 등기소엔 '서류분실우려', '어려운(?) 등기서류를 민원인이 직접 작성하는 것은 불가능하다'는 등의 이유로 등기서류를 외부에 비치하지 않고 민원담당공무원이 보관하면서 민원인의 요구가 있을 경우에만 교부함.

2001.08.27. 등기예규제1034호

등기신청에대한민원사무안내등에관한사무처리지침

제2조(신청서용지 등의 비치 및 교부)

등기과(소)장은 등기예규 제842호에서 규정한 각종 부동산등기신청서와 등기예규 제793호에서 규정한 인감증명서 신청용지 및 민원인의 이용빈도가 높은 부동산등기신청에 관한 안내서를 항시 비치하여 <u>민원인의 요구가 있을 때에는 즉시 이를 교부하여야</u> 한다.

제4조(등기민원담당자의 지정)

① 등기과(소)장은 제3조의 등기신청절차의 안내 등의 업무를 원활히 수행하기 위하여 <u>등기민원담당자를 지정할 수 있다.</u>

첨부 22. 민원 접수처리 통보서

기본을 바로세워 일류국가 이룩하자.

감 사 원

우110-706 종로구 삼청동 25-23 /TEL (02)7219-521(~9) /FAX (02)7320-188
제5국 제2과

문서번호 오이 07000 -9854
        (접수번호 제3684호)

시행일자 2001.07.11

공개여부 부분공개

수 신 서울시   김현근

제 목   민원접수.처리 통보

1. 우리 원은 국민의 애로 및 불편사항을 해소하는 데 최선을 다하고 있습니다.

2. 2001.07.07 귀하께서 우리 원에 제출하신 민원사항(접수번호 제 3684호)은
법원행정처에서 조사처리하여 귀하에게 그 결과를 회신하도록 하였음을 알려드립니다.

3. 귀하께 건강과 행운이 함께 하기를 기원합니다. 끝.

감 사 원 장

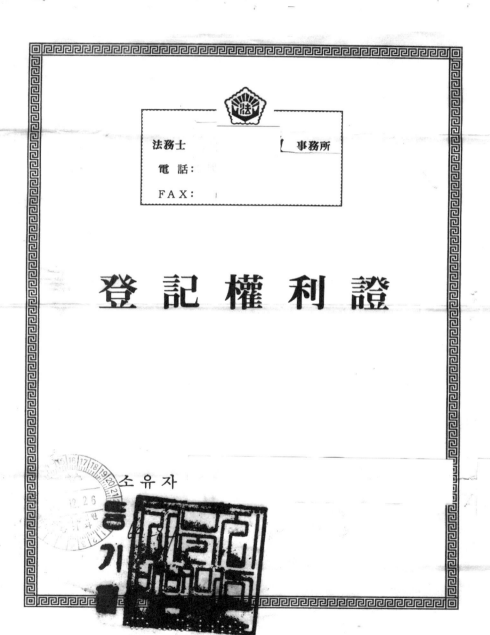

法務士　　　　　　　　事務所

電話:

FAX:

登 記 權 利 證

소 유 자

부 동 산 매 매 계 약 서

1. 부동산의 표시

2. 계약내용

제1조 위 부동산을 매도인과 매수인 쌍방 합의하에 아래와 같이 매매계약을 체결한다.
제2조 위 부동산의 매매에 있어 매수인은 매매대금을 아래와 같이 지불키로 한다.

매 매 대 금	
계 약 금	
중 도 금	
잔 대 금	

제3조 위 부동산의 명도는 19 년   월   일로 한다.
제4조 매도인은 잔금 지급일 현재의 위 부동산에 관련된 채무 및 제세공과금을 변제키로 한다.
제5조 매도인은 잔금 수령시 소유권(등기)에 필요한 모든 서류를 매수인에게 교부하고 이전등기에 협력키로한다.
제6조 본 계약을 매도인이 위약시는 계약금의 배액을 변상하고, 매수인이 위약시는 계약금을 포기하고 반환 청구
　　　하지 않기로 한다.

특약사항 : ①

이 계약을 증명하기 위하여 계약서 5부를 작성하여 계약당사자가 이의없음을 확인하고 각자 서명 날인한다.
1996 년 11 월 22 일

매도인	주　　　소	
	주민등록번호	
매수인	주　　　소	
	주민등록번호	
검인 겸 신청인		

소유권이전 등기신청

접 수	서기 19 년 월 일	처 리 인	접 수	조 사	인 감	기 입	교 합	등기필통 지	각 종통 지
	제 호								

부 동 산 의 표 시	

등기원인과그년월일	서기 19 96 년 11 월 22 일 매매
등 기 의 목 적	소유권 이전

구분	성 명(상호 · 명칭)	주 민 등 록 번 호(등기용등록번호)	주 소 (소 재 지)	지 분
등기의무자				
등기권리자				

1. 부동산표시란에 2개이상의 부동산을 기재하는 경우에는 그 부동산의 일련번호를 기재하여야 합니다.
2. 신청인란이 부족할 경우에는 별지에 기재합니다.
3. 등기명의인이 한자로 표시된 경우에는 등기의무자의 성명에 한자를 병기하되 등기부상에 주민등록번호가 기재될 때에는 그러하지 아니합니다.

부 동 산 과 세 시 가 표 준

구	등 기 권 리 자					등 기 의 무 자	
분	면 적(가)	토지등급건 물분류번호	면적단위 가격(나) (건물비율 건물)	과세시가표준액 (가) × (나)	세 율	취 득 또는 신축년월일	토 지 등 급 건물분류번호
토							
지							
건							
물							
취득가액							
경감하여 산 출 등 세 등							
금					서		

| 국민주택채권매입금액 | 금 | 0 | 원 | 류 | 등기의무자의 권리에 관한
등기필증 |

서기 19 96

위 신 청 인

위 대 리 인

서울 지방법원

부동산과세표준란의 숫자는 아라비아 문자로 표기하고 등기의 숫자의 권리취득년월일(신축년월일)과 취득(신축)
당시의 토지등급 또는 건물분류번호도 아울러 기재하여야 합니다.
면적은 부동산 표시란의 기재 순서대로 기재하고 토지등급이나 건물분류번호가 상이한 경우에는 각 별도의 란에
기재하여야 합니다.

확 인 서 면

등 기 할 부 동 산 의 표 시		
등 기 의 무 자	성 명	
	주 소	
	주민등록 번 호	이 전
첨 부 서 면		주민등록사본(O), 여권사본( ), 자동차운전면허증사본( )
특 기 사 항		키:158cm 신체:보통(55kg) 얼굴:둥근형 안경씀
우 무 인		위 첨부서면의 원본에 의하여 등기의무자본인임을 확 인하고 부동산등기법 제49조 제3항의 규정에 의하여 이 서면을 작성하였습니다. 　　　　　　1996 년　　　월　　　일

　　　　　법 무 사　　　　　　　　　　　　　(직인)

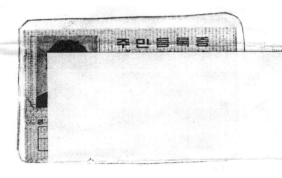

등기부 등본 (말소사항 포함) - 집합건물

표시번호	소재지번	지목	면적	등기원인 및 기타사항
				부동산등기법시행규칙부칙 제3조 제1항의 규정에 의하여 1998년 04월 30일 전산이기

【 표 제 부 】 (전유부분의 건물의 표시)

표시번호	접 수	건물번호	건물 내 역	등기원인 및 기타사항
1 (전 1)	1990년7월25일	제3층 제302호	철근콘크리트조 69.31㎡	도면편철장 제3책383장
				부동산등기법시행규칙부칙 제3조 제1항의 규정에 의하여 1998년 04월 30일 전산이기

(대지권의 표시)

표시번호	대지권종류		대지권비율	등기원인 및 기타사항
1 (전 1)	1 소유권대지권	504.2분의 61.18		1990년7월20일 대지권 1990년7월25일
				부동산등기법시행규칙부칙 제3조 제1항의 규정에 의하여 1998년 04월 30일 전산이기

첨부 25. 건축물 대장

집합건축물대장(전유부분)

장번호 1-1

고유번호		30304-1682번지 '97.10.9승인
대지위치		

전유부분			
구분	구조	용도	면적(㎡)
주	철근콘크리트	연립주택	69.31
	- 이하 여백 -		

소유자현황 (성명(명칭), 주민등록번호(부동산등기용등록번호), 주소, 소유권 지분, 변동일자, 변동원인)

1996.11.22 소유권이전

공유부분			
구분	구조	용도	면적(㎡)
주	철근콘크리트	계단	3.67
주	철근콘크리트	계단	1.22
주	철근콘크리트	창고 및 대피실	11.85
주	지층 철근콘크리트	주차장	22.72
	- 이하 여백 -		

297mm×210mm
켄트지260g/㎡

第24條 [監察事項]①監査院은 다음 事項을 監察한다.

1. 政府組織法 기타 法律에 의하여 設置된 行政機關의 事務와 그에 소속한 公務員의 職務

2. 地方自治團體의 事務와 그에 소속한 地方公務員의 職務

3. 第22條 第1項 第3號 및 第23條 第7號에 규정된 者의 事務와 그에 소속한 任員 및 監査院의 檢事對象이 되는 會計事務와 直接 또는 間接으로 關聯이 있는 職員의 職務(1973.1.25. 本號新設)

4. 法令에 의하여 國家 또는 地方自治團體가 委託하거나 代行하게 한 事務와 기타 法令에 의하여 公務員의 身分을 가지거나 公務員에 준하는 者의 職務(1995.1.5. 本號改正)

② 第1項 第1號의 行政機關에는 軍機關과 敎育機關을 포함한다. 다만 軍機關에는 少將級 이하의 將校가 指揮하는 戰鬪를 主任務로 하는 部隊 및 中領級이하의 將校가 指揮하는 部隊를 제외한다.(1999.8.31. 本項改正)

③ 第1項의 公務員에는 國會·法院 및 憲法裁判所에 소속한 公務員을 제외한다.(1995.1.5. 本項改正)

④第1項의 規定에 의하여 監察을 하고자 하는 경우에 國務總理로부터 國家機密에 속한다는 疏明이 있는 事項 및 國防部長官으로부터 軍機密 또는 作戰上 支障이 있다는 疏明이 있는 事項은 監察할 수 없다.

노무현 대통령과 권양숙 여사의 시대적 아픈 상처

지리산 킬링필드

KILLNG FIELDS

"전쟁이 나은 우리민족 최대의 비극사 양민학살!!!
그들 생존자의 증언과 양민학살의 참여한 군인들의
진실한 고백을 담았다."

강평원 지음 /397면/ 값 13,000원

미공개 사진 양민학살 사진 수록

조·선·왕·조·실·록·에·의·한

새롭게 꾸민

왕비열전

조선왕조역대 왕비들의 파란만장한 삶의 이야기

"조선왕조 500년 동안 멸명했던 27명의 제왕들과 44명의 왕비, 그리고 수많은
후궁이 빚어낸 파란만장한 삶의 이야기를 통해 어제와 오늘의 많은 것을 일깨워
줄 것이며, 조선왕조의 역사를 이해 하는데 큰 도움이 될 것이다."

"중·고생이면 꼭 읽어야 할 조선 왕조 실록 필독서"

임중웅 지음 416면/ 값12,000원

여기......
가슴 설레이는
아름다운 만남이 있습니다.
'어린 왕자'와의 만남
 잃어버린 한 조각의 만남
 잃어버린 한 조각 나를 찾아서의 만남
 아낌없이 주는 나무와의 만남
'꽃들에게 희망을 주는 나비와의 만남
그리고
아낌없이 주는 나무는
사랑을 말해 줍니다.
마지막 남은 사과나무의 밑둥치는
늙은 소년의 보금자리이며
사랑의 뿌리 입니다.

잃어버린 한 조각은
서로의 존재에 대한 사랑입니다.
서로의 존재가 아름 답게 느껴 질때
당신은 진정, 나의 잃어버린 한 조각
입니다.
잃어버린 한 조각 나를 찾아서는
홀로서기 입니다.
때론 사랑이 힘들때, 홀로서기가
필요할 때가 있죠. 내 안에 있는
나를 사랑해 보세요.
꽃들에게 희망을 주는 나비는
작은 애벌레의 성장을 통해서
겪는 우리들의 이야기 입니다.
어린 왕자를 사랑하는 모든 사람들
그리고
사랑하는 내 친구 어린 왕자에게
선영 마이북을 드립니다!
행복하세요.